荒野中蕴含着这个世界的救赎……

从鸟鸣声
中醒来

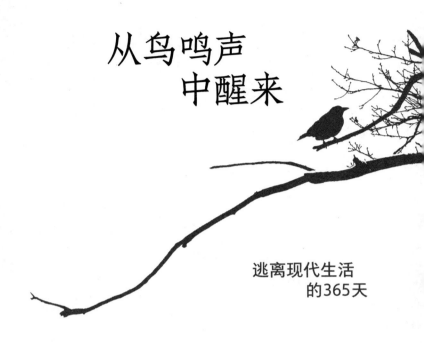

逃离现代生活
的365天

［爱尔兰］马克·博伊尔（Mark Boyle）著

张爽 译

上海三联书店

我来到这里，不只是为了暂时逃避文化机器的喧嚣、污秽与混乱，而是在可能的情况下，立即而直接地迎接存在的骨架、基本要素还有我们的根基。我想要看到，而且好好看看一棵杜松、一块石英、一只秃鹰、一只蜘蛛，看原本的它，去除人类赋予的一切性质，反康德主义，连科学描述的范畴也不要。我要与上帝或美杜莎面对面，即使我身上作为人的部分都会受到冲击。

——爱德华·艾比《孤独的沙漠》，1968

未得保全，则会丢失。

——任天堂"关屏"提示语

作者的话

我在这本书中讲述的都是对我来说意义非凡的地方。不过这不是一本旅行手册，也不是想要鼓励大家去探索与你们的日常生活无关的遥远国度。这些并非我的用意。这本书意在呼唤你沉浸在自己的风景之中，与它亲密接触，与之相依，在你生活之处找到安身之地。这就很不简单了，真的。就像帕特里克·卡瓦纳（Patrick Kavanagh）在他的文章《教区与宇宙》（*The Parish and the Universe*）中写道："我们将倾尽一生，才能全然熟识一个领域或者一片土壤。"

这些篇章由一方土地上发生的故事所织就，这方土地即为大布拉斯基特岛（Great Blasket Island），在这座岛屿的沙土和浪涌中，强健的人们艰难维生，直到 1953 年才撤离。书里是四季的韵律，书外是关于联结、失去与希望的故事。我使用斜体书写①失落于"布拉斯基特时代"的世界，它们超越了我的方寸之地——诺克莫尔（Knockmoyle）。

阅读与书籍的本意往往是错位的，书中探索的地域，吸引的总是漫不经心的赏读人，错过的是本质与独特的东

---

① 原书作者使用斜体的内容，译本为方便读者，在相应文本处采用不同字体加以区分。

西，而那些才是成书的意义。如果你刚好有契机，一定要踏足那些胜地，我想，你也一定要像当地人喜欢的方式那样游览，像一个当地人那样思考。

独特的地方到处都有独特的角色，包括人类。我的书中描摹的人物都是真实的，他们传递给我的故事与遐思也是有血有肉的。不过，为保护邻居的隐私，我采用化名来讲述他们的故事。万一机缘巧合，他们当中有人翻开这本落满灰尘的书，一定能认出自己或者别人，而后暗自发笑。其他的就不用考虑了，旁人不会太在意这些。置身其中者才会关注邻居的名字和性格，不管邻居是人类，还是非人类。

目　录

前　言

我翔实地写下我们做的事情，因为我想要让它们都有一个纪念之所。我已尽力刻画出身边人们的特点，这样，那些记录将会比我们长存，因为那样的我们亦将不再。

——托马斯·欧·克洛汉《岛民》，1937

那个下午，我还没搬进我的小屋，那里没有我曾经习以为常的供电和其他设备——电话、电脑、灯泡、洗衣机、自来水、电视机、电动工具、煤气灶、收音机——我收到了一封邮件，恐怕是最后一封了，来自一位出版社的编辑。他读了我给一家报社写的一篇文章，文章发表于当天早些时候，他想问问我，是否考虑把我的经历写成一本书。

　　一年以前，我刚开始考虑搭建一座小木屋，让它成为我理想中简约生活的根基。我想到一个严肃又现实的问题——可能除了个人日志，我不会再写什么了。听说自D. H. 劳伦斯所处时代起，出版社就已经不再接受手稿了，尤其不考虑不那么像劳伦斯的人。因此当我决定只用不那么复杂的、更好上手的工具时，就像是宣告自己唯一的经济生活的落幕，我同意了他的约稿。因为，我总是觉得，借19世纪的作家与超验主义者亨利·戴维·梭罗的话来说，"站起来生活"比"坐下来写作"更为重要。尽管这样，我心里还在勾画这样的前景。

　　他的邮件确实让我惊喜。我告诉他，我很感兴趣。那时，我没有想好接下来该如何进行，如果真的可能的话。因为我的整个成年生活都在使用电脑写作，不管是写随笔还是完成论文，也不管是给刊物投稿还是出版图书。我已经发现，手写与打印不仅仅是不同的技艺，更关涉一种全新的思维方式。手写不具备打字与上网查询的快捷，没有拼写检查，没有复制和粘贴，也不易删除。如果我要改动一页内容，我就得从头重写。我很好奇，没有现代出版界已经习以为常的即时沟通渠道，编辑工作将如何运转。我思绪万千。有100个理由可以解释为何无法运转，那我就拿起铅笔，让它只剩99个。

~

大约10年前，我决定脱离工业文明，开始不用钱生活，这本来是一个为期一年的实验。结果，我这样生活了3年，自那之后，钱在我的生活中只占微不足道的一隅。看到这里，你可能会觉得这位老兄有严重的自虐倾向。我不能怪你。

事物的另一面反而更接近真相。诸如"放弃""割舍"和"退出"这些词语，听起来总有自我牺牲、克制和苦行的感觉，它们聚焦于失去，而不是获得。人们提起酒时，常常说"戒酒"，而不说"获得健康和良好的人际关系"。我的经验是，得与失一直存在于人生中。无论我们能否意识到，我们都在做选择。我过去的大部分年月中，我也首先选择接触钱与机器，似乎挺理所当然的，就在无意中回避了它们之外的事物。那么，这个问题就与我们息息相关，我们却很少问问自己：当我们在短暂又珍贵的生活之路上摸索前行时，何物的流逝是可以接受的，何事是我们所求的？

就像这本书所写，在我准备抛开金钱生活的前一个下午——说与自然同栖有点矫情了——编辑问我是否愿意把自己的经历写成一本书。一载倏忽，我写就《一年不花钱》一书。那是关于一切挑战、经验、奇迹、挣扎、欢欣、差池和冒险的故事。那是我不用钱生活的第一个年月。写那本书的时候，编辑让我用较短的一章解释一下"交战法则"。因为钱是好界定的，规则就一清二楚：至少一年之内，我都不可以使用或者收取一分钱。鉴于我做这些是同时出于个人的，以及生态的、地缘政治的、社会的考量，我花了大工夫去挣脱硕大的全球货币体系。不过，我最后给自己定的界限是相对简单明了的：不用钱。

那时，编辑就这本你正在读的书联系我，让我说清楚无科技生活的规则时，我忽然有些紧张，虽然这个请求是再正常不过了。和钱不同，要界定科技与非科技，如同要在沙地上画出个此疆彼界。语言、火、智能手机、斧子——甚至我正在写下这些词句的铅笔——都有科技的成分在，虽然我不愿用这样的粗线条来描绘生活。我该在何处划定边界呢——石器时代？铁器时代？18 世纪？——无解的问题，因为这些词汇本身就离不开科技。何况，我越是回忆不用钱生活的年月，找到一个完美答案就越没有那么重要了。

最主要的是，这些年我体会到，规则总是会把生活变成一场需要获胜的游戏，一场必须成功的挑战，我们的社会快要成为非黑即白的疆场。我的生活是我的生活，与他人的生活一样，会遭遇矛盾、复杂、妥协、困惑和冲突。

我总是理念先行，而显然我化解这一切的能力略有滞后，这也没什么。其实，回望一下，虚伪或许可能是最高的理念。

我真的觉得，如果我要将自己的经历写成书，它应当反映所谓割舍的真正意义：要深究人之为人的缘由——那一切美丽的复杂、矛盾和困惑——当你舍弃分心之物，那些使我们和周身事物脱节的东西。

10年过去了，我愈加倾向于真诚地探索简单之复杂性，而不是正确性。我生活的中心有一种强烈的渴望，想要知道成为一个人的风景的一隅会是什么感受，只使用工具和技术（如果我非得这样称呼它们），就像北美遵守旧秩序的阿米什人①，不会让我受制于那些机构和势力，它们毫不在意我秉持的生活原则和价值。而之后，当我无可避免地被生活向远处拽动——离开我小屋与农田上得之不易的清简，进入一个似乎时时刻刻都为虚拟现实着迷的社会，我可以坦率并直接地讲述我面临的妥协和困境。就我的生活原则而言，这些就是我可以讲述的。

我想要在语词的限度内确切地描绘现实，本书的第一章将带你走进我想要融入的风景，步入为我开启新生活的木屋。在书的其他部分，我将带你游览四时之景，抛却分心之事，因为我觉得比起增添便利，这些分心之事对我们

① 阿米什人（Amish people），是北美一群基督新教再洗礼派门诺会信徒，通常被认为拒绝使用现代科技。

造成了不止一处的损毁。所以，接下来的篇章，与其说是一个抛却技术的人的故事，不如说是融合了我的观察、实践、农家门前的对话、冒险与反思，我希望以此介绍那些尝试去除浮夸的现代性、回归生活粗粝本质的人。

其实，现在我觉得，这本书与我关系并不大。

介绍我的家

我将建造一座幸福之屋吗？
自然是唯一的建筑师。

——亚伯拉罕·考利《贺拉斯致阿里斯提乌·弗斯库》，转引自《贺拉斯书信集》，1668

"这是世界上最美丽的地方。"这是爱德华·艾比《孤独的沙漠》的开篇第一句。对他来说,那是峡谷地,犹他州摩押(Moab)周围平滑的沙漠。不过,艾比知道,这样的称赞拥有——而且必然拥有——无尽的疆界。

在美国,这样的称赞最为热烈。在诗人和散文家温德尔·贝瑞(Wendell Berry)看来,天堂就是肯塔基州的亨利县,他在那里耕作、休息,而其他同辈人就像罗杰·迪金(Roger Deakin)说的那样,在他的周围"玩抢椅子游戏"。在那里,他选择的工具是一群马和一支铅笔。或许,自然资源保护主义者奥尔多·利奥波德(Aldo Leopold)也这样看待他在威斯康星州沙场上的小棚屋。对于亨利·戴维·梭罗来说,那个地方就是瓦尔登湖,他在湖边住了两年两个月零两天。在荒野守护者约翰·缪尔(John Muir)的眼中,上帝的国度更为广阔:从阿拉斯加到优胜美地谷,直到墨西哥,美国西部层峦叠嶂,他在那里寻找真理,与传统智慧进行碰撞,"只带着几块面包、一只锡杯、一小撮茶叶、一个笔记本和一些科学仪器"。

在我的位置,大西洋的这一岸,佩格·塞耶斯(Peig Sayers)和托马斯·欧·克洛汉应该会赞同艾比对于大布拉斯基特岛的描写,这座岛距爱尔兰丁格尔半岛 5 公里,是20 世纪早期最令人称奇却又淡出人们视野的一个文学亚流派的故乡。至少有 80 本书的主角或作者为布拉斯基特岛民

（尽管现在仍在出版的寥寥无几），考虑到在其全盛时期也只有150位居民，这是不小的荣耀了。它的魅力在何处？无人知晓。或许是出于某种好奇，或许是出于人类学家的窥探欲，抑或是一代人的一个符号，他们听说，可以在那里重见生命里缺失的一环。

对我而言，地球上最美丽的地方是这样一个远离尘嚣的、简陋的、半野生的3英亩小农场。我希望拥有的就是这里。

～

我在2013年夏天来到这座小木屋，当时的女友杰茜和密友汤姆随我一起留下。我们的脑海里充斥着跳跃的、无畏的、往往不切实际的想法。在英国生活了10年之后，我愈发感召到爱尔兰的呼唤。我思念我的家、故乡的人、故土的文化底蕴。我离开家的时间太长，多内加尔口音渐疏，就连爱尔兰人都要好奇我来自何方了。我自己也开始怀疑。

这是我们考察的第一个小农场。这是你能想象到的离黄金农业区最远的地方，但它有种朴实无华的感觉，是一个自得其乐之所。我记得观赏这个地方时，那种温和的氛围打动了我们——风吹树叶沙沙沙，驴子嘿喔，鸽子咕咕咕。我们关掉露营车的引擎，走在小道上——小道通往现在的土豆田。对我来说，未开垦的土地很有教益，需要用心倾听。我们在农场门前遇到了几位很好奇的邻居，他们开朗、活泼又热心。空气中涌动着新鲜肥料的气味，我们觉得这一切都相当奇妙。

它的可爱之处在于我们能够买得起它。爱尔兰依然经受着 2008 年金融危机的余波，我们以最低的价格获得了小农场和附带的农舍。我之所得，他人所失。能怎么办呢？我们的预算很紧——相当的紧，可我知道，缺钱或者没钱意味着我们就要创造，而这种限制最终会成为我们的最大盟友。

我们立刻开始工作。我们把房子修好了，把起居空间改成了卧室，以便让更多的人住在这里。我们植树，种了很多棵，有些地方的树需要修剪，以便为新开的果园和菜园采光。土地很湿，我们用铁锹挖了排水沟。我们养了一群母鸡，搭上鸡笼，种下坚果，造了一方池塘，修建了一座草药园，搜遍了跳蚤市场和旧货场，去寻找那些被弃置的、物美价廉的手用工具。我们制作了堆肥箱、堆肥厕所，最后，堆肥。我们建造了一座交互式框架的烤火小屋，要在那里欢歌、畅舞、宿醉不醒。我们仅剩几个月的时间来将木头放进去风干以备过冬使用。无意识中，我们修葺了荒野的锋芒，在这片土地上留下了自己的印记，而后来，我为此感到有些后悔。

同一时期，我也在着手写其他书。工作负荷让我和杰茜间的关系沉重不堪，我们原本就在生孩子的问题上有分歧，她想要小孩，而我不想。我们分手了，但仍是好朋友。我留在这里，她搬到了科克郡。我曾向自己许诺，定会将感情放在首位，可我已然知道旧习难改。

到第一年的年末，我感觉苦差事都处理完了。自那时起，我所明白的是，如果你受蛊惑，拒绝相信自力更生的生活应当是简单的，那么苦差事永远干不完。

～

我第一次见柯斯蒂是在德文郡舒马赫学院一个风景如画的迷人之地。学院成立于 1990 年，以英国经济学家 E. F. 舒马赫（E. F. Schumacher）的名字命名，他最有名的作品是《小的是美好的》（*Small is Beautiful*）。柯斯蒂一直在诺福克的阿尔比手作花园（Alby Crafts and Gardens）经营一家咖啡馆，那里是她出生和长大的地方。不过，她慢慢领悟到，生意并未增益她最看重的事物：幸福。大多数时候，她都觉得压力很大，上帝赠予的每个小时都在工作，甚至不知道做这些是为了什么。

我和一个朋友——野生食物采集者弗格斯·德伦南（Fergus Drennan）——一起开设了为期一周的课程，名为"野生经济学"（Wild Economics）。柯斯蒂在探索谋生的他法，极少或者不使用钱。临近开课，她才决定加入。这一决定的结果，是最令人意想不到的。

我们一拍即合。我发现自己会在课间环顾教室，看看她身旁有没有空位。我们畅聊到暮夜，忧心人类与世界。她那双深棕色的大眼睛流淌出好奇的光亮，让你想要陪在她左右。我们很快相爱了。我以前读过，"爱是对美的赞许"。我在她身上看到如此多的美好——她善良、有趣、体贴、慷慨，会为在意的人与事挺身而出。在此之前，我从未与这样的真诚相遇，遇见她是我的幸运。

不到几个月，我们就开始共同生活了。我和她都没有想好未来。柯斯蒂是随心所欲的流浪者，她是一位舞蹈表演者，会在格拉斯顿伯里这样的音乐节串场。她一直都想过融合于自然世界的生活，却未曾直接在自己的一方风景中做出尝试，也不知道如何找到自己的风景。我的想法扎根很深，觉得那些格拉斯顿伯里那样的大型音乐节是生态对立面的蹩脚存在。不过，就像流水倚仗堤岸，我们觉得彼此是互补的。由时间作证吧。

那时候，我唯一确定的事情就是我爱她。我会爱她到一生的尽头，无论世事如何变化。

～

柯斯蒂和我在农舍住了将近一年，我们才决定盖这座小屋。之前在英格兰的 3 年，我住在一辆 12 英尺①长、6 英尺宽的大篷车里，刚住在农舍的时候都觉得奢侈。但我很快发现它太好住了——开关、按钮、自动化、插座，让我不求上进，也搁置了本想学习的技能，而至少我自己未

_____

① 1 英尺约等于 30.48 厘米。

来的生活是离不开这些技能的。水龙头会流出电动供水的自来水，我就懒得去取泉水了。

在农舍里，电力、化石燃料和工厂为我处理一切生活问题，我发现这样就很难直面真正的生活。拥有太多的便利当然是第一世界的问题①，但这很成问题，影响着这个星球五湖四海的各个角落。在大篷车里，我与周围的风景呼吸共振，而如今，在一系列通用、便利的小工具的诱惑中，我感觉自己与生活隔了一层。我突然想到，也许边际效用递减规律也适用于舒适的感受，在舒适和尽情生活之间，我没能找到平衡。

我想重获活力。柯斯蒂也希望如此，她以自己的方式表达了这种诉求。我们决定把农舍免费出租给一群形形色色的离经叛道者——一位瑜伽士、两名水手、一位无政府主义者、一名马戏团演员和一位音乐家——他们也想在这片土地上生活。他们各有自己的理由，但万变不离其宗，就是现代生活积弊已久，不明所以，人需要与自然世界重新联结，为自己，也为自然。从第一天起，这种更聚集的小农场生活就成了这个地方的愿景。

绘制了小木屋的蓝图之后，我们脑海里出现的是，那种经常被浪漫化的、所谓的简单生活的实感，这样的预期让我们心绪复杂。我们打算在冬天到来之前就住进去，开始不用电的生活，不过首先要做好建造木屋这件小事。

---

① First World Problem，指微不足道的、不值一提的问题。

~

　　我花了整整一个星期来挖掘、平整小屋的地基。20吨的山土，一铁锹一铁锹地挖。星期日的晚上，我收拾好东西，正想洗个热水澡——我的身体提议，趁现在，洗个澡也不错——有位朋友过来下棋，这通常是他为品品特种葡萄酒（这次是"老橡树"）和聊聊天找的好借口。他说他听说我弃绝技术了，也可以说是那类东西。我说，看你怎么定义技术吧，嗯，也说得上是那类东西。

　　看上去他真的很担忧，与其说是为我考虑，不如说是为了我们的友谊。我们怎么见面啊？像平时那样就行，我说。很有意思，他就各种细枝末节追问我——电子邮件？冰箱？在图书馆上网？时钟？自来水？燃气？公共电话？电锯？发条收音机？——我一一回绝了，不使用。当话题深入——这不是我第一次遇到这种情况了，他似乎也很关心我的生活质量。

　　我们是发小，日渐踏上了不同的路，彼此间产生了鸿沟。他问我，你怎么要这样对待自己？要享受生活啊，他说。

　　这下说到重点了。我无法享受生活了。我也喜欢料理机和面包机的魔力，可是同时，我不再享受生活。

　　我和他讲，我想再一次亲手触摸生活的脉搏。我想在浩大之中感知幽微，剥离芜杂，径直舔舐存在的骨骼。我想了解亲密、友谊和社群，而不是它们的伪饰之物。我想寻找真理，看看它是否存在；如果不存在，至少找到与真实的自我更贴近的东西。我要受冻、挨饿、担惊。我要生活，不是展演生活的符号；那么，当那一刻来临，我将动身走入深林，平静而清爽，让那里的生灵以我的骨与肉为食，正如我的生命曾由它们供养。群鸦啄去我的双眼，狐狸啃啮我的面颊，野狗狂咬我的骨头，松貂咀嚼我的腿肉。这样才公平。

这些是我真实的想法。不过，我还有更重要的生态、地缘政治、社会和文化的原因。要知道，我还能说出以下种种理由：物种的大规模灭绝；卧室和口袋里无孔不入的监视；资源战；文化帝国主义；万物的标准化；荒野和原住民地的殖民化；社群的分裂；气候灾难；数百万工作的自动化，继而是不可避免的不平等、失业与颠沛之感（它们为煽动者提供温床）；心理健康急剧下降；癌症、心脏病、糖尿病、抑郁症、自身免疫性疾病和肥胖症等规模性疾病的剧增；快节奏、无节制沟通的暴政；或是对空洞兴奋感的成瘾（电影、色情片、电视、新产品、名人八卦、约会网站和全天候的新闻），隐匿于屏幕之后，让我们的消遣被资本入侵。不胜枚举。

可是没人真的愿意听这些——太说教，太消极，太真实了，我就给我俩又倒了一杯酒。

只喝了几口，我们就扔下了棋局，把瓶塞塞好，留待下一个夜晚。他早上6点就要起床上班，而我也得动身收集一些圆木来建造木屋。

~

这一天很辛苦，也收获颇丰。我的双脚乞求从靴子里出来，背上冒着咸咸的汗，头脑清醒而平静。不过这一天还不算结束。阳光转淡了，我带着邻居的狗出去，在树林里漫步，寻找第二天的建筑材料。我一定是走了好一会儿，光线也变暗了，我也看不清自己的腿了，这时我找到了想找的木材，我已经连着几星期夜夜寻找它。它生得真好，是否一直在耐心地等待着我？

据我所知，这棵树高13米，在两个冬天前的无情暴风中被吹倒，它的浅根无法承受爱尔兰多年来最为狂暴的那些季节。附近的几棵山毛榉将它悬挂起来，离地面齐肩高，被风干得恰到好处。

这是一棵西加云杉（Sitka spruce），大自然让它生长得笔直，简直就是为我需要的圆木屋脊杆而定制的，我们将在这样的屋顶下生活。这棵树集诸多优点于一身，我觉得是时候召集一支由8名森林护柩者组成的队伍，才能向它致以一切生命应得的尊重。

那样很好。但难处是，我们必须把这块粗重的木头从树林里搬出来，一直运送到小屋将要拔地而起的地方。需要上下颠簸，通过长达300米潮湿的、泥泞的犁沟，翻过一堵古老的石墙，穿过一条马路，再穿过一英亩的灌木丛，将它放置在最后的安息地。它虽然被风干了，但也如冷语一样沉重，要完成这桩事，我们能动用的只有双手、肩膀、膝盖和执拗的头脑。

不过，就这么定了。

~

柯斯蒂、我的一个朋友与我按部就班地搬运，一次挪动半臂长，把屋脊杆抬到了距离它的新家 4 米远的地方，搁在木框架的顶部，准备为石灰粉刷的稻草垛墙搭建框架。屋脊杆体积庞大，挑战着我们身体的每一块肌肉、韧带与迟疑。的确如此。我们听说，如果使用带叉的重型机械，只用花一半的时间，而且一个人就够了。但是，一起举起这一重要材料的感觉很好，甚至很重要。

接下来的几个星期里，屋顶成形了。锯好的钝棱云杉木板叠在年岁短的、较薄的云杉椽子上面，顶上是我们一个月前从地基上挖出来的表土。我们在里面播撒了些野花和草的混合种子，当它们生长开花时，小屋就会慢慢地融入风景中。

草屋顶漂亮，也并不简单。一天下午，我爬上屋顶，解决一处排水问题。从那里环顾四周，我第一次看清了这里的格局。人、野生动物、溪流、田野、昆虫、岩石、树木和其他植物紧密编织在一起，我只是其中的一根线，与其他事物没有高下之分。这个地方组成的织物不是丝绸长袍，而更像渔民穿的阿伦毛衣[①]，手工家纺的感觉，边缘

---

① "阿伦毛衣"，又称"缆绳毛衣"或"渔民毛衣"，起源于 19 世纪末爱尔兰西海岸阿伦群岛。岛民为抵御寒冷发明了阿伦毛衣，后成为当地渔民身份的象征。

粗糙，暖意融融。我坐在屋顶上，重新审视风景，对这个被遗忘的地方生起了新的感激，我正慢慢地在其中扎根。

篱雀、红腹灰雀和知更鸟栖息在一棵老山毛榉的树洞中，树冠遮住了一部分屋顶，我的思绪也同它们一起筑巢，脑海里自动描绘出周围的景观。在这样的遐想中，我感到我的自我意识在消减。

我朝向午后的阳光，在右手边铺设我们的菜园，等小屋工程完结——真的可以做到吗？——就可以长出根、叶、豆类、西葫芦和其他适宜这里水土和气候的植物。我们刚到这里的时候，植物已然在这片土地上肆意生长，其实就是"杂草丛生"。我站的地方曾经有一个塑料暖房，后来我们把它拆下来，送给了一位经营菜园的朋友，尽管对方认为我们疯了，但还是高高兴兴地收下使用了。我这么做有两层考虑：其一，我不想再依赖那些在我眼中不尊重生命的技术；其二，无论好坏，柯斯蒂和我都想以爱尔兰饮食为生——依靠这片土地足矣，无须借助塑料之类的东西。没过多久，我们就会发现这很不易，不过我们也没有抱幻想，尤其在这个生物圈发生巨大变化的时代。

正是因为这片肆意生长的蔬菜园，我才决定搬到这里。我记得初次潜行于一条长满甜栗子、接骨木和山楂的幽径，目光撞上了一只饱腹的雄鹿，它一直在快意地咀嚼野花、草和黑莓。

我那时吃素，又一直欣赏这种出色的兽类，我从未想到过，有一天，当它傲立于 8 月暗红的日落时分，我会对它的同类进行杀戮、剥皮或屠宰，为了我和我种下的小树林能够存活。

那一刻，我带着敬畏凝视着它，看它的身形与活力、它的温柔，还有眼中不可驯服的神情。直到一年后，我阅读了奥尔多·利奥波德的文章《像山一样思考》，也尝试自己在这片土地上生活，我对生与死的想法才产生了巨变。

～

小木屋的对面是我们的旅舍，名叫快乐猪（The Happy Pig），它是我次年就地取材建造的，没有使用机械，用到了玉米芯和软木、荆条和涂料、圆木和云杉锯材，来访的人可以免费入住。它可以一屋两用，甚至三用，变成活动空间和西宾（sibín）——免费提供各种自制啤酒的非法小酒吧。仅仅通过口耳相传，它被无数人视为歇脚所、避难所或隐居处。出于各种原因，他们渴望重新与荒野之地联结，或者说，与内心的荒野联结。最初，我们考虑创建一个网站，但我们已经很忙了，我再也不想重蹈覆辙。它自有一方土壤，不必依靠网络。

向东走过旅舍，穿过坚果园和马铃薯田，你就来到了我的近邻帕奇的家：一座建于20世纪50年代的白色小平房，供农村单身青年居住。帕奇这个人很稀奇，真是人间少有，他的眼睛里闪烁着活泼的光芒，花甲之年光彩不减。他的面容，如同他从未离开过的这方水土，饱经风霜，流露出笑意和惋惜。他花白的头发很是蓬乱,只有星期天梳理整齐,那时候可能都认不出他了。

记得我刚搬到这里的几日,我得为一家报纸写一篇关于"礼物文化"的文章——人类学家用这个枯燥的术语来描述先民在没有金钱或易货的状态下生活的多种面向——我已经忘记报纸的名字了。为了这篇文章,我花了整整一个早晨和下午,敲击塑料键盘来赞美这种自然经济形式的诸多优点。

第二天早上,我打算动动腿,了解一下地形。我发现几天前用镰刀修剪过的草地那里落着一堆整齐的干草,很是神奇。似乎无人知晓这件事,直到第二天,我才逐渐了解到,当时我还未熟识的帕奇,在太阳升起前,就已经出现在我们的地里,手里拿着干草叉。

他没有对别人提起过什么。

～

小屋的南边有一片新开的果园,里面是一园子的苹果、胡颓子、梅子、沙棘、梨、木瓜、榅桲、红醋栗和樱桃,此外还有一些有用处的植物,比如四处生长的亚麻。这一片黏质土壤排水不良,不是所有的植物都能够适应。穿过果园,你最后会走上一条安静的小路——除了早上 8∶30 和下午 5∶30 左右——把我们的小农场与一株有 20 年树龄的云杉隔开。这棵云杉周围是一条窄小、稀疏的原生阔叶树林带，旁边还有一堵革命前贵族庄园古老的厚石墙。

这片森林——更贴切地说，是"林场"——林木由人工种植，并由人工规划，但它仍然有难掩的野性。它为红松鼠、松貂、灰鹞和木鼠（当地食肉动物的重要食物来源）提供了好住处。从这里看过去，是我等一下要采摘几种植物的地方，我四处寻得了酸模、牛蒡根、鸡油菌和野生覆盆子。这里不是丰饶之角——尤其作为温带的人工林——但如果你明了去何处寻得所需之物，每日遛狗、漫步山间，也是生活的一页。

～

林场四周，有草地和一簇簇的莎草围裹着我们，下面都是黏土。这个地区通常被认为是农业价值较低的边缘土地，但我觉得，这是一块被揣着边缘生态概念的社会滥用了的土地。如今，我们这代人根本不会想象到，在并不久远的过去，这里曾是一片巨大的橡木林。

戴利布伦（Derrybrien）——附近的一个村庄，不熟悉此地的人会把它的名字当成一家酒吧，是从它的旧爱尔兰名字"Daraidh Braoin"转变成的英文，意思是"布赖恩的橡木林"（Brian's Oakwood）。据说，大名鼎鼎的爱尔兰王布赖恩·博鲁（Brian Boru）在这里训练他的部下，以应对入侵者的多次进犯。当我坐在屋顶上时，我想知道博鲁会对这个现代化的爱尔兰有什么看法，他是否仍会用生命来捍卫这片土地。

这一切都由狭窄的小路网格连接起来——我们称之为"bóithrín"①——它让人生发出野性、粗犷之感，中部带状的绿草如织，奔涌如画。在小路的尽头转弯，就可以来到凯瑟琳和杰克的家。凯瑟琳60多岁了，是位个子不高的、坚韧的女人，拥有6岁孩子一般的生活热情。她给人的印象，像是20世纪20年代明信片中形象的3D版，尤其是当她在冬天用披肩围着头的时候。杰克年纪更大，已经80多岁了，现在已难以延续旧时的习惯了——邻居们经常告诉我，"他那时候是个工人"——我注意到，这有时会让他感到沮丧。每当我们小农场的人下来帮助他们收拾草皮，或者扶起摔倒的杰克时，他总是告诉我们，他真的好想做些事情回报我们。我也一直讲起，我们刚搬来的时候，是他用拖拉机带动了我们那辆破旧的露营车。每一天，我都喝着他们土地上涌出的泉水。话题终归会转向盖尔足球，那些欠人情的话就被抛却了。

在屋顶，只能看见和听见这么多了，其实，在我面前延伸的山丘之外，有小教区、村庄和城镇。最近的商店在6公里外，商店还兼作邮局，西北方向比较偏远的地方是戈尔韦市（Galway City）。

下面传来帕奇的喊声："别发呆了，快下来干活。"我就从屋顶爬了下来。地面上，一个铲子和一把鹤嘴镐正候

---

① 意为"乡间小路"。

着我。

~

接下来，我忙着做一些棘手又要紧的收尾工作，进展慢得让人感到挫败。我忽然注意到了附近的几个鸟巢。第一个是燕子的窝——土屋建筑师的家——在我棚屋的屋顶上用泥土和稻草筑了巢。我不知道另一个鸟巢的建造者是谁，因为最近没有鸟来住了。不过，我由衷佩服它们。只用喙和爪子就可以建造房子——没有电动工具，没有重型机械，甚至没有凿子或钉子——只使用碎树枝、泥土、叶子和稻草，并借助柔软的绿色苔藓、地钱和其他材料自成一隅。我的确为这其中的决心和灵巧所惊叹，但我在想，这些鸟类最厉害的技能，大概是它们永葆极简需求的能力。它们没有被进步文化侵袭，生存皆艺术。

我继续干活，在橡木窗座和桦木书架上轻轻涂抹亚麻籽油，好好加固和保护它们。我稍作停顿，想着燕子会如何看待我夸张的行为，然后把这种无聊的拟人化想法从脑海中删去。我缓缓揉搓，用亚麻籽油浸润木头，让其熠熠生辉，每个环、毛刺和结都讲述着这个地方的故事，始于我出生前的久远过去。

~

　　小屋终于完工了。我身体酸痛，又酸又累。为了御冬，整整 3 个月，我每天都在干活，大多数时间都过度劳累，导致身体上轻度劳损不断蔓延和加重。每一吨稻草、石头、木头、泥土和石灰都是徒手搬运的，过程十分艰辛。光说上周，我挖排水沟的时候，推着手推车在泥泞中穿行——建筑老手一定会选择在干燥、土壤坚实的春日做这件事。

　　现在是冬至前夕，一年中我最喜欢的一天就要到来。冬至不仅是柯斯蒂的生日，而且也标志着漫漫长夜的结束与光明缓步的回归。我们的祖先不是一按开关就有光源的，他们理所当然地疯狂庆祝冬至。今年的冬至对我来说意义非凡，这一天开始，我远离大规模的繁复技术，开启动手劳作的生活。我打算至少过一年这样的生活，静看季节轮转，当我的思想有了岁月的磨砺，再去盘点一下这些经历。在那之前就对所有机器是否必要或合意下断言，似乎为时过早。

　　我坐在炉火边，面对新的——却更古老的——生活的转折点，感觉有些忐忑。现实扑面而来。我已经筋疲力尽了，如果没有廉价的化石燃料和塑料开关按钮，我甚至还无法开始生活。对于即将开始的生活，我未曾做过浪漫的田园梦。让自己从机器世界中抽离，将形塑我未来的一整年，甚至可能影响我的余生。目前，我不知自己是否能够寻得真正的见地，抑或我已如鱼得水。

从某些方面讲，我也有过类似的生活，是我开始不用钱过日子的时候。但这一次有所不同，甚至是大相径庭。这一次更原始、更独立。首先，我不用太阳能电池板，或者太阳能产品。一天辛苦的劳动之后，都洗不上热水澡。也没有耳机、电视剧、新闻或社交媒体来消遣时间。经验告诉我，当我像剥洋葱皮一样剥去一层层过度文明的外衣，我很可能会发现自己未曾认知的内在，且希望自己一直不知道。我在想，远离喧嚣的人群后，自己会感到隔绝人世，还是会享受平静和安宁？没有互联网、收音机、电视或与外界连接的便捷渠道，我会很快感到无聊吗？它将如何影响我的人际关系与我的健康？在现代社会的背景下，真的可能过着古老的生活吗？问题很多，答案还在路上。我怀疑答案会沾染着血与汗，还有……好吧，我希望没有眼泪。

　　为了促成这个具有挑战性的举措，我答应给一家报纸写专栏，谈谈过这种抽离的生活的原因和切身经历。我知道，即使我能够在没有技术的情况下活得有生气，我也会受到抨击；要是我失败了——你瞧着，我过去的经历众所周知——批评的话语会相当无情。想到这些，我自己并不是很介意，因为我早就习惯了，但是，一想到那些能干的祖先沿袭了数千年的生活方式得不到公正待遇，我就感到很是不安。

　　晚上 11 点，我最后一次查看邮件，然后关掉了手机，我希望永远不再打开。从更广阔、更遥远的文明世界中抽离，我将会失去与现实的所有联系，还是最终发现何为现实？我也会找到答案的，很快就会。

冬

……恩典与暴力相缠。

——安妮·迪拉德《汀克溪的朝圣者》，1974

我今天早上醒来想到两件事。

第一件事是，从现在开始，我再不会收到写有我名字的账单了。真自由。第二件事是，从这一刻起，连接我的生活与现代性之间的收费桥都消失了，我将独自生活。我脱离了唯一了解过的文化。

～

冬至刚刚过去，冬天正式到来，这种生活方式的细枝末节都已凸显出来。生活的重中之重是火。

永远不会忘记第一次摩擦生火的时刻。那是原始的、自然的、基本的、必要的。看着这些原始的、烧到白炽的煤炭，人们对经济崩溃所怀的末日恐慌都会消散。它是熟食与温暖的承诺，让人安心，一切尽在掌握。

很多年前我就学会了用这种方法生火，但是在拥有便宜又好用的打火机的时代，我每次都走捷径，渐渐地，就失去了最基本的技能。即使在我不用钱的时候，我也会在街上找到半空的打火机，每一次使用，都让我渐渐遗忘了生命中不应淡忘、永葆燃烧的东西，那比留下会烬更重要。

在这方面，我的故事是世界上越来越多的部族的缩影，他们在与西方接触并获得了一些工具后，忘记了如何自己生火。（西方针对运动T恤、牛仔裤和运动鞋所提供的"援助"同样降低了他们自制服装的能力，实际上是将他们变成了工业服装的新用户。）我记得曾经看过雷·米尔斯（Ray Mears）[1]向几位遗忘生火技能的部落长老展示，如何再次依靠祖传的知识来生火。雷做这些事时，带着一如既往的敏锐、熟稔和从容。

第一试。我使用了弓钻，一直试着用榛木钻榛木，可是连一块木炭都没有弄出来。我知道操作有误，只是不知道到底哪里不对。更糟糕的是，周围没人可以指导我，我也不能找在线教学视频来学。我垂着头，臀部开始抽筋，钻木头的手臂感觉快断了。终于，我闻到了烟味，要从头开始的想法简直比一直钻木头还让我痛苦。我全力以赴，但是技术匮乏，已经筋疲力尽了。情况更残酷一些，柯斯蒂和我就要没有活路了。

第二试。我花了更多时间准备木材。我将钻头和钻洞削好，让它们贴合得更紧密，这样可以增加摩擦力，然后选了更合适的树枝做弓。这一根木头更长，弧度更明显，每次摩擦的力量都更强。不到30下，它已经开始冒出大量的烟，我看到的是一团神奇的、发光的余烬回望着我，低声说："不错，从现在开始，你更了解你的居所了。"我小心翼翼地将余烬转移到一捆干了的蕨菜和桦树皮上，轻轻地向内吹气，火焰向上升起，朝向上苍，朝向食物。

这一刻，世界忽然向我打开。在此之前，我只想去商

---

① 雷·米尔斯，英国著名野外生存家。

店买把该死的打火机。

~

我从十几岁的时候就睡不好觉。当黎明的天空发出第一道深蓝色的光芒，我就醒来了。我已用遮光窗帘与失眠缠斗了多年，到搬进小屋的那一天，我决定拥抱它，随着季节的节奏和身体的节律入睡。现在我床上方的窗户，位于老山毛榉的树冠下，完全没有窗帘遮挡。醒来就醒来了——不沮丧，也不期待。不过1月初的情况要比6月中旬轻松得多。

我的早晨常常和其他人一样开始：进厕所。但接下来就不一样了。如果只是小便，我会找一棵树，保持我与它良好的共生关系。我给它氮，它给我氧。

大多数早上，情况会更麻烦些，于是我会去我们建的一个堆肥厕所。我特意没有把厕所建在木屋里，不是做不到。现代房屋设计精良，一应俱全。而我想尽可能多地在户外度过，所以设计时就考虑了这一点，胸中有数。

我的厕所很普通，没有冲水器，甚至都没有水。但它有座位，并且很舒适。我们使用的不是水，而是木屑，或者其他可堆肥材料。木屑是我们从当地的一个后院锯木厂收集后让马运过来的。桶装满后，我将其从座椅下方取出，倒入堆肥中。至少一年，才能分解到位，这还得看天气状况，不过也没什么着急的。最后我们得到的就是"农家肥"

了，深受植物和树木的喜爱。但大多数人可不喜欢。当你把桶里的排泄物倒在堆肥上时，气味有时着实刺鼻，是一次不一般的体验。但万事皆如此，习惯成自然。

在都柏林，我听说市民对征收水费进行了大规模抗议，在 2008 年银行业危机之后，国际货币基金组织（International Monetary Fund，IMF）以此作为爱尔兰政府获取援助基金的要求。那时爱尔兰政府频繁立下税收名目，正是国际货币基金组织赞助的那些银行收走了人们的房子。在那之前，水一直是免费供给当地居民的。政府声称，为数百万人提供饮用水成本过高，应当节流。而民众认为，在银行业如此凶残地暴露出贪婪嘴脸之前，这不是一个问题。

我很遗憾不能参加抗议活动，因为我无法到达那里，而且在这里有很多事情要做。

～

如果需要我整理一个关于这种生活方式的疑问解答页面，我列举的第一个问题必然是"不使用技术和钱，你会在圣诞节做什么？"因为每个人都会问这个问题，包括采访者、朋友和编辑。

这个圣诞节呀？我起得很早，取了些肥料，从树林里拖出木头，准备来年冬天的柴堆，忽然想起这天是圣诞节。我们做了一些吃的——烤土豆、根芹菜和芜菁，还有小甘蓝、沙拉和邻居给的鹿肉（成为素食者或纯素食者 13 年后，我决定开始吃肉，但仅限于野生、行动自由的动物。）——
喝了些黑醋栗酒。我们应该在火堆前做爱了。这大概很像
其他人的圣诞节，只是用木头和肥料代替了电话和垃圾电
视节目。

~

我在路边发现一只鸽子倒毙在路上，脖子和头部的厚
度表明它是雌性。一定程度上讲，它是被汽车撞死的。我
们也可以说，鲭鱼是被底拖网渔船绞死的，橡树是被电锯
锯死的，或者山顶是被推土机夷平的。再往深里想，其实，
它们共同被一种理念杀死了，这个理念太忙，顾不得考虑
鸽子、鲭鱼、橡树和山丘这类事物。

不管它的死因是什么，我的眼睛告诉我，它已死亡一
天以上了，而我的鼻子告诉我，可能它仍能被食用。我先
从关节处切开翅膀，把头部切下来，然后从瘦削柔软的身
体上拔掉一根根羽毛。尾羽沾满了黄色的、湿乎乎的、搅
打生鸡蛋似的粪便，但我猜它现在不在乎尊严这些东西。
看着它失去生命的裸露身体，我不知手里拿着的是否还是
一只鸽子。它是鸽子的本质，还是剥除了本质的鸽子？

我用刀从它的胸骨下面切开，把内脏拉出来。这样做时，
我认识到自己和鸽子之间有着更多的共同点——都有心脏、
肝脏、肠子、肉、骨头——我们之间的大部分差异只是器
官的构成和大小的问题。我希望它的灵魂可以飞升，但肉

体留在这片土地上，很快就会呈现出新的样貌，周而复始，无限循环。

我把它洗干净。它闻起来有些冲，但吃起来很香。它胸脯上的肉不足以支撑起羸弱的生命，但足以证明拔毛和烹调的辛苦是值得的。我把它放在烤炉里，漫无目的地收集羽毛。如果我收集到的羽毛足以做一个枕头，那也真是苦中有乐。

~

几年以前，我还没断网，想搜索一张野生沙果①的图片来认识。我没有看到李子或山里红的照片，反而满屏都是苹果公司的商标。我吃了一惊，输入"黑莓"和"橙子"，看看会发生什么。结果是手机优惠的信息。当时我还没有听说过 Tinder②，但也不指望出现的图片都是木屑、蕨类植物和桦树皮。

6个月后，我拜读了罗伯特·麦克法伦（Robert Macfarlane）的《地标》（Landmarks），他对丰富"整个地球的魅力词汇表"做出的贡献是非凡的、细致到位的。他在书中挖掘了 2007 年版《牛津初级词典》（Oxford Junior Dictionary）删除的词条，包括：

---

① 沙果（crap apple），蔷薇科苹果属植物。
② 社交软件，字面意思为"火种"。

橡子、桤木、梣木、山毛榉、风铃草、毛茛、莱茇花序、七叶树果、樱草、小天鹅、蒲公英、蕨类植物、榛树、帚石南、苍鹭、常春藤、翠鸟、云雀、槲寄生、花蜜、蝾螈、水獭、牧场和柳树。

在腾出来的位置，牛津大学出版社增添了以下词条：

附件、框图、博客、宽带、项目符号、名流、聊天室、委员会、剪切与粘贴、MP3播放器和语音邮件。

出版社解释道——孩子们现在的生活是由这些词汇构成的——务实，讲得通，又坦诚，却很令人深感担忧。

我筹备断网生活的过程中，大概在我拔掉网线的一周前，我找到了 2000 年版的《柯林斯英语词典》（*Collins English Dictionary*），共 1785 页，语料来自"柯林斯英语语料库"（Bank of English），包含 3.23 亿个单词示例。自从用它取代多年来使用的在线词典后，我的词汇量有所提高。以前，如果我想了解一个词的含义，我会直接用谷歌浏览器来查询，当我输入完"现在"的"在"时，我就知道了词的意思。不过再没什么了。现在，当我想知道杰拉尔德·曼尼·霍普金斯（Gerard Manley Hopkins）的逝世年份时，我会被从"钩虫"（hookworm）到"丰饶之角"（horn of plenty）吸引住眼球，所见再也不是满屏精准投放的广告了。

这本词典读起来很有趣。它比《牛津初级词典》早 7 年出版，没有提到框图、博客、项目符号、聊天室或 MP3 播放器。以下两个条目也未提及："currel"，曾经是东英吉利亚^①特有的词语，指的是特别小的溪流；"smeuse"，苏塞克斯农民曾将其称为"小动物定期穿过树篱底部而磨出的缺口"。

使用智能手机的一代，从未玩过"打栗子"（conkers）^②，也不会想念这类词。奇怪的是，我生长在 20 世纪 90 年代爱尔兰一座日渐衰颓的小镇，曾住在城镇边缘工薪阶层的廉租房中，人们不会问我，是否想念自然世界。而当我选择风铃草而不是项目符号时，每个人都来问我最想念机器的什么方面。

~

我在尝试抛却时间。当然不是四季时序，那是不可避免的岁月更迭，我要忘却钟点。我知道，这听起来很稀奇古怪，不够现实，但这却是我向往的生活要义。杰伊·格里菲斯（Jay Griffiths）对时间有过深入的思考，他所著的《哔，哔》（*Pip Pip*）这本书更让我明白，在人类文明中，钟表时间只是个新生的概念，在本质上是意识形态与政治的建构。钟表时间是工业、大规模生存、专业化分工、规模

---

① 东英吉利亚（East Anglia），英格兰传统地区，区域范围包括诺福克和萨福克两个历史郡以及剑桥、埃塞克斯部分地区。

② 英国的一种传统游戏，游戏双方使用七叶树属植物的果实相互敲击，果实完好的一方即获得胜利。

经济与标准化的核心，我对这一切唯恐避之不及。

这是个念头。但念头是一回事，真正想要让自己从钟点中抽离就完全是另一回事了。

我没有手表，没有手机，没有时钟。但是邮差开车经过的时候，我就去砍柴。那时候是早上 9：10，差不离。我心里能摸得准。帕奇到乡间小道上漫步，前往他的姐姐家共进午餐，他每日如此——周六除外。那时候就是下午 1：55。以前，我看太阳的位置就能知道钟点，我为此自得；现在，那样的知识又回来了。我产生了一种难解的冲动，想要直接看向事物的本质，哪怕只有一天。不要参照数字或者定义，也不要顾及拟人论或者被规约的特质，即使是一分钟。这样一想，我还有很长的路要走。

～

夜间沐浴。我一星期洗三次或者洗一次，主要看我在做什么。

1 月的一个晴夜，天寒风疾，自北而来。我沿着小路前行，带着几个小坛子，汲取泉水。新月晦暗，我几乎连自己的鼻子都看不到，但是耳朵引领我到达活水之源。坛子里汩汩的声响，帮助我判断水在何时装满。

回到小屋，我生起火，在锅里烧开水，从屋外把挂在杉木板上的浴缸放进来。浴缸摆放在火前，里面有一个兑冷水和热水的盆。根据清洗身体的部位，我有时跪在浴缸里，有时向下趴着；时而水花四溅，时而用浴巾擦拭。

泡澡要花一个多小时，而且不是放松的、舒缓的热水澡。这样洗澡和性感与浪漫并不搭界。我想过在屋外搭一个烧木头的热水浴缸，那样或许性感又浪漫，不过现在，先解决需求吧。

神清气爽啊，我在火前坐下来，拿出书本。我身边的小猫舔舐着自己的身体，它一会儿要去夜巡，而且肯定会做一些其他人到明天都察觉不到的坏事。

～

堆放整齐的木料让人安心。亨利·戴维·梭罗曾住在森林里——因为，正如拉尔斯·米廷（Lars Mytting）所说："对于他来说，现代美国社会简直闹哄哄的（没错，1845年）。"——他曾写道："我们有了这么多发现和发明，但也没有人会对一堆木料视而不见。"或许到今日，人们已经不那么敏感了，但我能够体悟这种感情，甚至总会羡慕那些收获了成堆木料的人。一堆好木料表明我已做了绸缪。所以，直到下一个冬天的柴火都准备好了，我才能放心，最好 2 月底就绪。

今晨的森林平静又安宁。我所听到的，都是群鸟悠扬的鸣唱——抢地盘的、调情的、警告的，还有鸟喙絮语——另有远处一匹马儿躁动的嘶鸣，以及我的横切锯在云杉的年轮上刻出印痕的声响。我锯开松脂的气泡时，空气里充满了柑橘的味道。附近的一只知更鸟候在一旁，期待一顿美味。

我切开一根木头，树皮从木头上剥落，露出了一个木虱部族。幼小的木虱掉进了地面上的小密林里，大一些的木虱四处乱窜，它们的世界被巨大到无法理解的事件撕裂。这是它们的世界末日，幼小的木虱或死去、或迷路，它们的家园破碎、一切尽损。恐怖主义行径或者自然灾害，不关我脚边的那只木虱的痛痒。它一心要存活，在林木的瓦砾中寻找它的孩子。

一位朋友告诉我，他曾经看到一张 20 世纪 70 年代的德国保险杠贴纸，上面写着："人人盼望重回伊甸园，人人望而却步。"我想走走。没有伊甸园，从来没有，但如果不走走看，生命又在哪里呢？

～

我在附近的村庄遇到了一个朋友。我有些时日没见过他了，尽管彼此相隔的距离骑自行车就能到（18 公里），而且他是我最喜欢的人之一。我们打算喝一杯啤酒，结果多喝了几杯，他告诉我，他没常和我见面，是因为我对世界的看法。他不赞同我的一些观点，但他说，另一些想法如镜子般照见了他内心的歉疚之处。他坦言，他不希望这些事情妨碍生活，但却不由自主。我不知道该说什么，我再也不想谈政治了，尤其是喝啤酒的时候。我一直以为他很忙，意识形态层面的原因是我没有考虑到的。这可不轻巧，但我乐意得知。

饮罢啤酒，我保证说，下周内会去回访，帮他整理整理花园。他说他也愿意过来。我们心领神会，当和朋友在一起时，除草与栽培都会多几分欢乐。

~

我从树林里回来，准备吃午饭，发现门外放着一块冻鹿皮。当地木匠康诺留了一张纸条，说他用不到这块鹿皮，而且再往后些时日，还能打到更多的鹿。

我没有冰箱和冰柜，这个1月异常温暖，鹿皮渐渐融化，我就把它摊开晾在一根15厘米粗的杉树干上，然后开始干活。我从鹿皮上刮下肉，远处细雨潇潇，我心里那个22岁的商科毕业生正在好奇：我的人生到底是如何走到这个地步的？当然，现在我这个37岁的素食主义者和动物权利活动家也有同样的思考。

~

在我准备停用工业技术的几周前，《卫报》联系了我，问我是否有兴趣写个专栏来介绍我的这个决定和我的经历。我答应了，但我知道，这会给国际报纸的编辑们带来许久未面临的挑战。当下的媒体世界是高度数字化的世界，建立在速度、社交媒体、全天候新闻、设备、多媒体和各种其他我已放弃的东西之上。

没想到编辑很包容和理解我。我觉得他或许很好奇这一切会怎样运作、曾经是怎样奏效的。我们这样聊着：

——文章会是手写的。

——我还没想到这一点。好的，可以呢。

——我也不能拍照。

——哦，那可能是个问题。

——……不过我的女朋友很乐意画专栏插图。

——不错啊，那挺好的。

——我没法在线回应文章的评论。

——唉，我也没想到这个。我们还挺希望有作者互动的，不过没事。我到时候从每篇文章底下选些有代表性的评论，回信的时候转给你看。

我给他发了第一篇文章，就算退场了。我得相信他不会大改文章，编辑们总爱删删改改。我不会去读这篇文章的，不管是线上的还是印刷出来的。我不会知道多少人"赞"或分享这篇文章。这样才对。因为一旦新闻业成为一场人气竞赛——对复杂问题的真诚探索，在沾染铜臭味的轰动效应、趋同思维、作奸耍滑前望而却步——失落的就是人与地方，赢的就是操纵者。赢，也不过一时的短视。

很快，我收到了编辑的一封信，还有人们寄来的手写信件，以及挑选出的一小部分线上评论。

我开始读评论。人们果然给我起了各种绰号：勒德分子[1]、臭嬉皮士、中产特权白男、厌世鬼、蠢货。也有一些经过深思熟虑的批评，如果没有 1200 字的字数限制，我可能会将一些批评附上。我理解这些评论，因为在生命中的不同阶段，我自己可能也会这样写，所以我对写下它们的人没有敌意。我甚至还同意一些意见。

我打开一封封信。上面有真实姓名和地址，写得认真，风格各异。他们都是深思熟虑后落笔的。有人支持，有人好奇，有人提出了批评。大家都很友好。大多数人告诉我，这是他们多年来第一封手书，他们喜欢上了写信的感觉。

编辑问我，要不要回复一些评论。我想了想，直到温德尔·贝瑞的诗歌《立足之地》（*A Standing Ground*）中的一句出现在我脑海：

黎明即起，于杯中采摘浸润朝露的红浆果
好过一切纷繁

还有 6 个月才能摘红果子呢，到时候可以做果酒。

～

我以前在英格兰西部的布里斯托尔管理一家有机食品

---

[1] 勒德分子，指 19 世纪英国工业革命时期因机器代替人力而失业的技术工人，现引申为对机械化和自动化持反对态度的人。

公司，生活离不开钥匙：房子钥匙，自行车钥匙，上班用的一整套钥匙。起初我不是很在意，可是越往后，它们越开始困扰我。我不想住在一个万物都上锁的地方，为什么我要住在自觉信不过的一群人当中。我有时会想，锁起来的东西就真的属于我吗，还是我逐渐属于它们了呢？但没办法的是——3个月里，我丢了6辆自行车，5辆还是上锁的。我只好随身携带一个叮当响的钥匙圈，这是我对怀疑过的生活方式的妥协。

10年之后，我出去散步时，发觉口袋空空。人们常常建议我外出时锁好木屋。我就会笑着让他们看看四周，哪有什么值得一偷的。我的木杯？我的刻刀？只有我才珍视这些物件。

有时候我还留着些过去的习惯，考虑要不要给自己买个自行车锁，但我没有。因为如果这样做，那么对我更有价值的东西就会丢失。在抵制这种冲动的时候，我发现自己渐渐不再在那个需要锁的环境里浪费时间了。

比如说，我不用花时间找钥匙了。要不是超人类主义运动的技术乌托邦者对丢失钥匙的"问题"有奇特的看法，我是懒得提及这一点的。简单讲来，《成为机器》（*To Be a Machine*）的作者、超人类主义者马克·奥康奈尔（Mark O'Connell）的看法是，我们的身体是思想的"次优基底"，最好的基底应该是机器——他认为英国人每年"浪费"在寻找钥匙上的时间价值为2.5亿英镑，以此为所谓的"人类增强"（human enhancement）①正名——这个词在 20 世纪 30 年代的德国看起来很正常——方法包括给人体增加植入物或使用健脑药物。

这样一个数字源于一个假设，即我们生活中的每一刻都应当有金钱估值，这还不是最可怕的。更令人担忧的是，硅谷的许多大型科技公司的首脑（一些人显然希望在死后成为大型科技公司里的罐子首脑②）是强大又富有的超人类主义者，而且包括他们在内的很多人正注入数十亿美元让我们成为未来的电子人。相关人员有贝宝（PayPal）的联合创始人、脸书（Facebook）投资人彼得·泰尔（Peter Thiel），谷歌的工程总监雷·库兹韦尔（Ray Kurzweil）及前首席执行官埃里克·施密特（Eric Schmidt），他现在是谷歌母公司字母表（Alphabet）的技术顾问。他说："你最终会拥有一个植入物，只要你一想问题，它就会告诉你答案。"

我想知道谁会为这些植入物写编程，它们会给出什么答案。

想想看，其实，我们离这个地步只有一步之遥。正如奥康奈尔所指出的，我们的生活愈加被看不见的算法所笼罩，算法的创造者有效地控制着我们阅读的新闻版本、购买的内容、消费的信息，甚至是我们最终维系的浪漫关系。施密特的芯片意味着，我们不必再往他运行的搜索引

---

① 指那些开发与推广通过自然或人工手段克服人体局限的技术。
② 罐子首脑（heads-in-a-jar），美国喜剧漫画及动画片《飞出个未来》（*Futurama*）中保存历史名人的头的方式。

擎中输入内容。这样一来，谷歌就对你无所不知。编写算法的人将统治世界，或许，世界已经在他们手中了。

～

帕奇家存着一个旧的吉尼斯啤酒桶。它在这里比我住得更久，年代很久远了。这个桶已经空了，他也不知道它为什么在那儿，我觉得没什么好奇怪的。几年前，他问我用不用得到它。我用不着，但柯斯蒂刚刚告诉我，她想念早上喝热茶的感觉了——我们没有电热水壶或煤气灶——我随即决定接受他的提议，把它改装成火箭炉。

确认过这个桶没有被加压，我在它的侧面和顶部分别钻了一个洞，将一个弯头烟道固定在中间，距离顶部几厘米。我用一种叫作蛭石的天然材料作为绝缘体，那是我在小木屋里发现的。我们有户外炊具，供在屋里无须生火的时候使用。

火箭炉效果很棒，用一小捆树枝就可以烧开一壶水，用不了几分钟。缺点是它只有一个架子，夏天的蔬菜就常常得生吃，或跟一锅土豆一起蒸。其实也不错。

我把火箭炉放在我们烤火小屋中砌好的积木堆上，旁边放着一箱干树枝。第二天的黎明，我看到柯斯蒂裹着羊毛衫，坐在新炊具旁的长凳上，淡淡的烟雾笼罩着四周的柳树和绿油油的冬青。北风凛冽，她却怡然自得，我真是很佩服她。

～

尽管我希望屋外有着属于自然的狂野和崎岖，我也喜欢保持室内的干净、整洁、平静与秩序。许多野生动物也是这样的习惯，这很有趣。我甚至认为，大多数野生动物都是居家的动物，因为它们住的地方是固定的，那就是它们的家。真正意义上的驯化不是野性的缺失。驯化是控制的问题——受控制与试图控制他人。当我们寻求平衡并试图获得对生活的掌控时，人们往往会效仿他人。我尚未遇到一个真正的野人——不受他人意见和社会风气左右的特立独行者——会表现出控制欲。被别人控制得多厉害，就被驯化得多厉害。这也代表一个人的文明化程度。

向晓昧旦，柯斯蒂的火箭炉已有呼呼的声响，她一边用菜园的菜做吃的，一边煮着茶，用的是她去年秋天晒干的香草——鼠尾草、柠檬香蜂草、洋甘菊、马尾、薄荷、马鞭草。煮茶的时候，我决定打扫小屋。就一间房，很简单。我扫地的工具是一根木棍，末端系着干的扫帚草（这种草成了刷子的别称）。我用水清洁物体表面，用过的水浇灌室内植物。10多年来，我没有使用过喷雾剂、洗涤剂，甚至天然清洁剂。这段时间里，我也没有看过医生。有些人用醋来清洁——醋是用苹果做的——但我更喜欢喝它，让身体从内到外都保持健康。

打扫完毕，茶也煮好了。柯斯蒂裹着一条毯子，我们静静地坐在一起。

~

我有近 25 年没有拿起鱼竿了，今天早上我在安托里克湖（Lough Atorick）岸边重拾旧业。这片湖泊离我们很近，隐藏在一片云杉林和大片沼泽中，只有当地人知道这个去处。我试着钓梭子鱼，但手气不好，战绩为零；只收获了一个小轮胎，有一瞬间，我还以为它是条大鱼。一定有人觉得，往这个如诗如画的湖泊里倒垃圾最方便了，起码没什么代价。后来我发现，这个地区只有几片大湖里没有梭子鱼，包括安托里克湖。这里离家有段距离。住在这条路几公里外的我的朋友保罗·金斯诺斯（Paul Kingsnorth）是一位作家和小农场主，他告诉我应该写一本《素食者钓鱼指南》（*The Vegan Guide to Fishing*），给大家介绍介绍如何做到每一次都两手空空地回家。

当地一位渔民给了我一些建议。他说如果我想在安托里克湖尽兴，就需要一艘船。农舍里的一对夫妇——埃莉斯和乔尼——是经验丰富的水手和造船工。2006 年，乔尼与两位船长在荷兰成立了一家好运船运公司（Fair transport）。好运公司将他们自己的朗姆酒、咖啡和巧克力等货物从加勒比地区运送到欧洲，与小型生产商进行公平贸易，只用帆船运送。

这当然不是快速致富之路，与巨型货船及其大规模的廉价化石燃料相比，他们毫无竞争优势。用巨舰运送一瓶朗姆酒的成本大约为一便士。而在乔尼的帆船上，成本大概是一镑。航程不是几天，而是几个月。虽然存在竞争劣势，但一些企业相当乐于与好运公司合作，让它能够继续奋斗、战斗和生存下去。

当我饿着肚子站在安托里克湖岸边时，埃莉斯和乔尼回到了荷兰的登海尔德港，修理他们的船屋，确保能够航行到爱尔兰西海岸。那段旅程需要几个月的时间，所以我与他们造一艘柳条船（currach）的梦想就暂时被搁置了。

~

我出生于 1979 年 5 月，那是教皇来到爱尔兰的那一年。我的父母给我起名叫马克·约瑟夫·约翰（Mark Joseph John），后来在我同意后改名为卢克（Luke）。这是《神父特德》[①]播出前的爱尔兰。我的姓氏——博伊尔（Boyle），在爱尔兰最古老的小镇巴利香农（Ballyshannon）和我长大的地方很常见。那里是一座沿海小镇，数英里的海滩将碧绿连绵的丘陵与大西洋隔开，此处被列为世界上最好的冲浪点之一，当时我们很少有人知道这件事。在 20 世纪 80 年代，能拥有一双像样的鞋子都让我们欢欣鼓舞，更不用说冲浪板了。

我的父亲乔西·博伊尔（Josie Boyle）经常提起，在他小时候流经巴利香农进入大西洋的厄恩河（River Erne）是

①《神父特德》（*Father Ted*）是 1995 年开始首播的英国电视剧，讲述三位神父被流放到爱尔兰海岸附近的一个虚构岛屿上发生的故事。

欧洲最好的产鲑鱼的河流之一。这条河宽到要架一座有 14 个拱的桥。1952 年，为创造水电和就业机会，政府不顾当地人的强烈反对，在厄恩河上筑起了大坝——这座桥也因此被诅咒了，这是当地人的说法①。1952 年后，它只需要一座单拱桥。《250 幕爱尔兰史》（*A History of Ireland in 250 Episodes*）的作者乔纳森·巴顿（Jonathan Bardon）回忆说：

> 早在 1944 年 6 月，巴利香农人约翰·格列斯比就在《多内加尔辩论者报》（*Donegal Vindicator*）上警告说："受损的河道是国家的灾难。"他曾预言道，"巴利香农的后代再也无法推门就见仙境了"，只有一条"萎缩和禁锢的水道填满他们的视线"，他说准了。作者讲述了下游经商的渔民因鲑鱼数量的灾难性减少而遭受损失。事实上，T. C. 金斯米尔·摩尔法官所说的"消失的伊甸园"——上游的 29 个水池的损毁也严重影响到他们的生活，这些地方本来是西欧绝佳的垂钓胜地，还提供了很多就业岗位，包括 200 名水管员，并且支撑着巴利香农罗根斯企业的钓饵与钓线产业。

小时候家里没有车——这能稍微解释一下我为什么不会开车——所以爸爸经常让我坐在自行车的横梁上，带

---

① 原文中，作者利用了双关法：大坝（dam）和诅咒（damn）读音类似。

我去钓鱼。但现在他——或是拿着带望远镜的儿童钓竿的我——很难在这条驯服的、破碎的河流中垂钓了。我们会钓到奇怪的鲈鱼或小褐鳟鱼，但那喂不饱一家人。所以，在这些年月中，我们通常每周只吃一次鱼，是我母亲在星期五从鱼摊上买的。要么是鲭鱼，要么是当地政府在大坝下游建的鲑鱼养殖场里"培养"的鲑鱼。大坝现在也有人维护，以备不时之需，比如在世界杯期间的半场休息，每个人都会立刻去喝水。

我长大的街道上有 80 栋房子，有一栋是我父亲从出生就一直住着的房子。他不会搬家了，只会在最后搬往墓地，而且他一定不情愿。这位 72 岁的老人，在 9 个小时内完成了长达 179 公里的环德格湖（Lough Derg）骑行。这是爱尔兰最大的湖泊，离我们的小农场有 20 公里。在我们这一代人眼中，他的成长经历很艰苦。他的父亲在他只有12 岁时就去世了，之后他就辍学了，在家干活。从那时起，他一定接受了另一种教育，因为我小时候一直很钦佩他能把什么都打理好。而我就做不到。

在我 8 岁之前，我的家人——妈妈、爸爸、姐姐和我——都和祖母住在一起，直到她在睡梦里去世，就在我旁边的房间。那天我哭了好几个小时，虽然我不太清楚为什么，因为我之前未曾经历死亡，我也还没有意识到，我再也无法感受她的呼吸了。我现在过着这样的生活，真希望她还在身边，坐在火炉边的椅子上，就那些她从小就知道如何做的事情，给我最佳的指导和建议。

那条街是我和我的朋友们玩球的地方，比如"路牙球"（kerbs）——站在人行道上，向朋友所站的对面路牙掷球并成功弹回，就可以得分——一直玩到十几岁。父母一天到晚都不怎么过问。当时也没有手机联系，但周围一英里内的邻居们都在默默地关注着每个孩子。

80幢房子只有一部电话，安在对面邻居的走廊里。那所房子总是敞开大门——当时大家都不关门——打过电话，就在桌子上留下20便士（当时的货币是爱尔兰镑）。20世纪80年代的电话费用更高。我自己好像没怎么打过那部电话，但我确实记得母亲时不时过去，与移居英国、澳大利亚和加拿大的亲戚通话。

上一次回家，我发现所有邻居的门都关着。这感觉很奇怪，几近诡异。我看着不认识的孩子们在街上游荡，盯着各自的手机，上下刷着屏幕，目不斜视。即使他们愿意，也不可能去玩路牙球，因为人行道上每平方英寸的面积都有车辆占据，路牙上也不例外。我还记得街对面住着加里·麦克德莫特，我从出生起就认识他，他会冲出家门欢迎我回家，递给我父母一条他钓到的褐鳟鱼，作为我们的晚餐。

~

我已停用手机4个星期了，听不到爸爸妈妈的声音，觉得有些不适应，甚至是难熬。我知道他们也想念我，想和我通话，这更让我惆怅。他们支持我渡过难关，我们一直都很亲密。

今年我没有祝他们新年快乐，没有祝我妈妈生日快乐。我真自私。然后我想起这些年来的种种，觉得我的电话聊天以懒惰的方式替代了与他们真正的相处和陪伴。他们住在 230 公里以外。

我拿出笔和纸，写下：

亲爱的妈妈爸爸……

我保证从春天开始，每隔几个月至少上来看他们一次，到那时我应该熟悉了这种生活的节奏。

亲爱的马克，我们理解。我们也爱你，迫不及待想要见到你。

好好照顾自己。

~

我们的马铃薯田有半英亩，排水不良、泥泞不堪。入住几周后，我们发现很需要在中间铺一条好走、结实的路，直通小木屋。我对任何基础设施工程的 4 个标准 —— 自然、契合、低价或免费、美丽 —— 也适用于这项工程，这就需要多费些力气了。

23 岁的吉利斯来自佛兰德斯（Flanders）。有一天，他和很多人一样，骑着自行车来我们的免费旅馆住了一晚。3 个月后，他还留在这里——主动给我们帮忙。我也很乐意接受。他很高，肩膀宽阔，身体强壮，一头蓬松的金发，拥有超出年龄的有力而温和的智慧。他在附近的一块空地上发现了一小堆石板，把它们运回这里，我们就这样开始铺路了。但我们需要更多的石板。这些远远不够。

我的邻居汤米·奎因顺道来看看我们在做什么。汤米性格坚韧，一名 50 多岁的兼职农民和建筑工，是那种为你掏心掏肺的人。他告诉我们，他有一堆巨石，是多年前从一堵老墙里挖出来的，想问问我们是否愿意不嫌麻烦穿越荆棘将它们运回来。我们愿意，因为选择是有限的。

我们到汤米的院子去看石头——平坦，够宽，边缘很直，10 厘米厚，挺理想的——尽管好多石头都比我们想的要大得多。我们觉得找到了建材。我们需要几百块，但他足足有几千块。

首先，我们要把最佳的石板从土里挖出来，搬到我们这里。汤米的小院落在我们西边 400 米远的地方，有些石头有 30 多公斤重，我们就用手推车来搬运，一趟三四块，小的石板一次可以多运一些。汤米说我俩疯了，但我能从他的话音听出佩服之意。

吉利斯从路的一边开始，我从另一边开始。每一块石头都要与路面契合，按其大小挖好洞，铲土填石，让它与上一块石头平齐。缝隙用挖出来的土填上，等有一天野草破土发芽，小路就会像自然铺就的一样。

我铺的这条路有 15 米长，要干 5 天苦工。据我使用混凝土的经验，一天的时间就足够了。但我宁愿在这里忙活10 个星期，也不用混凝土这劳什子。

快完工了，我走走看看，检查有没有松动的石头。路很结实。我透过暗红的晚霞望着这条路，心中感受到了这一周沉甸甸的劳作，心满意足地返回小屋。让小路一直留下来吧，我这样希望。

～

我来拜访汤米的母亲——87 岁的奎因夫人，她是我们的邻居，住在这条路的前面。她活出了自己的状态，活出了各个年龄段的活力。她很健谈。听她依偎着炉火徐徐讲述，你会惊觉，在过去的 50 年里，爱尔兰乡村变化得有多快。我们现在住在同一条小路上，但我们在截然不同的爱尔兰长大。

奎因夫人出生在没有电的爱尔兰，那时天空中还有星星，人们还有时间相伴。帕奇曾告诉我，在那个爱尔兰，人们不敢把他们拥有的第一个灯泡插到插座上，因为害怕触电。她每周的生活花销仅一便士，吃的是菜园里的卷心菜、土豆和其他主食，还有鸡蛋、猪肉和牛奶。她每周卖鸡蛋赚到一便士，用来买全麦面粉。对她来说，自力更生不是一种生活方式的选择，它就是生活。

如今我们这一代浏览着约会网站，住在同一国度，人人都是可能的伴侣，甚至国界也不是爱情的障碍。奎因夫人告诉我，在她嫁给她丈夫之后，离家6公里，从她出生和长大的地方搬到至今仍然生活的地方，这是一件大事。

她一讲就是几个钟头，我也很愿意听，不过我的入睡时间已过。我保证很快会再来看她。

～

我读过上两代人所著的许多书籍的英文译本，所以初到大布拉斯基特岛，宛若前来朝圣。我对这个地方的迷恋，不同于那些游客和一日游者在6月至8月间去那里的原因；我的兴趣很务实。据我所知，大布拉斯基特岛民是最后一批过着我向往的生活的人，我想好好了解他们的习惯——经济上，文化上，实际操作上的各方面。但我也想知道，为什么岛民会在1953年从这个非凡的岛屿撤离，我可以以之为鉴。

从我们的小农场到丁格尔通常需要4个小时的车程，那是西凯里郡的一个古老的港口城镇，岛民会划着他们的帆布藤条船（naomhóga）用鱼交换盐。黎明时分，柯斯蒂和我伸出手臂打车，我的内心时钟估计，大约两个小时后我们才搭上第一辆便车，彼时我们已经沿着这条路走了8公里。车很少，而且我们得时不时安慰自己，那些与我们对视又没有停下来的人，一定是忙着上班或者送孩子上学，应该不习惯搭载路人，对陌生人很警惕，或者还有很多其他的理由。八个半小时后，我们到达了丁格尔，像我们前面的岛民一样，在做任何重大决定之前，我们去喝了杯啤酒。

丁格尔到处都是我们这样的游客。我记得读过詹姆斯·雷班克斯（James Rebanks）的《牧羊人的生活》（*The Shepherd's Life*），为他对英格兰湖区旅游的描述感到震惊——当地的 4.3 万名居民每年要应对 1600 万游客——用他的话说，"旅客已经接管了旅馆"。如今又来了我们两人。相信你来到丁格尔，也会感受到这里的古雅与活力。

我们没有预订住宿就来了——就算想订也没有能力——并任由命运摆布。我记得读到过，当岛民来交换盐的时候，陆地上的人会让他们住一晚，再给他们提供一辆马车，让他们返回帆布藤条船。我们决定开始一场拟古之旅，希望可以在喝完啤酒后遇到谁留宿，睡在他们的沙发上。经营过 4 年免费旅馆，人们很容易忘记，其他西方文明——甚至是缓步追赶西方文明的爱尔兰——已经改头换面了。在这种境地，我们对旧方式的乐观态度未能如意，现在我们想，要是当初带了帐篷就好了。不过，保持这种心境还是挺好的，尤其是在这样的时代，因为它将像渡渡鸟一样消亡。

我们询问了一些青年旅社，得知一张床要 55 欧元。最后，我们在丁格尔的一条小巷里偶然发现了一间廉价的房间，我们把背包扔进去，去寻找一些非电子制作的传统音乐。我们决定早上去大布拉斯基特岛，看看会有什么发现。

~

2015 年 11 月，我决定不再关注新闻，比拒绝传媒技术早了一年多。我倒不是认为新闻是坏事——尽管几乎所有的新闻都是坏消息——我是不想再读它了。我发现新闻愈加无聊、不停重复。正如梭罗在推特和全天候新闻产生之前的 19 世纪所写的那样，"如果我们读到一个人被抢劫、被谋杀、被意外杀害，或一所房子被烧毁，或一艘船被毁，或一艘汽船被炸……我们可能不需要读到另一桩了。一次就足够了。"新闻有些像好莱坞电影——同样的故事情节，由不同的演员演绎。

但正如一句老话，没有人是一座孤岛，所以真正的宏大新闻故事总会被我感知，即使只是醒目的标题，不顾我的意愿。特朗普，英国脱欧，叙利亚难民危机，恐怖主义，我偶尔会听到形形色色的人闲聊。他们只想着出名 15 分钟，而不是像普利策奖得主诗人加里·斯奈德（Gary Snyder）所说的那样，名扬 15 英里。

一些朋友跟我表露，不及时了解全球事务是不尽责的，会导致政客和大公司逍遥法外。我明白其中的道理，也许他们是对的。但我们从未接触过如此多的新闻，也从未有过如此多的关注者，然而政客和大企业却一如既往地逍遥法外。与此同时，迫于资本的压力，编辑们需要保持推特的信息流，他们就将数量置于质量之上，故而记者们问责的能力也受到了侵蚀。

时至1月底，整个冬天只有三四天下雨。这又是一个晴朗、清爽的早晨，我走向邮局，脚下的白草唰唰作响。我去拜访一位邻居，问他是否需要什么，我其实是想来看看他。他是个老单身汉，一个人住在这里，挺不容易的，有时他会有些沮丧——我们这代人称之为抑郁。他说他啥问题都没有，我们聊了一会儿。

我沿着路继续走，看到一匹马跑了出来。之前的法律是这样的，如果一匹马脱缰跑出来，被汽车撞到，司机要负责任。这条法律后来被推翻了，现在马的主人要为对汽车造成的任何损坏负责。我去找马的主人，他正在外面修理拖拉机。我们一起走过浸水的田野，去找那匹母马，他给我讲了一堂简短的地方历史课。他说，诺克莫尔（Knockmoyle）是由"*An Cnoc Maol*"转化为英语的，意思是"秃山"。环顾这座牧场，我就理解名字的由来了。

回来的路上，我发现路中间躺着一只死去的狐狸——周围有行车的痕迹——我还看到松貂蹿进小树林，恐吓着还不明白此时此刻就要落入它口的小动物。

~

我在读罗伯特·科尔维尔（Robert Colvile）所著的

《大加速》（*The Great Acceleration*），他在研究世界如何以日、时、分、秒、纳秒的速度变快。他引用了黑莓平板电脑的广告口号，说："任何值得做的事情都值得做得更快。"

说得对，黑莓。毕竟，如果你能与一个人在5分钟内速战速决，又何必缠绵一两个小时呢？

~

我已经快10年没用冰箱或冰柜了。这里气候温和，在阴凉的室外放置一个金属盒子，就像在厨房内部放置一个通电的白色金属盒子一样，至少可以使用半年。我打算吃野味的决定带来了新的挑战。但是考虑到人类在20世纪前还没有电冰箱和冰柜，我还是比较乐观的。

鱼不是问题。它们通常都比较小，我们这一小群人一两天就能吃完。我从不贪多。据说，在冬季的几个月里，捕捞鳟鱼和鲑鱼是违法的（考虑到它们的数量很少，有充分的理由），保存一些是非常有用的。

不过，鹿肉是另一回事。杀死一只鹿能得到很多肉。最好的储藏处是你邻居的肚子，而且帕奇跟我说，诺克莫尔人以前都是这么储存食物的。

杀一只鹿是我每日早晨最不想做的事情之一，仅次于购买从美国进口的塑料瓶装花生酱。既然这样，我需要尽量多地储存一只鹿的肉，以便我们熬过漫漫冬日。

一旦你的邻居吃饱了，在没有冰箱的情况下，熏制房是最好的选择。有些人用混凝土和锯过的木材做熏制房，看起来就像个小棚屋。不过，我依旧想要秉持我的 4 个标准。所以，我一早就带着兴致勃勃的吉利斯去了树林。2 个小时后，我们带着 12 根树龄短的云杉杆回来。它们都被风刮倒了，我们便用手锯锯了下来。

采用雷·米尔斯《户外生存手册》（*Outdoor Survival Handbook*）中的设计，我花了 2 个小时搭建熏制室，不花一分钱。熏制室很大，足以熏制一整只鹿。最后，它将被其他鹿的皮覆盖，而当地的猎人一直不用鹿皮，会直接丢弃。但由于我目前只有一块多余的鹿皮，所以还得使用防水油布。

黄昏时分，我还没带我照看的小狗昆西（Quincy）出去散步，我就带着它和帕奇的小狗布默斯（Bulmers）穿过树林，度过最后半小时的天光。我们入林不久，听到一阵沙沙声。我猜是小狗们发出的，它们的嗅觉给它们带路。然而，冲出来的是一头雄鹿，浅棕的毛色，很瘦削，它的鹿角又宽又高，十分美丽。鹿站在道路中间，目光交接，似乎与我们对视了很久。我不知道，站在棕色的靴子里、穿着脏兮兮的蓝色牛仔裤和羊毛套头衫的我，在鹿的眼中是哪一种可笑的野兽。过了一会儿，它跑走了，越过沿着路缘生长的小树。它知道自己的去向。它对这片森林了如指掌。这是性命攸关的时刻，必须奔逃。

不久之后，狗狗们又回来了，一无所获的样子。

～

　　我上一次打电话、查看邮件和上网，是两个多月前的事了。写下这句话时，我在想，在过去的20年里，我的生活和周围的世界发生了多大的变化，不然这句话也不值得记下来看。

　　坐在烛光里，柔和的光晕凸显了山毛榉桌子的纹理，我开始给身在英国的一位朋友写信，我自回到爱尔兰后，就还没见过她。我写上日期，想了好半天"亲爱的艾米丽"之后要写什么。使用电子设备的时候，我平均每分钟可以写40个单词，但现在……好吧，这似乎没那么重要了。她写的信十分周到，我也想与她畅谈。我把信封好，贴上邮票，然后把它和我其他几封回信放在一起，这是我每周日晚上做的事情。我不知道为什么还是把周日看作一周的结束，但我还是保持了这个习惯。

　　第二天早上，我带着信和我的狗一起走了12公里的路，到达邮局。一路天气多变——前一分钟还小雨绵绵，后一分钟就大雨倾盆——我觉得神清气爽。回到家后，我碰见一位不速之客，她问道，在现代世界，我怎么会有时间这样慢行。我解释说，只要放弃了小车，我就不再需要工作两三个月去买车、交保险、交税、做性能检测（MOT）、购买燃料，还有支付不可避免的维修费用，我喜欢骑车和走路，这可花不了养车那么多的时间。她大笑，说我真疯了，我们一起喝了一壶洋甘菊和马鞭草茶。

接下来的一天，邮递员送来一封信，从信封上的手写地址看，我知道是柯斯蒂寄来的，她正在诺福克拜访亲友。我进去读信。这就是我们不久以前所说的情书，拆信时恍若回到彼此初见时的青春激动。晚上，我又读了一遍，然后把它与她的书一起放在抽屉里。她现在正在旅行，所以我不能给她回信，但知道她在外面世界里的某一个地方，我就很安心。

~

爱尔兰有句老话："到你能光着身子站在土豆地，就可以种土豆了。"对于一位吃苦耐劳的农民来说，这大概是3月初开始的某一天。许多人会在圣帕特里克节那天把它们埋到地里，这样土豆就会受到祝福。当然，像那些有自尊心的爱尔兰人一样，我也考虑尽快把第一批土豆种下。

帕奇的哥哥米克是一位说话轻声细语的农民，他住在离我们的林间小道不远的地方，走300米就能到。他正在自家的院子里照顾奶牛。他日渐年迈，已经显露出岁月的迹象，但他说自己不能停下来，不然就再也动不了了。我比较认同，不过他的妻子和他的髋骨似乎持不同意见。他告诉我，他有一堆用不到的表土，让我尽管拿去。他说还有成吨的粪肥。他的院子里到处都是杂七杂八的东西——旧自行车、浴缸、一些腐烂生锈的物品。像这里留居的其他本地人一样，米克从小就被教育不要丢弃东西，他们在不一样的爱尔兰长大，人们几乎一无所有。这句至理名言放在现代社会，感觉就不一样了。米克深爱他的土豆，一天都离不开，我告诉他夏天我会送给他一两包。他提出要把表土用拖拉机给我运过来，但我说自己需要动动腿，然后回家去取手推车。我觉得今天我一定能活动好筋骨。

北风寒凉，却干燥又清新，春的气息渐渐苏醒。这里的景色散发出跃跃欲试的生命力，但自然界需要耐心地等待。我需要先铺地，我用手推车装土，从米克家走300米运到我们家，一次一车，进展很慢。白天很快过去了，天色渐渐暗了下来，我就准备回到小屋里，靠着炉火看书。

这块新开的土豆地总体看上去不错，但也时有状况，应该能产出大约150公斤的土豆。就像古希腊的斯多葛学派①和日本的禅宗弟子一样，我试图对自己的劳动成果"漠不关心"，但辛苦了一天之后，这说起来容易，做起来难。下个月我将种植一些酢浆薯，这是另一种块茎植物，它可以替代土豆，不会得枯萎病。我以前没种过，很想看看它怎么生长。多样性的力量，诸如此类。再看吧。

我可以赤身裸体地站在我的土地上的那一天就要到来了。不过，我不确定，邻居们有没有做好准备，把我的光屁股当作春天的讯息。

---

① 以朴素节俭及禁欲思想著称的哲学流派。

~

　　我的一个朋友是一位受人尊敬的环保主义者，他告诉我，尽管他理解我对大规模工业技术影响生态的看法，大体上包括石油钻井平台、采石场、矿山、工厂系统、国家军队、森林砍伐、城市化和郊区化进程的结果，以及环保主义者反对的其他一切——但是他也绝对离不开洗碗机。他是一位才华横溢、意志坚定、适应能力强的人，于是我问他，是不是忽然没了自信。但我确实同意他的看法——如果他必须亲手洗碗，他哪有时间书写和抨击洗碗机这一类产品对生态和社会造成的影响呢？

　　我也曾是一名环保主义者，那时候人们更注重的是保护野生环境和自然世界，抵御人类无限度的野心，那时还没有那么关注碳排放和所谓的"可持续性"。年岁变大一些后，我感觉环保主义聚焦在怎么驯服荒野——沙漠、海洋、山脉——利用其中的绿色能源来造福人类的生活，尤其是世界上那一小部分人的生活。在保罗·金斯诺斯的文集《一位恢复中的环保主义者的自白》（*Confessions of a Recovering Enviornmentalist*）中，现代环保主义被描述为"全球经济中银色SUV上的催化转化器"，书中还写道，近年来大家似乎被一个奇怪的方程式牵着走："破坏－碳＝可持续发展。"我就脱离环保主义者——或者至少是这类人的队伍了，离开城市，来到乡野。

　　我与环保主义者朋友共进晚餐。他好奇我怎么洗碗，不是说离开洗碗机怎么办——他会洗的——而是没有自来水或洗涤液的情况。我把他带到我存放木灰的地方，木灰和水混合成糊之后，就成了我们的特效洗涤液。这是一个古老的野营技巧，很好用。如果是在春天，我们还可以用马尾草，这种植物每年都入侵我们的花园。我也拦不住它。它的功用让除草工作有了动力。马尾草里充满了二氧化硅，所以很适合擦洗锅碗瓢盆。人们的饮食中需要二氧化硅——对头发、皮肤、指甲和牙齿很重要——我们还会把它切碎，放在沙拉中。

回屋后，我盛了一大碗泉水，继续干活。我朋友看着新奇，也想试试。我没什么意见，顺便打开了几瓶自制啤酒。

他做完之后，我把碗里的木灰水倒进我种的一片桦树中。尘归于尘，万物轮回，生命如是。

～

我醒来了，出去解手的时候外面漆黑一片。我不知道是该起床了还是该睡回笼觉，想要找到钟表时间的迹象或提示。鸟鸣声，月亮或星星的位置，邻居家的光，都行。但什么都没有。

一个多云的夜晚，一年中的这个时候，午夜和凌晨 5 点看起来几乎一样，尤其在新月之夜。我不知道自己是什么时候入睡的——只记得天色漆黑，我昏昏欲睡——那一定是深夜了，我应该在被窝里。是这样吗？如果醒来后我很精神，不管钟表时间是几点，为什么不直接起床？如果我倦意正浓，半睡半醒，为什么不回到被窝呢？当我赤裸地站在沉寂的黑暗中，我在想，我是从几岁开始倾听身体的时钟的？

我走回屋，脱下靴子，加了几件衣服。没有吵到柯斯蒂，她睡得比我沉。我点燃一支蜡烛，拿起铅笔。一天中我最喜欢的时间，就是世界上其他人醒来之前的时候，而今日的早晨，我的宁静之时更悠长。我写完第四页，听到一只画眉也宣告它的一天开始了。我爬回床上，躺在柯斯蒂身边，她正缓缓随着日出醒来。

~

我不太记得童年的事了。那时是 20 世纪 80 年代，而如今回想起来，仿佛相当久远了。回想过去，我们几乎没有钱，也买不到东西，但我不曾有过匮乏之感。我想我们感同身受，那个时候，生活没有被热情洋溢的电视节目填满，没有人察觉到你和你的祖先都曾习惯的生活方式正在消失。

有趣的是，那些重大又意义深远的年月里，只有细小又琐碎的事情才会印刻在心中。我最难忘的一个印象是，不断有当地人骑着自行车出现在我家门前。我不知道是我父亲热爱自行车的缘故，或者那就是当时的正常做法，但后来我才知道，父亲一直在免费修车。小时候我不知道父亲在做什么，也不知道为什么做这些。在小孩子眼里，这相当正常。

生活变得太快了。被称为凯尔特之虎（Celtic Tiger）[①]的经济巨兽诞生了，几乎一夜之间，爱尔兰从一个财政贫穷的国家变成了世界上（人均）第六富裕的国家。大量投资从美国涌入，投资者看重的是爱尔兰的税收优惠与便利的欧盟席位，欧盟也给予爱尔兰大量资金支持，为了让我们变得现代化，转化成一个有吸引力的市场，更加高效，像工业化程度更高的德国、英国和荷兰等成员国那样。现在回想起来，也就是在那个时候，来到我家的半旧自行车之流日趋干涸。我开始听到父亲说，有人用不错的二手汽车的价格来买自行车。

很明显，很多人的可支配收入都增加了，尤其是建筑和金融行业的从业者，但这些收入并没有流向我们这样的人。13 岁的时候，我在一家酒店工作，清理酒吧地板上的呕吐物，每小时赚 1.5 镑（爱尔兰镑），希望能在四处散落的空啤酒瓶中找到些纸币或硬币。上学的时候，我就是这样赚钱来买涌入我的世界的东西，看到别人买，我也会突然想拥有。对于那些赚钱力不从心的成年人来说，信用卡和贷款成为一座桥梁，连接了发展势头如虎的爱尔兰新前

---

①凯尔特之虎，也被称为"爱尔兰的经济奇迹"。在此期间，爱尔兰经济经历腾飞阶段，该国从西欧的贫穷国家迅速发展成为西欧最富有的国家之一。直至 2007 年，受全球金融危机影响，"凯尔特之虎"消失。

景和他们的日常现实。

就是在酒馆擦地板的那段时间，我买了一部手机，这是我朋友圈内的第一部。想想我也是第一个入手康懋达64电脑（Commodore 64）①和游戏小子（Game Boy）②的人，我当时完全是第一批拥趸，而非抵制者。这个手机太大了，为了接收信号，你必须从顶部拔出一根很长的天线。我的朋友开始叫我德尔男孩（Del Boy），但我肯定我看起来更像罗德尼（Rodney）。③我甚至不知道我为什么要买一台——可能只是因为我买得起——在那些日子里，我和朋友们一起出去踢盖尔式足球之前，都是不请自来地到各自的家里。不过几个月后，我所有的同伴都有手机了。

我们当时并不知道，大家都热情地参与了人类文化史上规模最大、范围最广的社会实验，对其有意或无意的后果一无所知。

~

昨晚，天空真的发脾气了，就好像众神刚刚发现了福米加④，想要严惩人类。我们入住以来，小屋第一次受到真正的冲击，我几乎一整夜没有合眼。但感觉就像在子宫

---

① Commodore 64 是康懋达国际公司 1982 年推出的 8 位家用电脑，在吉尼斯世界纪录中被列为最畅销的单一电脑型号。

② 任天堂发售的第一代便携式游戏机。

③ 德尔男孩与罗德尼均为 BBC 制作发行的喜剧《只有傻瓜和马》中的人物。

④ 一种抗热硬塑料的商标名。

里面一样，今早起来，不知何故，风暴未曾让我疲倦，而是让我振奋。

沿着泉水往下打水时，凯瑟琳出来告诉我，他们家夜里停电了，她想问问我家是不是一样。她还以为我知道。一大早就对我的技术选择进行深入和有意义的讨论，不大合适，所以我用善意的谎言告诉她，我刚醒来，不太清楚。在那之前，已有一些邻居像往常一样聚集在泉水旁，他们都说自己家的电也断了。

本地大部分居民的用水方式是，从井眼中通过电泵将水灌入屋子里的水池，一般是由炉子加热后注入电热器，这样，很多人无法享用热水淋浴、喝热水和热水供暖，只能等着地方议会来解决，可能等几个小时，也可能等几天。爱尔兰农村从来都不在政府优先考虑的名单上。

今天很冷，考虑到凯瑟琳和帕奇，我希望电能快点来。但是，想想露脊鲸、北极狐和白鲸，我又希望电永远不来。

～

我和柯斯蒂开始步行20公里去顿琴（Dunquin），哈雷－戴维森（Harley-Davidsons）、SUV和露营车正沿着丁格尔西边蜿蜒狭窄的道路缓慢行驶。这里的柏油路面，无数次地支撑和触碰着布拉斯基特岛民的赤脚和带平头钉的靴子。我沉思着，可以想象出他们从市场上走回家的情景，小推车后面放着盐。

到了下午，我们不用伸手臂搭车了，因为路很好走。我想要体验前人的生活，他们的方向感在我们手机一代中是很稀缺的。他们沿山穿行，不是一场愉悦的午后朝圣，而是无可选择的生存方式。我在爱尔兰腹地没有机动车的农村生活经验，帮助我尽可能理解他们在雨水、冰雹与黑暗中的感受，透过镀上玫瑰色的冒险之旅，看向更深处。

我们向西漫步，离开男人女人们的派对，走近真正的母鸡和雄鹿①，道路慢慢安静下来。司机开车经过时，会放慢车速，给我们让路。有的司机会从方向盘上举起手来，以无声的方式给行路之人打个招呼，给旅人一个古老又静默的致意。我们对这细致的礼仪做出回应，即使司机与行人被玻璃隔开，那也是一种温暖而体贴的真切感受。

我们在一家名为鲍迪·奥谢（Páidí Ó Sé's）的酒吧停下，奥谢是来自文特里镇著名的盖尔足球运动员，这里是粉丝的圣地。来到这里，我们用大家都知道的利尿剂——烈性啤酒来补充水分。如果以前也有鲍迪酒吧，岛民也会这样做的，我能有什么异议呢？在酒吧里，我们遇到了几个当地男人，他们说可以帮忙把我们的旅行包载到顿琴的克鲁格酒吧（Kruger's Bar），岛上的居民曾经在忏悔星期二（Shrove Tuesday）②哀悼亲人，庆祝半包办婚姻。趁他们还没醉到握不住方向盘，他们也要开车去。柯斯蒂欢喜地把她的包——包括钱包、身份证和衣服——递给了这两位陌

①母鸡会（hen party）是女性婚前派对，雄鹿会（stag party）是男性婚前派对。
②基督教大斋期的前一天。

69

生人，我感谢过他们，但内心深处有一股劲儿，要坚持自己背包走完全程。我们握了握手，答应一起去克鲁格酒吧喝一杯。

我的黑啤快喝完了，这时，酒吧里的电话响了。是那两位中的一位，给朋友打来电话，告诉我们山口起了浓雾。他建议我们和酒吧里的另一个朋友搭车，他也顺路。还没等我反应过来，手机就被递给了我，那一刻很奇异，我发现自己妥协了；我曾发誓再也不使用电话，但出于意识形态原因而拒绝陌生人的体贴之举，既错误又荒谬。因此，几个月来，我第一次听到了人类声音借助电子形式再现。我感谢了他，继续走完剩下的路，不管有没有雾。

他说得没错。我们没有手电筒，没有高能见度的安全背心，也没有常人傍晚散步必备的物品，所以我们十分警惕，每当偶尔有一辆汽车经过这条不起眼的通道时，我们就站在沟里。没有雨，但雾太浓了，我们的衣服慢慢被打湿。很奇怪，我感到精力充沛。一位女士停下来问我们要不要搭便车，她理解我们为何拒绝，然后开走了。天黑前，我们和鲍迪酒吧的哥们儿喝了一杯，其中一位在一开始还假装怪我们不听他的建议。

克鲁格的墙上张贴着一些人的旧照，在过去的一年里，我一直在阅读其中一些人的文字，许多酒吧都有当地人的照片，但布置得很是低调朴素。其中也夹杂着一些出演过好莱坞电影的当地人的照片，比如《雷恩的女儿》（*Ryan's Daughter*）、《大地雄心》（*Far and Away*）和《星球大战》（*Star*

Wars）的剧照——它们都在这里取过景，但与文特里镇的鲍迪·奥谢酒吧不同，这里没有展示他们的大腕。我听说汤姆·克鲁斯在那里见到了妮可·基德曼。布兰登·贝汉会自己来到老克鲁格，在吧台喝个酩酊大醉。一位前爱尔兰总理（*Taoiseach*）查理·豪伊（Charlie Haughey）也是这里的常客，他买下布拉斯基特群岛中的一个小岛（*Inis Mhicileáin*），是为了花生，尽管他是这些年来国人眼中最腐败的政治家之一，当地人还是觉得，他"挺不错、挺讨喜的"。如果这些都是真的，他们也不会想要利用这些故事赚钱。

我们在克鲁格酒吧喝完一杯，互相告别，然后找了一个地方，躺到太阳升起。我从后窗向外凝视，这座岛屿笼罩于浓重而神秘的雾气中，我不禁希望早上醒来时，不再有一个地方像切·格瓦拉（Che Guevara）的面孔一样，被包装、打包、消毒、商业化，最后卖给我这样的游客。

～

回到泉水边，凯瑟琳告诉我，恢复供电了。在她长大的那个年代，爱尔兰农村还没有普及电力，对她来说，一天没有洗衣机或电视，算不上什么大事。如今，她的家里早就开始依赖供电，如果几个星期没有电，会比以前不用电的时候困难得多。这种依赖不仅是实际用度上的，也是心理与情感上的。

我们谈论起我们生活的这片土地，上面生长着一片茂密的灯芯草。她跟我讲，以前从不会这样，即使不久之前，我们还能眺望到好草场（尽管也有荒芜之意）。

关于出现这种情况的原因，众说纷纭。一些农民说，这是因为这里的微气候近年来变得愈加潮湿。凯瑟琳认为，这取决于包括她和她丈夫这样的人种地的方式。以前，农民一年收一次干草；现在，他们每年收两次青贮饲料。生态学家认为，这种做法会造成全国各地秧鸡和鸻鹬数量的急剧下降，会带来灾难性影响。我自己的理解是，笨重的拖拉机压实了土壤，而我们的潮湿土壤不需要这样做。不知是哪种说法，也可能是上述所有因素的综合作用，这个地方作为维生手段的农业或许不再可行，如秧鸡难以存活一般，除非农民开始把土地当作一个生物群落。谁知道呢，也许不是件坏事。也许蓬草是一种先驱物种，蔓生开来，迫使人类离开，让其他物种回归，让这片土地渐渐恢复多样性和野性。

沉思良久，我的大肚瓶里盛满了水。我弯下腰直接啜饮泉水。泉水涌进我的嘴里，润湿我的胡子——上一次刮胡子已经是十个星期前了——我一时看不分明，春天在哪里结束，我从哪里开始；泉水浸润唇齿，慢慢地流淌进我的血管、皮肤和膀胱。我当下的生活里，我的健康与春日的康健相互依存。如果我的邻居在他们的土地上喷洒杀虫剂和除草剂，这些物质渗入了春天，我就会中毒，所以，我的命运和这里的野生动物——昆虫、鱼类、鸟类和哺乳动物——息息相关、难解难分。

当我离开时，一位农民停下车来装水。这是个好迹象。周末的比赛很棒，他说，然后我放下大肚瓶，尽力记住，做任何事都绝对不能着急。

～

周二晚上到霍洛汉酒吧（Holohan's）喝酒。这家小酒吧安静地坐落在一座名叫艾比（Abbey）的历史悠久的村庄里，位于诺克莫尔以东 7 公里处。夜夜天气清朗，今晚也不例外。天空广阔无垠，银河处星群错落，北极星就在我的左边，整个旅途中没有汽车的影子和声响。活着真好。

我把自行车停在外面，不上锁。看着它，我觉得骑车的速度都过快了，如果步行，旅程会更神奇，寂静会更振聋发聩。我踏入店里，店主汤姆冲着黑啤的龙头点点头，举起两根手指，我竖起了大拇指。另一瓶啤酒是给保罗的——我是这么想的——他住在艾比的另一边。每周我们都会在这个中途之家聊聊天、下下棋。

我们有个规矩，除非妈妈去世了，或者摔断了腿，否则一定得出现，不能临阵脱逃。我喝完啤酒了，保罗还没有到，我拿出我的书，也看看他的。短时间内，他没办法联系我取消约会，我也无法知道他是否安好，所以我希望他的妈妈和他的腿都活蹦乱跳的。

在乡村酒吧里很难阅读。人们太友好了，不会让你得逞的。我无意中听到酒吧里一个女人对一个常客说，这样的村庄正在发生着怎样的变化。她说，她一直看英语新闻，据说那里每年有200家酒吧倒闭。据我所知，在我们小农场周围的10公里内，过去10年，有5家小酒馆关门了。我酒量怎么看都不算大，但我明白酒吧对艾比这样的地方有多重要。除了周日早晨的教堂，人们也就来这里聊聊天了。要是一个村庄的酒吧都关门了，还住在这里的年轻人就会离开村庄，去往城市。年轻人离开他们的村庄，村庄就慢慢地衰朽，农舍变成废墟，拖拉机越变越大。酒吧里的那位女士说，这样的酒吧很快就得开始包车了，这样才能吸引大家过来，远离他们住处附近超市里售卖的廉价葡萄酒。

保罗依然不见踪迹，我决定今天到此为止吧。在我出门的时候，汤姆提醒我下周有一场小型传统音乐会。到时候见，我对他说。老男孩中的一个进来时从我身边经过，在他到酒吧之前，就有一杯威士忌在他经常坐的凳子前等着他了。

~

这是多年来我第一次坐在图书馆里。我在一个书桌旁坐下，从我要的几本书中匆匆记下一些笔记。桌子周围的不同房间里，我能看到24个人，有21个人在敲打电子设备——笔记本电脑、平板电脑、智能手机、台式电脑——另外两个人在看报纸。除了我，只有一个人在看一本书。

即使是那些不能放台式电脑的位置，桌面也安装了双插座。

我爬上楼梯来到二楼，一是为了伸伸腿，二是为了寻找一本古老的、稀有的经典著作，却未果。报架之间的过道里，只有我一人。从阳台往下看，一个相互联系的世界变得日益隔绝。

～

这是金雀花的国度。它喜欢这个地方——这里的天气，酸性的土壤，即使毗邻的人类对它有些敌意，它依旧茁壮成长。它承受着不当的坏名声，我一直不明白缘由。是的，它扩散得过快，但它明亮的黄色花朵——在阳光明媚的日子里散发着椰子的香味——会在每年的 2 月到 5 月间点缀葱郁的山丘。如果此处的教区居民还会自行酿造葡萄酒，人们对金雀花的态度可能会在使用它的过程中有所转变。

在青绿嫩黄的山丘上，有一片深邃蓝色，这是采摘金雀花的完美日子。我们 3 个人提着水桶，漫步走过附近的一条小道，那里杂草丛生的灌木篱墙和石墙上长满了各种苔藓、地苔和地衣，当地人称之为"毛茸茸的乡间小路"。它的宽度刚好可以容纳一辆马车，中间有一条草地，让我莫名感到安心。我们决定要酿造 30 升金雀花酒，所以我大约要采摘 22 升花。与蒲公英或橡树叶不同，金雀花不够厚实，一开始想到要采摘这么多金雀花，着实让人有些畏缩。

灌木多刺，所以我们要集中注意力。如果太着急，它就会及时提醒我们，不要追求速度。我们知道这会花上一整个下午的时间，而且是重复的劳动，所以我试着把注意力集中在手头。我的脸颊沐浴着阳光，鼻子里满是椰子香，手指刺痛，满眼所见是周围奇特而又精美的昆虫，一只只都在全心投入工作。我们花了大把的时间谈笑，不用理睬慢悠悠盛水的水桶。

回到牧场，我们捡起周围散落的干树枝，在火箭炉上一个又大又黑的锅里煮30升水。水一沸腾，我们就把它倒进装花的桶里，要炖好几天。现在，起码活干完了。我们下午的劳动要到8月才见成效，但拥有着劳动的快乐和期许的硕果。就像我们一起劳作这样，到时候我们也会一起享用。

～

在我脱离虚拟世界的前一天，我给我所有的联系人发了邮件和短信，告诉他们我的邮寄地址，因为我意识到我的大多数"朋友"都不知道我住在哪里。我在上面加了一张纸条，提到如果他们中的任何一个人意外地出现在我的门口，他们将受到欢迎，这对我的祖父母来说是正常的。

在我放弃电子产品之前，有几位朋友写了回信，附上了他们的地址，我把它们保存在一个小小的蓝色精装地址簿里。因为这些地址是我与他们取得联系的最后依据，我在别处做了文件备份。但是，一些亲密的朋友还没有回复我，如此，在 3 月的一个潮湿的星期一，我的思绪游走到一些朋友的身旁，布莱顿的艾米丽，芬兰的马里，法国的艾德琳，布里斯托尔附近的埃里克，还有马库斯，在未知的某处。我再也联系不上他们了，除非他们先联系我。这可能需要几年的时间。他们可能会辞世，而我可能根本不会知道。我很忧伤，很不安。

星期二的早晨，几个朋友突然出现在我家门口，太出乎意料了。他们来待几天，或者一星期。我正忙着做一些季节性的工作，一种不适的挫败感向我袭来。自从我发布了这条消息后，家里经常出现朋友或者陌生人，有时候会影响到我手头的事情。但随后我想起了母亲给我讲的她父母的故事，他们肩上的担子比我多，盘中的食物却比我少。我和朋友们待了一天，聊着一别之后我们各自的故事、冒险和奋斗。

周三早上，天还没亮，我就起来干活，希望在别人起床之前做完要紧事。但我刚握住铲子，我的朋友们也都起床了。我忘了他们是早起一族。他们告诉我，很乐意铆起劲儿来——他们就是来帮忙的——于是我们聊天、除草、铲屎、大笑，直到饥饿战胜了我们。

～

我已经 3 个月没和爸爸妈妈通话了。他们的声音可能是我一生中唯——直存在的东西，但现在也没有了。我已经慢慢开始找到我的生活节奏，是时候旅行 230 公里去看看他们了。我过去搭过很多次便车，5 年前，我们买了一辆面包车，它太方便了，我的冒险精神逐渐被淡忘，就像有了慈善商店，我就懒得学习如何自制衣服了一样。我心中燃起搭便车冒险的冲动，在没有计划或预期的情况下出发，向妙不可言的魔法打开心扉，心情畅快，健步而行——或是精神不振时，一段乏味又低沉的苦行。

我和柯斯蒂背着小包漫步在乡间小路上，走到头，就迈向文明的方向——我几周没去过的地方。第一辆车来的时候，我们已经走了大约 3 公里。司机停下来告诉我们，她只开到下一幢房子，但我们还是很感谢她。又开了半公里，第二辆车停了下来，把我们带到最近的叫作凯尔布拉克（Kylebrack）的村庄，它坐落在通往我们最近城镇洛赫雷（Loughrea）的主干道上。

在爱尔兰半乡村的道路中，这条路挺热闹的。路上来往的主要是一些通勤者和行人，他们去往洛赫雷，或者 35 公里之外的戈尔韦市。走在路上，每隔 30 秒左右就会看到一辆汽车从我们伸出的手臂旁驶过——这是交通高峰期——大约半个小时后，终于有人搭载我们了。

在戈尔韦市以北的 N17 公路上，汽车川流不息，我们却花了接近半个上午停驻在一处。甘道夫（Gandalf）要想在这里施展魔法，可得费一番力气。进城果然不是一个明智的选择。不过等返回小城镇时，我们不停地忙着换乘，都顾不上跟司机打个招呼。

到达巴利香农的时候，有来自各行各业的人们帮助过我们——一位音乐家、一名推销员、一名前陆军工程师、一位新芬党①的政客、一名会计和一名足球运动员。他们唯一的共同点是，他们都是多年的搭车客了。其中一人告诉我，他许久没见过搭车客了，我们追忆起小时候，有时一段路上可能会有六七个搭车人排着队，他们或者上班，或者探亲，或者远行。12 岁的时候，我也在队伍里。另一位司机把我们带到了 5 公里外的一个更好的地方，尽管我们出于礼貌，含含糊糊地说不必这么麻烦他。

　　我不用钱生活的期间，有一次，我搭了一个男人（我想他叫盖瑞）的车，他告诉我，他刚从波特劳伊斯监狱（Portlaise prison）出来。他因人身攻击被判两年。波特劳伊斯监狱是那些刺儿头去的地方。我们一起走了一个多小时，分享了各自的故事。他的更为有趣。我的不锈钢水杯落在了他的车里，我们分道扬镳之后我才想起来。这个杯子对其他人来说不值钱，但他知道我不用钱，明白它对我有多重要。我也没有办法，就继续搭便车。45 分钟后，我又搭乘了两辆车，刚一下车，那辆破旧的福特护卫者呼啸着转过拐角。盖瑞注意到我把瓶子落在车里了，开着车到处找我。我笨拙地抱了他一下，然后，我们又分道扬镳了。

　　下午 3 点左右，我们的最后一班车在巴利香农停下，妈妈已经为我们准备好了午餐。她说，从中午开始，她就

---

① 新芬党（Sinn Féin），北爱尔兰民族主义政党。

一直在门口进进出出，看看我们有没有到。见到他们的面庞，感觉很特别，一整个晚上，我们都围着炉火，回顾过去 3 个月里发生的一切。

～

一周后，天气变得温暖、清爽，水仙花、金雀花和我都以为春天已经来了，好一阵被弗利特街①称作"东方野兽"（The Beast from the East）的西伯利亚寒流吹到爱尔兰，带来我在这个岛上一生从未见到过的大风雪。石墙边有一堆积雪，高得像绵羊。纯净的雪，可以堆成雪人，可以温柔地打雪仗。我们很欣喜。雪隐去了一切；但是福克斯先生公司（Mr Fox & Co.）平日里的神秘冒险却变得明显了，像我这样不那么敏锐的人，也察觉到了他们的夜间韵律。鹿的行踪一清二楚，可能会在某一天给它们带来沉重代价。古代的狩猎采集者不需要像我现在这样，通过雪来了解动物们的行踪。他们感官功能发达，还有一种从未遗传给我的智力。

世上的事，或大或小，总是有裨益的一面的，不管大小，因此好与坏的问题总是视角的问题。在我眼里，大雪覆盖的小农场很是神奇，但正如一位布拉斯基特岛民曾经说过，"你不能只靠美丽的风景生活"，所以对鹿来说，情况可能

---

① 弗利特街（Fleet Street），又称"舰队街"，英国伦敦市内一条著名的街道，一直到 20 世纪 80 年代都是传统上英国媒体的总部所在地，后成为英国媒体的代名词。

很可怕。一场晚雪，意味着它们难以觅食，而这恰恰是一年中它们脂肪最少、最难御寒的时候。

在斯堪的纳维亚国家，这大概算是温和的晚冬一日。但对爱尔兰来说，这简直是世界末日。邻居告诉我，连续两天的大雪过后，都柏林的超市遭到了抢劫，还有推土机冲进一家超市。我们笑了，但又想知道，如果气候混乱真如预测那般，天气比连续的暴雪还要严酷，那会发生什么呢？

那是星期二的晚上，我步行7公里的路，去艾比的霍洛汉酒吧。一些地方，雪没到我的膝盖。由于邮政服务已经瘫痪了，即使我想取消，也没有可能。但我不想。其他人都躲在炉火旁——或者至少是在假装有炭火的取暖器旁——这趟旅程由我独行。我走到中途，沿着路上原有的白线，穿过一场壮丽的暴风雪。赶到酒吧时，我的胡子已经冻住了。保罗也在那里，两人惊诧地相见。除了老板，就只有我们，走了这一程，壁炉看起来更是暖融融的了。

邮递员度过了一个意料之外的假期，3天后，他又回来了。我收到一位朋友的来信，她告诉我，在"野兽"风暴来袭的前一天，她在附近一家超市的卖空的面包区遇见了一位朋友。她的朋友看起来可怜兮兮的，她说想给她烤一条面包。朋友说不用了，她在找"切片面包"。我的朋友写道，她差点还想借她一把刀。她说，虽然面包区空了，但烘焙区的面粉架还是满的。

另一个朋友告诉我，雪最大的时候，一些都柏林人在网上卖切片面包，每个100欧元。真庆幸我不再上网了。

~

又到了鳟鱼季节。在过去的 6 个月里，爱尔兰政府的法律保护着鳟鱼，可也正是爱尔兰政府为工业化的农业生产提供的法律保护，导致鳟鱼数量大量减少，亟须保护。在我们提出基本人权的概念之前，与家人享用 1 月底捕到的鳟鱼还是基本人权呢。

我崇敬鳟鱼——这种生物本身、它的精神、它的味道，以及当我偶尔吃到它的肉时，所触碰到的活力。曾经有一段时间，我觉得试图杀死自己声称喜爱的东西，是荒谬的、是认知错乱的、是怪诞的，但现在看起来很自然。别问我为什么，我不知道。但我不确定，是否有可能真的爱上自己不依赖的东西。我们只保护我们的所爱，对于你不愿意誓死捍卫的事物，你不能假装真心地爱着它。这个观念，类似于土著们认定的信念，在获取生命之时——或者植物，或者动物——你有责任照料它的"部族"，你要维护好它的种群和生态系统，自始至终，毫不动摇。这种观点认识到了每一个生命，包括我们在内，都与其他事物是息息相关的。

我把鱼竿和诱饵装好，跳上单车，下午剩下的时间用来钓鱼。我得先去当地的渔具店买些新的钓线。

回看我 20 岁出头的时候，我发现那时，很大程度上讲，我能挣多少钱，就能感觉到多少自尊。我们都这样。当我站在渔具店等着买一卷 12 磅重的单丝时——一种合成的、一次性的、廉价的工业产品——我意识到，在这些日子里，我需要用的钱很少，这反而给予了我自尊。今年春天，等到荨麻丛生，我想用它的纤维来做一根自己的鱼线，但在此之前，我不得不将就一下。

从渔具店出来后，我向西南方的河边走去。我的身体需要蛋白质。3个月前，我切断之前的蛋白质来源——鹰嘴豆、花生酱、芝麻酱、黄油豆，通常的国际工业纯素食经典——换之以我现在很上瘾的食物。我从小就没认真钓过鳟鱼，现在有些捉襟见肘了。3个小时过去了，我依旧两手空空。然而，出于需要，我必须坚持下去。我不知道是因为这个天气对于鳟鱼太冷，还是我用错了鱼饵，我是否应该用渔轮，我垂钓的深度不合适吗，还是说我在其他方面出了很多错。我需要学习，而且要快。我很享受午后的钓鱼时光——用"垂钓"这个词或许更合适——它确实滋养了灵魂，但却没有滋养身体。

我目前学到的一件事是：在不了解河流的情况下学钓鱼是徒劳的。这是慢功夫。我提醒自己要有耐心。度过这样的夜晚，我真希望我那4年的时间不是坐在教室里学习金融经济学，而是在户外学习真正的经济学。

~

我刚刚听闻一个有趣的统计数据：我们平均每天触摸手机2500次。由于没有互联网，我无法核实这一数据的来源，但我观察了城市里的人——坐在咖啡店外、走在街上、站在公交车上的，让我对此深信不疑。一位朋友告诉我，人们在床上或浴室使用手机也见怪不怪了。

我在床边点了几根蜡烛。今晚是按摩之夜，我们想每周挤出时间按摩两次。我从柯斯蒂的脖子开始按压，慢慢地从她的肩膀按到背部、臀部、腿筋、小腿和脚。柯斯蒂既是一名小农，又是一名舞者，她需要呵护好下背部。受坦陀罗①的影响，当我们不走神的时候，我们的按摩既是对意识的触摸，又是对身体自然、有力的触碰。

当这一切结束时，她已经渐渐入睡了，我吹熄了蜡烛，我们就入梦了。

～

我是一个普通学生。上小学的时候，我的表现还不错，但获得了当地中学的奖学金之后——这意味着我可以免费得到所有课本，这在当时是一件大事——我很快就失去了兴趣，相当快。

那是1992年，爱尔兰的现代化进程开始了。当时，我对政治力量及其议程没有任何概念，细想之后，我现在可以理解，从这些课程就可以看出这个陌生的新爱尔兰的意识形态是如何塑造的。在英语课上，我们学习了帕特里

———————————

① 坦陀罗（trantra），一个重要的印度教哲学体系，从印度教的早期形式吠陀教发展演化而来。

克·卡瓦纳的诗歌，但学习的不是《飞马》（*Pegasus*）中意志坚定的卡瓦纳，他警告人，不要在浮士德契约里把自己的灵魂出卖给魔鬼。在整首诗中，卡瓦纳用他的马来描述灵魂：

"灵魂，"我祈祷着，
"我带着你走过世界
目睹教堂、政府和最卑劣的行径。
但是今晚，停下来。"

"往昔不再。
沟渠之南，
阳光亮烈。
不必再与这个世界争辩……"

当我说出这些话语
他的后背生出羽翼。现在我将
乘着他，前行至无尽的想象之地。

相反，我们读的是可悲的卡瓦纳，比如《灰石土》（*Stony Grey Soil*）这样书写沮丧情绪的诗歌，这位农民诗人对着爱尔兰乡村说，"你偷走了我青春的堤岸！"这句话是我从学校学到的为数不多的句子之一，至今仍让我难忘。

17 岁参加毕业考试——毕业证书考试（Leaving

Certificate）的时候，我感兴趣的学科只有商业和经济学。我的最高成就是在这两门课上取得的，尽管——或者也许是因为——我在这两门课上挑战老师的观点而被赶了出来。和大家一样，我不知道今后想做什么，但我也同样被告知，我必须做些什么。我得到了一个在贝尔法斯特（Belfast）的本科信息技术课程的名额，我有 5 个关系最好的朋友答应了去那里学习，但在最后一刻，我决定接受在戈尔韦学习商业和经济的机会。那一刻，我不知自己为何如此抉择，当然，我不曾预见到日后它对我的影响。我只是跟着直觉走。

~

这个月的第二个星期二到了，霍洛汉的传统音乐会开始了。我和吉利斯一起，从湖边骑自行车回去。音乐会预计晚上 9：30 开始，但在这样的地方，人们自然而然地蔑视精确性。墙上挂钟的时针指向 10 点，一位常客走了进来。大多数晚上，他都静静地坐在角落，但今晚他胳膊下夹着一个手风琴，当他走进来的时候，酒吧里每个人都看着他。8 位音乐家——吉他手、小提琴手、锡口哨手、手鼓（*bodhrán*）演奏者和歌手——都很快地进来了，他们不怎么讲话，选好的饮料就摆在面前。乐手们都瞥了一眼手风琴。他喝了一口威士忌，点了点头，然后他们开始了。在接下来的 3 个小时里，8 位音乐家将把各自的艺术织就成一段漫长、迷人、悠扬的整体，只考虑习俗、传统，以及难以预料到的才华迸发。

演出进行了一小会儿，两个小女孩和她们的母亲——老板的亲人——满面笑容地走进来，手里捧着锡箔盘子。她们轻轻地从后面离开，没过一会儿，就拿着一盘三角形的小三明治出来了。要是说这些三明治是免费的，就是对他们用意的诋毁了，他们甚至都不会想到收费的事情，他们一心想着要这样做。吉利斯和我饿坏了，一看到它，我们就眼睛发亮。我们吃得太多了，吉利斯从来没有参加过传统音乐会，显然乐在其中，我们似乎也贪杯了。我们只打算喝一杯，至少我们是这么说的。

每跳几支舞，就会有乐手或顾客唱首歌。每到那时，整个酒吧都会安静下来，说话过快的人都会被示意安静。歌曲时而轻快活泼，时而怀旧伤感，热情的掌声总是不停。

乐师们演奏完毕，我们离开酒吧，准备好踏上旅程的最后一段，一路爬到我们的床上。

~

午餐时间，空气中有雨意，我能感觉到。我想趁下雨前把剩下的木头搬进来，我不想停下来花太多时间吃东西。

我拿起一个小柳篮，在土地上四处寻找生菜。这是一年中吃野生食物的好时候。蒲公英（花与叶）和羊角芹都被认为是杂草，却风味独特，它们已经长出来了，我把它们和熊葱头、酢浆草和琉璃草混合在一起。我们刚刚走出"饥饿期"（hungry gap）——英国和爱尔兰等地的艰难时期，冬季芸苔植物吃完了，储存的根茎即将耗尽——而我们的花园里几乎什么都没有，所以我们很欢迎新生的绿植。

几片叶子和几朵花没法让我撑到晚上，我又拿了3个鸡蛋，在杯子的侧面敲开，直接吞下，生吃进去。喝了一碗燕麦，我就又要出门了。

拖着这一天的最后一根木头穿过灌木林，进入干燥的披屋，每一步都在3月的泥泞中发出咯吱咯吱的声响。我又累、又饿、又脏，现在又湿透了。

尽管我对陆地生活中血腥、肮脏的现实知之甚少，甚至一无所知，但常有人告诉我，要小心，不要把过去浪漫化。我同意这一点。但我告诉他们，更要小心的是，不要把未来浪漫化。

～

在这个时代里，规模和效率至上，一个地方可能会在一夜之间换了面目。我大约有一个星期没出去散步了，但在这段时间里，我听到了附近森林里机器运转时咔嗒咔嗒的声音，我心里很不情愿去看看发生了什么。

但我还是打算去瞧瞧。转过街角，走过一座古老的门楼小屋，它正在被翻修，之后要在爱彼迎（Airbnb）上出租给游客。我担心的事情成了真。自搬到这里，我多次去遛狗的那片树林，现在已经不见了。就这样没有了。

奎尔特（Coillte）——负责管理爱尔兰森林的半国有机构——现在正在推倒森林，而那里已成为我生活的一部分。并不是说你不知道它会发生。你知道。毕竟，这是一片林场——好吧，至少对他们来说——不是自然生长的林地，机构命名为奎尔特（在爱尔兰语中意为"森林"），而他们的业务却是生产木材，并非保护林地。总的来说，我没有理由对此感到惊讶。但我忍不住。对于野生动物——鹿、鼠妇、松貂、侏儒鼩鼱、红松鼠、蠓虫——来说，这肯定就如落在广岛上的原子弹一般。

这是最令人吃惊的速度。上一分钟它还在，下一分钟就不见了。这些犯事的机器看起来像是来自电影《阿凡达》。它们什么都做了：砍倒树、剪下树枝、抬起它、移动它、堆叠它，一切都在眨眼之间。人类甚至不需要在森林落脚。这些机器没有挖掘机那样的刚性，却拥有人类上肢与手的灵巧性。我看到一台机器抓住了一棵 25 岁的云杉，把它像牙签一样抛起来，接住它，再把它抬到拖车上，一举完成，不用喘气就能继续下一个，真是致命的效率。在我遛布默斯的小道旁，已经有成百上千棵云杉整齐地堆放在那里。制造这些机器也造成了附带伤害——取材于本地树木，以及在这种酸性环境中茁壮成长的侵入性杜鹃和月桂——以此搭建起支撑履带移动的结构。

我看着它们把 10 米高的树做成板球门柱，继续往前走。布默斯似乎对草丛中偶然发现的一种气味更感兴趣。我知道我很快就会习惯这个烽火地带，我想这也是最困扰我的。我知道所有的哺乳动物都会立即离开，至少现在，它们应该找寻其他的家园。然而，它们的栖息地正变得越来越稀少，它们的种群也不得不越来越适应这种情况。对于那些我们不再了解与关注的非人类族群，这是它们所知的世界末日。

～

柯斯蒂和我今天很累，身心都很疲乏。摆脱成瘾性药物很难，摆脱科技也是这样。倒也不总是这样，但我们真想看一场夜间电影休息休息，让头脑放放空。可是我们没有这个选项了。

夜很黑，我点了几根蜡烛。我们相拥着躺在炉火前，偶尔开口讲话，其他时候都静静躺着。睡意渐浓，明天会是不同的一天，事物的样子和氛围都会大不相同。我知道我们会有这样的时候。我也知道，时间逝去，技术的诱惑会对我们越来越淡，这样的时刻也将变得越来越少。

火焰燃烧着，发出橙红色的光晕，抚慰我们入眠。

～

早晨，顿琴周围的浓雾散去。我走下山坡，向布拉斯基特中心（Blasket Centre）走去。布拉斯基特中心是一座群岛博物馆。我心想,围绕着顿琴的岛屿和博物馆是多么的朴素和低调。博物馆外观朴实,内部让人印象深刻。不过,与到目前为止我只在老照片上看到过的岛上房屋不同,中心博物馆与其他的博物馆很像:高大、宽敞、宏伟。

我绕着中心走了几个小时,记录下岛民们使用的工具。我研究着那些模型的内部,看看他们的石头小屋应该是什么样的,还读了一些学者介绍,例如罗宾·弗劳尔(Robin Flower)——大家亲切地称他为"Blaithin",意为"小花"——还有乔治·汤姆森(George Thomson),两人鼓励并帮助岛屿上早期作家记叙生活,用欧·克洛汉有预言性的话来说,这些"永远不会再发生"。

他们的工具("技术"这个词直到20世纪中叶才流行起来)讲述的是我这一代人的一种生活方式——将人类送入外太空,在火星这样一个条件不利的、无生命的星球上探索生命的可能性,现在看来是绝对不可能的。为了照明,他们把剥了皮的灯芯草浸在涂有鱼油的扇贝中。他们使用简单的木制工具把稻草扭成绳子;一种侧面有宽度的长刃铁锹,叫作"sleán",是为了除草皮而设计的;还有一个用来收集海藻的木制耙子。为了搬运草皮和海草,他们制作了一种提篓,是枝编的篮子,把它放在驴背上。

从布拉斯基特中心出发,我们步行穿过顿琴到达渡口。这是一个晴朗的早晨,但我们只在车里看到了人,他们正在前往更大的城镇,赚更多的钱。学校假期还没开始,我和柯斯蒂是仅有的两个游客。我们走下陡峭的小路,踏上长堤——岛上的居民在这里赶羊、抬亲友的尸体、捕捉龙虾和鳕鱼——眼前的景象让我陶醉：大布加勒斯特岛，如同一条在大西洋中晒太阳的巨大鲸鱼，它的背部触碰着蓝色的晴空，面对东方冉冉升起的暖阳。从这个角度看，这座岛屿威严、引人注目、睥睨一切、自信十足、遗世独立。在这里生活几千年，任何人都会知道如何照料自己的生活。

我们从码头登上了一艘轻便的小渡轮，船上有2名船夫，他们告诉我们，他们是渔民，现在正在休假。穿过海湾时，小船在相对平静的水面上剧烈晃动，我不禁想，对于一个完全不会游泳的人来说，在暴风雨中心的午夜，坐在帆布覆盖的小舟（*naomhóg*）中晃动，那是怎样一番感觉。

~

黎明的天空，红色、橙色与粉色光芒交相辉映，我穿上靴子，趁天气不错出去散步。泛红的晨光，牧羊人的叫喊，许许多多的景象。行走之时，我常常会寻找一些东西：浆果、树叶、清澈，或是倾听被我们遗忘的生灵所讲述的道理。

那些凡俗的时光是我一天中最神圣的时刻。我有时会想，为什么多数人都拒绝这样的时刻，拒绝这样的地方，但我却为此感到稍许感激。而我的另一面，又希望每个人都能看到我面前的尘世荣耀，为其神秘所诡异，为它的无所不包而折服。每个人都看到自己的世界。

我在帕奇的老房子前转弯，这里曾是托马斯·伯克爵士（Sir Thomas Burke）与他祖上的门楼。我看到，一些青贮饲料包被巨大的日本虎杖缠绕着，这是一个入侵物种，大约在19世纪中期被带到爱尔兰，当作长青的观赏植物。在山楂树上有更多的塑料，它们紧握自己的存在感，一个蓬松的大塑料球堵塞了不远处的水沟。在这个国家的其他地方，为了支持一个癌症慈善机构，农民们已经开始使用粉色青贮料包，但在这些地方，青贮料包依旧是黑色的、普通的、致癌的东西。

对面有一位农民叫我过去。他需要马上有人帮他赶几头牛，尽管离这条路只有1.5公里远，他还是坚持让我搭他的车。10年前，当我还是一名环保主义者和动物权益保护者的时候，我无法想象自己会有这样的未来：我将把公牛赶进围栏，给它们打上标签和编号，并接受结核病检测。当时，我的想法来自工厂化农场的纪录片和镜头。在这些日子里，我经历了两三个辗转难眠的夜晚，因为我直接听到了被夺走幼崽的母牛的哭声。当我住在布里斯托尔的时候，激进分子，也包括我自己，会为社会、生态、政治和文化的理论争吵不休。在这里，我们太需要彼此了，不会在这种事情上争吵。干这项活的时间比预期的长——牛对面前的这一天有自己的想法——在我们走的时候，农场主告诉了我一些他的故事，还有农场的历史。这个故事很艰辛，也不值得羡慕，我听得越多，就越钦佩他能够早早起床、行动起来。这是我们第一次面对面聊天，他离开时说，会在某天晚上来西宾酒吧喝一杯。

~

　　在我最终完全不用电的一年多前，我迈出的第一步，就是退出社交媒体。就像我做出的其他正确决定，这也是在酒吧里定下来的。实际上，我从来都不喜欢与社交媒体相关的东西——它背后的硅谷公司、围绕它的隐私和监视问题、它的生态影响和反社会性质——但在工作中，我依然持续使用它。我听说，出版商喜欢拥有强大社交媒体影响力的作家，大多数作家都是通过社交媒体来宣传自己的作品、活动以及所有他们必须说出口的要事。

　　喝了第三杯后，我觉得自己受够了。如果说清醒时难以做出这个决定，会太夸张了——毕竟就只是一堆网站——但感觉有点像木匠决定放弃他的电动工具。无论愿意与否，我知道我的生活受到了一堆肤浅又自命清高的公司的摆布。以前，我也常常想辞职，但我的理性思维创造了各种各样的理由，证明辞职一定是罪恶。黑啤暂时提供了一条通向心灵的捷径。

　　对于这个问题，我的内心已经清净多了。灵魂说，去他的吧。灵魂说，不要来往。灵魂提醒我，无论如何，我想完全依靠土地生活，任何经济收入只会阻滞我的前行。灵魂告诉我，最重要的是，要依存自己的信念生活，其余的就交给命运吧。灵魂说得够多了。灵魂壮了壮胆，变得饥渴，然后，又点了几杯酒。

第二天，我醒来了（宿醉难消），登录每个社交媒体账号，告诉人们我要离开。这没什么，我只是想对那些可能再也见不到或听不到的人说再见，简要解释一下原因。很多朋友回复我，恳请我不要退出，而是用自己的媒介说出对工业技术的看法。但我觉得，对于手中正在使用的东西，批评的力度是有限的，而谴责某物的最好方式，可能就是放弃它。其他人表示同意，并提出他们也在考虑永久退出。我发现，当有人明智地离开一些网站，就会有一片喧嚣，然后我想起，我自己也是在挣扎中做出的这个决定。

第二天，我重新登录我的每个账号，然后退出——我只花了半个早上的时间来弄清楚做法——然后去树林里散步。

~

当我和汤米·奎因外出干活时，我们聊起了前几天晚上在当地一家名为小山（The Hill）的酒吧举办的一次音乐会。酒吧的名字取自它的位置，在一座山顶上。话题转到爱尔兰乡村地区，以及各地的乡村。他在诺克莫尔住了一辈子，所以他的观点对我来说很重要。他让我想想，在他成长的过程中，什么技术对这里的生活影响最大。我说出的是我的直观感受：电视、汽车和电脑，或者供电。汤米笑了。保温杯，他说。

我让他讲讲。他成长在 20 世纪 60 年代，他和家人会和这个教区的大多数其他家庭一起去沼泽地割麦草皮，为下一个冬天储备燃料。他们会尽全力互相帮助，就算平日里会有龃龉。他们用传统的方式割麦草皮，用的是长刃铁锹，很艰苦，也乐趣丛生。每一天，都会有一家人燃起篝火烧开水壶。

不过，燃起篝火比给干活的人补水更重要。篝火不仅能赶走蚊虫，还能让人们在重要的节日聚在一起。白天，人们在这里沏茶，说说笑笑；晚上，在这里烤熟食物。傍晚，一天的工作结束了，篝火周围充满了音乐、歌曲和舞蹈。夜幕降临之前，一些家伙会把男孩们的手推车藏起来，第二天早上没完没了地开玩笑。

忽然有一天，现在已经很普通的保温瓶，不知从哪里来到了诺克莫尔。汤米说，这很方便，每个人都想要一个。很快，家家户户开始在自家的炉灶上将水烧开，然后把水带到沼泽地里。篝火勤恳地燃烧了千年，现在过时了。

这可能节省了不少时间，我打了个圆场。"是啊，"汤米说，"人们不会一起床就去灌木丛后面找他们的手推车了。"

～

柯斯蒂用天生的骑术训练两匹马，让它们拉一辆吉卜赛马车，她自己很有吉卜赛精神，想要在路上的时光讲述最好的人生故事。我们本来希望，让马儿在圣帕特里克节再次吃到新鲜的草，但老天想继续下雨。如果现在把草料放在一块空地上，附近排水不良的土地就会变成一片沼泽地。人们都说，爱尔兰如果能有个屋顶，就会成为一个伟大的国家。马儿们渴望着周围的绿色田野，但在最困难的时刻，最需要耐心。

我上楼给它们喂干草的时候，一位邻居提醒我，按照惯例，今晚别忘了把钟拨快，今晚的夜色延长了，多好啊。

我已经有一星期没有钟点的概念了。我知道今天是周六——好样的，马克，你可能会这样想——但也就这些了。今晚时钟向前调，对我的生活几乎没有影响，大多数时日都是这样。明天与冬至、夏至之间的任何一天都一样，只是多了几分钟而已。

但明天就是春天了，那就不一样了。

春

我走入树林，因为想要从容地生活，只与生活的本初相对，看看我能否学到生活所授之物，而不是在生命结束之时，发现自己从未活过。

——亨利·戴维·梭罗《瓦尔登湖》，1854

春意涌动。画眉鸟和金翅雀正在策划一场生命的展演，在漫长而苦寒的冬日里，它们在幕后辛勤劬劳地筹备着。

空气中有某种魔力，所有生物都知道这一点。古老的爱尔兰人有一个词"*tenalach*"，用来描述在每年的这一天能感受到的与生活的联系。蜕变的孔雀蛱蝶在我的菜园里觅食，青蛙抛弃了所有的谨慎，在光天化日之下跑到外面去。而不远处一块地里，羊羔在新鲜的牧场上蹦跳，让劳苦的人感到心情放松。我有很多活要做——这在一年中的这个时候是正常的——但我一直记得选择这种生活的缘由，决定什么事情也不能阻止我今天下午去钓鱼。

我去找保罗，看看能不能诱惑他到河边逛逛。这是临时起意的通知，但无论如何，这一天太诱人了，无法拒绝。有一条叫作卡帕（Cappagh）的小河，穿过他那长长乡间小路尽头的一片狭窄田地，我们决定一探这条隐藏着的、不为人知的河流。

我们驻足于卡帕河与一条支流汇合的池塘边，这里似乎是复杂生命之网的交汇点。一只翠鸟如青橘色的闪电，顺水而驰；一只苍鹭守在岸边，观察形势。一条巨大而奇妙的棕鳟跃出水面，上方盘旋着一群苍蝇，正掷出生死的骰子。在这个神秘的交点，我们能够相通，出于同样的理由：食物。

与我不同的是，保罗有一定的飞钓①经验，当他仔细挑选合适的钓饵时，我将一个旋式鱼饵抛了出去，伺机寻找岸边潜伏的小家伙。飞钓是一门艺术；事实上，它不仅仅是一门艺术。你需要成为一名生态学家才能做好这件事。知道如何飞钓，就是知道自己立身何处。

水面平静无声，直到砰的一声，有东西上钩了！透过清澈的水，我当即看到了一条凶猛的、侏罗纪般长相的梭子鱼的头。它看起来非常失望，本还以为自己可以美餐一顿。好吧，今天是愚人节，但我不喜欢残酷的恶作剧。不过，我有作为捕食者的重要角色。从生态学的角度来说，梭子鱼是爱尔兰周围一些湖泊和河流的一大问题。但由于旅游垂钓者对它们的青睐——为其体型和上镜的品质，而不是它们无生气的肉和骨头——梭子鱼无意中助力爱尔兰的捕鱼业大赚一笔。

为表示感谢，该州批准了对梭子鱼的各种保护措施，尽管对其他物种会有一定影响。对于可猎杀的梭子鱼的大小有严格的规定，且在此范围内只能捕杀一条。因此，当海底拖网渔船合法地将海洋变成沙漠时，杀死一条超过 50 厘米长的梭子鱼，你可能会面临牢狱之苦。或者说，如果你是政府，梭子鱼生长的地方，不如钓鳟鱼更有利可图。那就花纳税人的钱消灭它们。根据生态学家珀瑞格·福格蒂（Pádraic Fogarty）的说法，在 2010 年到 2014 年之间，

---

① 飞钓是用特殊的飞钓线、飞钓竿和人工拟饵，利用不同手法和水流状况，吸引鱼儿攻击上钩的一种钓鱼活动。

爱尔兰内陆渔业"使用刺网和电捕相结合的方式，花费了725,037 欧元捕捞了 35,738 条梭子鱼"。每条梭子鱼大约花费 20 欧元。入不敷出，真的。

在我钓线末端的梭子鱼微微超出了法律规定的长度和重量。我有一个选择：敲晕它，这会违反法律；或者去超市买一袋合法出售的底拖网捕捉的鱼条，3.99 欧元。

这是一个艰难的选择。这是做艰难抉择的时刻。

～

抬头望向约翰·缪尔所说的深深的"云地"，我看到燕子回来了，飞翔时发出细细的"喂"的叫声。一小群雄燕在通向帕奇家的电话线上叽叽喳喳，在上帝的唱诗班中有一席之位。它们可能是在讲述冬天的冒险故事，或者提醒雌燕注意栖息在远处树上的一只喜鹊。谁知道呢？

去年有一对候鸟夫妇，在非洲某些我永远不会知道的地方停留了很长一段时间，仅凭它们的智慧和翅膀，穿越数千公里回到诺克莫尔（北纬 53.05°，西经 8.3°）。没有卫星导航，没有引擎，没有纸质地图。它们和去年一样在我的木屋椽子上筑巢，重新熟悉这个地方，继续转动生命之轮。我虽然有一丝模糊的印象，但永远不会知道它们为什么会回到这里，无论如何，这一片景象令人安心、充满生机。

我们自认为很聪明，觉得自己发挥出色。而我现在站在这个地方，砍着山毛榉和桦树，觉得我们的智力似乎与燕子的不相上下。不，这不是一回事。

～

到今早为止，我已经好几个月没看到广告了。能量饮料的广告，是在一辆成天在城市转悠的 A 型拖车上。我猜，它是在从一个城市到另一个城市的路上经过我们的小农场的。50 岁到 80 岁的农民大概不是他们的目标客户。

作为商业本科课程的一部分，我学了 4 年的市场营销。记得在那个时候，我读到，我们每个人平均每天会接触到大约 3000 个广告——商店、杂志、报纸、广告牌、货车、广播和电视上。那时是 1996 年到 2002 年之间，互联网还没有复制粘贴到我们生活的每一个角落。我想象不到，在数字时代，这个数据会是多少。

看了那个广告，觉得很怪，像被晃了一下。我没什么可抱怨的，相比之下，我目前接触到的广告很少。然而，当驶过这块广告牌时，它的那种莽撞和傲气与后面的树林形成了鲜明的对比。如果它轻易就可以让我的思想暴露在不负责任的、充满色情的、不健康的、令人上瘾的产品营销中，那是否意味着，下次经过它时，我也可以轻易地将它砍下？我的思想也是私人财产——也许是最私人的财产。

从树林里回到家，我在信箱里发现了一份银行对账单。法律规定银行每隔几个月就得发一份，不管我愿不愿意。我浏览了一下，发现借方栏基本上什么都没有，这是好消息，因为贷方栏也几乎是空白的。我唯一能挣到钱的工作就是写作，每个人都告诉我，放弃社交媒体、电话和电子邮件并不能让我更有前途。我所做的其他事情都是免费的，只与我在意的人或事打交道。因此，这份账单的主要内容是银行收取的小额费用，在爱尔兰，账户中少于 2500 欧元的人都必须支付这些费用——超过这一数额，银行业务就是免费的。这实际上是在向穷人征税。

我把对账单放在壁炉上，在上面放了一些火种和火引子，为晚上做准备——最好现在开始，不要等到又冷又黑的时候——然后把我的早餐带到门外，晒晒早晨的太阳。这可能是我一生中第一次意识到，我很满足，眼前的事物足以让我知足，在已逝的流光里，就在此时，就在此地。我快乐、满怀希望和兴奋的时候有很多，但我不曾想到单纯满足的时光。

~

盆栽棚应该由奥利弗·梅勒斯和查太莱夫人照料过。桌子上有几个空的堆肥袋，地板上散落着便宜的绿色喷壶，培育种子的塑料盆和穴盘到处都是。现在是 4 月初，我得把这个地方打理好，迎接下一波生长的季节。

我们的计划是，来年种植足够 8 个人吃的蔬菜，我开始打理这片空间，用旧木头和废弃的托盘做桌子。收拾好后，我在桌子上放了 100 个黑色塑料种盘，每个盘子里有

12个格子。如果一切顺利，我们就能种到1200株左右。我在每个格子里填上堆肥，给它们好好浇水，然后分别在每个格子中埋一颗种子。我种过各种各样的植物，有豌豆、斑豆和各种各样的羽衣甘蓝。甘蓝不能种得太多。我在小塑料标签和硬纸板上写上甜玉米、横滨南瓜、紫锥菊、菠菜、芝麻菜、小胡瓜、黄瓜、大头菜、金盏菊、球芽甘蓝和甜菜根。到这一天晚上，我已经种下了30多种香草、蔬菜和生菜。我不是个容易激动的人，但已满心期待第一批幼苗破土而出、茁壮成长。这真是令人满足又安心的劳作。

不过，转念一想，我错了，这一切瞬间变得毫无意义。标签、喷壶、托盘和堆肥袋，到处都是塑料。真的。就连墙壁本身都是塑料的，这是我们留下来的最后一个塑料大棚。我知道粮食种植并非自古如此，然而农业是工业的先驱，它们的结合只是时间问题。我已经不知道"可持续发展"这个词是什么意思了——有人知道吗？——但不是这样的。我不想维护依赖塑料的生活方式。

我知道我需要成为一个更熟练的觅食者。在草木生长的灌木篱墙、草地和其他地方收集它们，不借助塑料或大把的工具——现在我找到了意义。我懂得自己现在需要做腐叶土，而不是买盆栽堆肥，我需要关注多年生植物，而不是一年生植物，还有上百种其他的东西。但随后我提醒自己，我需要付出时间——至少需要15年才能建成一座森林花园——毕竟罗马也不是一天就被摧毁的。

走之前，我给植物们浇了水，手中这个装着纤细的胚芽的盒子，来年还会为我们供给蔬菜，真是神奇。

～

写字的时候，我的手指发麻。我一直在外面，准备午餐做荨麻汤，荨麻晾干还可以做荨麻茶。它们没大家想象的那么难采。有一首古老的爱尔兰诗歌告诉孩子们如何摘荨麻，可见它在古老饮食传统中的一席之地：

> 轻触荨麻，
> 手痛难忍，
> 紧握在手，
> 如丝柔嫩。

如果你集中精力采荨麻，一整天都可以不被扎到。若是神游了，那可有好受的了。每一片叶子都是一个佛陀。

私下里，我很享受这种感觉，我还听说这对血液循环有好处。夜晚，当我脱掉衣服上床睡觉时，神秘的刺痛又出现了，唤起了我这一天的记忆。

～

直到最近，我才真的变成为了散步而散步的人。在这样的工业文化中长大，步行时间会被算作休闲时间，闲散不是一种美德。这是老年人在退休后的养生活动，而不是那些有事业要追求、有家庭要供养、有事业要发展、健康急转直下的年轻人所做的事情。那时我还没有读梭罗的《散步》(*Walking*)。这篇文章的开头就很精彩：

> 我希望为自然说话，为绝对的自由与野性开口，而不仅仅是为了文明所囊括的自由与文化。

自那之后，与其说漫步的艺术是一种反对教条与专制的政治行为，不如说是一种值得保留的传统。当我的腿在没有任何计划与目的的时候移动起来，我发现了一些奇异的事情、一些出乎我想象的事情。

这是一个潮湿的早晨——是爱尔兰式的潮湿——我打算待在屋里写东西。但到了午饭时间，我已坐立不安了。我提醒自己，我是一个动物，而不是一个脱离身体的思想家，于是我兴起闲逛。我叫上了布默斯。它从来没有受过训练，也不是很灵光，所以它得走在我前面。

其实，这样讲不大公平。与其说它未经训练，还不如说它狂野、任性、不驯、坚毅，这些都是我想要重拾的品质。它完全有能力一连几个星期在森林和牧场里生活，只要身上的毛就够了，还能过得很好；面对现实吧，我在它的表现面前相形见绌。但在带路方面，它可真是闹心，总是拖拽啃咬些小东西，很是任性。这种不灭的活力、对生活不倦的热情，意味着我出去散步时永远别想走到它前面。

我们出发了，穿过几周前还只是一片树林的地方，可是现在……该怎么称呼它呢？机器已经完工了，还收获了继续维持机器经济运行一阵子的原料。起初，我发现大脑仍然处于书写状态，挣扎着出来散步，为自己想了太多。即使如此，它也有所获益，因为新鲜空气和运动，都会给我卡住的构思、组句和措辞带来灵感。我总是卡在这些方面。我没有写作的天赋。

走了一公里半，我才有了脚踩大地、活在当下的感觉。我注意到鹿的踪迹延伸到附近的一大片树林里，记下了。到处都是蒲公英和荨麻，都能用来酿不错的啤酒，记下了。这些机器留下了一堆残缺的、无用的木材——从理论上讲——看上去都是非常棒的柴火，记下了。

我终于回到小屋了，时间正好，天空放下了它的帷幕。我精神抖擞，思维敏捷，神清气爽，一直工作到深夜。

~

路那边是米克的院子，院子里林林总总堆满了物品，有旧地板、椽子和搁栅。米克的儿子正在翻修房子，拆下来的木料大部分是松木和橡木。他告诉我，在烧成篝火之前，我想拿多少就拿多少。比起从树林里拖木头，这个目标更好实现，现在刚好是要把木头弄进屋子晾干的时候，我接受了他的提议。

我在里面翻找，挑出一些较好的木材。把结实、没有腐烂或虫蛀的木材放在一堆里，留着明年做些小手工。其余的——大部分是在卸下时打碎的地板——被扔进了柴堆。许多木板有近4米长，我把它们锯成两半，这样可以放在通往我披屋的小道的一边，离这儿有300米远。

我敲了敲帕奇的门，问我是否能借用他的手推车。这还需要问吗？他的手推车可不普通。这辆手推车是他年轻时手工制作的，到今日都完好无损。他在设计和建造时就考虑到了草皮，那时重型机械尚未淘汰人造工具。它很宽敞，侧面没有封住，堆放和移动大量的草皮都很方便；也就是说，你能有力气推它穿过潮湿的沼泽地带。用这台精巧的装置，就不用在小道上往返十几次了，只要3趟就可以。不过，这样想的话，就会考虑四轮摩托车和拖拉机，于是我提醒自己，边际效用递减法则也适用于效率。

我在米克的院子里，把木板扎扎实实堆成我能运走的很高一摞。我每一趟放50块2米长的木板，手推车依然有空位。不过它很重，我花了很大的力气才把它稳当地推到了披屋。当我走上山，上去装第三车时，我又由衷地佩服曾经做过这些事情的人们，他们会从早到晚，连续几天从沼泽地里挖草皮。

整个上午我都待在锯木架旁，把木板切成碎片，以方便放进炉子。厚的木板都要用弓形锯锯开，剩下的就用大锤敲开。我在被饥饿征服之前完工了，估计堆起来的木料够用6个星期了。

我走到后面，欣赏柴堆。这个活计不如在森林里度过一天那么惬意，堆叠这个过程也是如此。它们是一堆破碎的木材，不是我成日里能见到的一排砍得整整齐齐的云杉、山毛榉和桦树。

依旧是，实实在在的木头。

～

1996年的那一天，我所有的童年伙伴都离开家去贝尔法斯特上大学，我也坐上了一辆开往戈尔韦市的巴士，人生中第一次，我们分道扬镳。我们自小相识，一起经历了青春期的混沌。我们一起踢足球，一起赢，一起输，一起遭遇麻烦，也一起走出困境。他们是我的部落。

分离是忧伤的。尽管我们计划在周末见面，但心里知道，我们再也不会住在这个我们一直视为家的地方了。搬到戈尔韦市，像是重新开启生活——没有故事，没有交际，没有纽带，没有亲人，也没有名声。在此之前，我只去过一座城市——农民兼作家约翰·康奈尔（John Connell）[1]称之为"男人的农场"——几次，突然间我就住进了一座城。像许多令人畏惧的事情，我怀揣恐惧，又兴奋不已。

我很快发现，我对报告厅的兴趣不亚于对我教室的兴趣。我选修了经济学、IT、会计、数学、零售营销、劳资关系和创业等课程，但都心不在焉。问题是，我已离开家

---

[1] 爱尔兰作家、编剧、调查记者。

乡，不知道心归何处。

正因为这样，大家常常在酒吧而不是课堂找到我。或许是因为我突然得到了一笔钱。13 岁的时候，我和一位好朋友被一辆时速 60 英里的车撞了。他们以为我死了。我一动不动地靠在一根水泥柱上，赶到现场的人给我盖上了一条毯子，他们去照顾我的朋友，他已经处于半昏迷状态，狠狠地摔在路中间。撞倒我们的那个女人当时想要超车，忽然发现迎面而来的车辆，没来得及回到原先的车道，就冲进了我们正在走的硬路肩处。不过，没到 3 天，我就出院了，没有骨折（而我的朋友一年多都动不了），我最终获得了 1.3 万镑（爱尔兰镑）[①]的赔偿金。奇怪的是，我不记得其他时候还有过这种获赠的感受。

对于一个那时连两毛钱都没有的小孩来说，这是一笔巨款。然而，在我 18 岁生日后不久，这笔钱被转到我的银行账户，我内心却抗拒与它的一切关联。我不知道为什么。那时的我还没有批评过金钱的概念。我单纯地不想要。我本来打算把它捐给乐施会（Oxfam）[②]，但我母亲让我先留着，想好了再处理。她是在为我着想，因为那是我们家拥有过的最多的钱。所以我在酒吧挥霍掉了这些钱，而且是与在戈尔韦市的新伙伴一起畅饮。

读到大二的时候，我觉得一切都是胡扯，浪费时间，

①1 爱尔兰镑约等于 9.66 元人民币。
② 乐施会，又称"牛津饥荒救济委员会"，1942 年成立于英国牛津郡，目前已发展成为一个具有国际影响力的发展和救援组织联盟。

好几次都想放弃。我记得有一次翘课去找一份窗户清洁工的工作。面试结束时，面试官告诉我，如果我愿意，他很乐意给我这份工作，但恳请我先完成学业再做决定。那天下午，那个人眼神中的某种东西深深打动了我。于是，我回去了。一周后，我的软盘丢了，里面有一篇要上交的3000字的论文，如同那最后一根稻草，我再次离校。这一次持续了几个小时，当我穿过一片印象中未曾踏足的田野时，我在草地上发现了什么，是那张软盘，完好无损。我接受了这个暗示，打算先度过这一学年，再好好斟酌一下。

奇迹一般，我通过了第二年的补考。我庆幸自己坚持了下来，但我需要换换环境。我决定休个空档年（gap year）。我不确定用什么来填补空档。在那之前，我为足球而活，仿佛为我的部落出生入死，无论球场内外。但我玩足球的次数少了，那种团结的感觉也慢慢地消失了，这个世界是不确定的，我不知道我是谁，也不知道我为什么在这里。

我想重拾生活的意义与目标。于是，我的行动是：在一家美国制药公司的流水线上找了一份工作，它在戈尔韦市的一个工业园区，一拿到工资，我每晚都出去喝酒。

～

上午，我一直蹲在香草园里除草。这是不断重复、相当无聊的劳动，但我借此机会有足够的时间去思考。我在想，我花着时间采摘不合意的植物，不知以狩猎与采集为生的祖先们会怎么看待我。

我不小心用铲子把一条虫子切成了两半，它疯狂地扭动着，要是我被人刺穿，也会这样。这不是第一次，也不会是最后一次。那么，我的药草，或者其他人的药草，依然是纯素食吗？还有，蠕虫的生命价值难道就不如鹿的生命价值吗？我拔掉了一些我很熟悉的植物，也有一些不怎么认识的植物。这份差事有一种让我不适的傲慢。因为对一些植物的特性与地位疏于了解，就将它们贬损为野草，而另一些草就有了草药的名号。对于我们的文化，能够理解的人，我们令其生；反之，则令其死。可是，你之蜜糖我之砒霜，只有比我自足更高的存在，才能理解万事的真谛。

我知道一些优秀的园丁，他们疯狂地拔除荨麻——富含营养、味道浓郁、可以制成浓缩叶蛋白的杂草——同时还要努力让蛞蝓远离生菜。蒲公英和马尾草的命运也是如此，都是因为对它们了解不足。

吃午饭的时候，我坐着看到一只金翅雀红色的小脸晃动在蒲公英周围，很快，它（雄雀的脸更红，翅膀上的黄色条纹更宽）就有了一只配偶。一旁的丛樱草花和蓝铃草中，蜜蜂正密切地注视着它们的活动。万物都知道自己的位置。我也要注意别忘了我的。

~

我正在花园里干活，吉姆走过来聊天，他是本地的农民兼道路工人。他问我知不知道今天是耶稣受难日（Good Friday），这是爱尔兰神圣的公共假日，是一年中连酒店老板都不得不休假的日子。我告诉他，我甚至都不知道今天是星期五，更别说是神圣的星期五[①]了。他还以为我在开玩笑，大笑起来。

他告诉我，酒吧在耶稣受难日被迫停业，今年是最后一年了。复活节周末是盛大的国际性节假日，都柏林的政界人士和商界领袖声称，酒吧不能在这个宗教节日营业，这已造成首都数百万美元的损失。

～

从顿琴乘船到大布拉斯基特岛大约需要 20 分钟，除了启动引擎和操纵方向盘，几乎不需要人力。这个时期不是旅游旺季，只有我们，但我想这艘船可以在正常速度下运送 100 人。岛民划着船，借助藤条船来回航行，每条船能够搭载 8 人；路况和船只装载重量不同（从一个孩子到一船鲭鱼不等），船来回花费的时间也就不等，大约会花上 45 分钟到 1 个小时。

今日风平浪静，我们顺利登陆。我记得读到过岛民受困于无情的风暴，根本无法登陆的故事。我们自岩石而上，走过青草覆盖的陡峭小路，径直通往托马斯·欧·克洛汉的房子，或者是他的住处还留存的什么。实际上，留下来

---

① 古语 "good" 意为 "虔敬的、神圣的"。

的比我们预期的多。公共工程办公室正在对它进行翻新，他们的工作质量一般不错。对于这样的废墟是否应该被修复并永久保存，还是让它们渐渐归于尘土，大家意见不一。对于这个特别的翻新项目，我主要的保留意见是，建筑商使用了廉价的、批量生产的材料，让托马斯的旧宅显得寡淡、平庸。他们当然不会使用沉船的残骸，而它们往往是最后的人类来维护家园的材料。这些人用的直升机运送物资。看着托马斯的石雕技艺，我突然意识到，他们在保护这座农舍的表象，却没能守护它的灵魂。

　　我按照旅游地图参观其他房子。仍然可以从上面大致辨认出通往每个房子的小路。罗伯特·麦克法伦和罗杰·迪金曾让人们注意，这些轨迹代表着联结。然而，今天，各个村落经济独立，道路沉寂，无人问津，只有一日游的游客踏足而过，那是转瞬的接触，不是真正的联系。沿着这些旅游路线，我首先参观了著名作家的房子，尽管所有的房子都用了同样的石料。我走到穆里斯·欧·苏列维（Muiris Ó Súilleabháin）童年的家，他是《成长的 20 年》（*Twenty Years A-Growing*，爱尔兰语为 *Fiche Bliain ag Fás*）的作者，然后去了佩格·塞耶斯的家。但我突然觉得这样有些不对劲儿，像是把自己卷入了奇怪的名人崇拜之中。于是，我就去参观村庄的水井、议事所（*An Dáil*）、圣公会之外的墓地、小学校和邮局，还有最后一位布拉斯基特王的房子（*Tigh na Rí*），它似乎是最小的一个房子。

　　在佩格·塞耶斯的房子里，我遇到了一个叫迪尔木德·凌的人，他在游客中很引人注目。他穿着工作服，留着浓密的胡须，性格开朗、亲切友好。我一整天都默默地经过其他游客的身侧，但走到他面前，说了句你好，我们就聊了起来。他在这里做志愿者，修理佩格的旧房子。后来我从船夫那里得知，几个月前有一部关于他的电视纪录片。显然，他是一位著名的爱尔兰曲棍球明星，但是——用船夫的话来说——他"疯了"，放弃了一切，搬到了西凯里，在岛上做志愿者。我们聊了一下午，我从他的神情看不出一点儿疯了的痕迹。

他似乎是我的一位好朋友的好友，我们的共同朋友不止一位，我不大相信。他告诉我，与我所知的不同，游客们可以在岛上露营，只要他们能受得住。我们没有带帐篷，因为觉得没有必要，他就邀请我们在一个老房子过夜，那里尽管非常简陋，但屋顶和墙壁完好无损。这对我们来说已足够好。我们主动要帮他完成晚上的工作，我为当下的冒险兴奋不已。然而就在最后一艘船载着一日游旅客返回大陆过夜时，他决定和船主确认一下，我们可以在这里过夜。那天白天，我们聊得很深，分享了许多的共同爱好和想法，所以他以为这不成问题。但他错了。

船主是一位友好、体贴的人，他告诉他，我们在这里过夜会有保险风险，我们必须乘最后一艘船回去，它还在码头上等着我们。迪尔木德看上去很沮丧，我告诉他，我们理解的，这就是世界在短暂的此刻运行的法则。我笑了——没那么开心，但还是笑着——我在想，我是不是第一个因为保险原因，被拒绝在大布拉斯基特岛上过夜的人。

语罢，我们跑下山，到达码头，和蔼可亲的船夫们正耐心地等着我们。下船后，我们开始走上回丁格尔的长路。我有一种感觉，我会回来的。

～

布——谷，布——谷。忘了公历吧，今天早晨我听到了第一声布谷鸟鸣叫，也就是说，现在是 4 月的第三周了。对我来说，雄鸟的歌声宁静又平和。而对于鸣禽来说，这是严肃的警告。很快，一只不幸的小鸟回到巢中，会发现自己的蛋不见了，而那里躺着布谷鸟的蛋，她就得照顾冒名顶替者，直到它孵化出来。

英国和爱尔兰有一种古老的迷信：如果新年第一次听到布谷鸟叫声的时候口袋里有钱，那么在接下来的一年里，你都不会缺钱。我今天只穿了短裤，连口袋都没有。

我在泉水边站了一会儿，想看一眼那只鸟，结果愿望落空了。

～

邮局里有封特别的信，是一位陌生人写的，说他最近辞去了在澳大利亚一家保险公司高级理赔经理的职位，他说，现在正在找一份能让他感到更有意义的工作。他简略地描述了做出的决定后，家人与朋友给他的压力与批评，想问问我是否有什么建议。我不擅长提出职业发展建议，但我告诉他，要随心而行。他继续告诉我，他研究的是现在被称为"精神服务"的工作——更年期导师、临终陪护者、步行同伴，等等。显然，对这类东西的需求正在增长。

你看，工业资本主义的终极愿景即将实现，人们只得付钱找邻居一起散步。

~

除了在"长农场"（the long farm）——林间小路旁条带状草地的旧称，是爱尔兰最后的公地——在 4 月里很难找到给马吃的草，我很清楚，他们需要在我们自己的小农场上建一个围场，这就需要我建一圈围栏，我很不情愿。我不会选电围栏的，所以我选择了小成本的立柱围栏。

至于立柱，我想把盖木屋时剩下的云杉木板用完。现在有 11 块板，但需要 22 块，既有好消息也有坏消息。好消息是，这些板的宽度是所需宽度的两倍，可以被切成两半。坏消息是，它们加起来长达 80 米，要用手锯沿着纵轴切割，这对木材不大好，锯的次数太多了。

但别无选择。我和吉利斯决定一次锯一块木板，从相反的两端开始，在中间会合。从一开始，我们就竭尽全力，把注意力集中在每一块木板上。尽管我们时常左右胳膊轮换着锯木头——很多的时候，需要学会利用双臂，平衡感是非常重要的——下午干完活的时候，胳膊非常酸痛。

我把锯子挂在工具棚里。我发现地板上有汤米几年前留下的一个电动带锯。它已经坏了一半，但仍然能在 15 分钟把木头锯完，我们不用费什么力气。今天早上我想了好几次，如果我说没有受到它的诱惑，那我就不诚实了。它躺在那里，像一个海妖，用那电光火石吸引着我。但我已经铺好了床，对我与手工工具的忠实关系感到满意。

~

大机器返回了，这次到了树林的另一边。我边写边听。从黎明到黄昏，它们从不停歇。那些树林里，有我开辟的小路，我有秘密的习惯，沿路漫步，慢慢探索。云杉丛中有一棵小冬青树苗，我看着它在 2 年里渐渐生长，不知怎的，我依恋着它。这里的风貌完全变了，现在，我甚至不知该去哪里找它。

不过我想，这就是就业、繁荣和增长吧。什么样的就业、繁荣和增长，我不确定。但肯定不是为了小冬青的生长着想的。

~

到了五朔节①，橙色蝴蝶、大黄蜂和德国黄胡蜂——

① 五朔节（May Day），与五一国际劳动节是同一天。

所有骄傲、勤奋的劳动者（或者是它们的游戏？或者只是生活？）——都躁动不安。倨傲的声音、无法抑制的喜悦和闲聊的声音将我吵醒，所有的噪声都盘旋在我头顶敞开的窗户外，啁啾、吱喳、歌唱。我兴奋得睡不成回笼觉，今年第一次决定迎向日出，去寻觅宽叶车前草（大车前草）。

像许多花粉症患者一样，在我一生大部分时间里，我怀着复杂的心情期待着 6 月与 7 月的到来。童年的我备受枯草热的折磨。阳光灿烂的那些日子，我只能拿着湿毛巾，在屋里不停地打喷嚏，眼睛湿润发痒，鼻子里满是鼻涕，鼻翼周围皮肤又干又红。交朋友和维持友谊成了难题，尤其是在自我意识较强的青少年时期，那是我最糟糕的日子。

在过去，小时候对花粉过敏的人长大后就好了，但如今大气中的二氧化碳水平上升，树上的花粉量增多，人们的情况恰恰相反，小时候无症状的人，三四十岁反而开始对花粉过敏。

我从小试过药店里的各种药，没有什么真的起作用，感觉大部分的药片只能让我昏昏欲睡。到了 18 岁，我受够了，找医生注射类固醇以缓解症状。他告诉我，3 年内没什么问题。他说得没错。21 岁之前，我的状态很好，但在那之后，我的症状比之前都要糟糕。到那时，我只好又去买药，学着与它共处。

28 岁时，我开始过不用钱的生活，没有办法买抗组胺药，一瞬间，我只好另寻他法。有一次，一位客人告诉我阔叶车前草的神秘特性，这是一种强壮而坚定的杂草，你会经常发现它长在人行道的缝隙里。这是一种天然的抗组胺药，5月初开始出现，正是你需要服用的时候。她告诉我，要在长夏里放轻松，避开灰尘和污染，也益于我的身体抵抗外界侵袭。

的确有效。虽没有痊愈，但是几个星期后，我的症状变得更像是早上起来堵住的鼻子，偶尔打喷嚏，不用成天难受了。

回到外面的"药田"①，这里似乎还没有广泛种植车前草，但我发现了零星的几小簇，用来种植够用了。它们的叶子还很嫩，我只能从每棵植物上摘下一片，不然会阻碍它的光合作用和生长。从长计议，现在保持耐心是两全其美的事情。

我在篮子里装了大概20片叶子，把它们拿到烤火小屋里，在火箭炉上烧足了水，能装满一个大茶壶。在泡水的时候——最理想的状态是2个小时以上——我给自己做了一杯薄荷巧克力，新鲜的薄荷采摘自香草园，而后躺在一棵老柳树上，看天光流转。我有好多事情要思量，出于医学考虑，我决定最好还是在这里躺一会儿。面前的苏格兰松树上有2只斑鸠，也同样在林间休憩。

飞来了一只知更鸟，胸部的斑纹和结实的体格让我认出了它。它也曾吃过我手上的虫子，性格和帕奇差不多：厚脸皮。它一如既往地想要食物，但现在运气不好；然而，

①原文写作"farmacy"，是作者结合单词"farm"（农田）和"pharmacy"（药房）自创的词汇，且与后者同音。

像那些野心勃勃的老板一样，它急切地希望我快回去工作。上方有一只猛禽——它是雌鹞吗？这里不大看得清——在闲庭漫步。对于它下面的生物来说，世界将在这美好的一天覆灭。

~

今天是我的 38 岁生日。我想自己很快要有中年危机了。很多人也许觉得，我已经有了。

我不想把生日小题大做，至少我自己是这样想的。当然，我常会在社交媒体上收到一些祝福，他们之所以知道那天是我的生日，是因为脸书发送了提醒（不过，被人记得的感觉很好，真有趣）。家人和朋友会给我打电话或发短信，都在问我今天有什么打算，或者就是让我去喝一杯，没什么特殊的。妈妈会很认真地打来电话。我就说，"哦，就只是平常的一天啦"或者"我现在正想忘记这些呢"，或者说些其他半真半假的话。

今天我没有收到任何消息，所以不难忘记，这就只是平常的一天。

~

果园看起来一团糟，无序，甚至是狂野。去年我所有的空闲时间都用来建造小屋了，上次修剪果园还是 12 个月前。现在，草地乱成一团，一簇浓密的灯芯草和去年枯死的杂草十分突兀，挑战了寻常的果园美学。

我拿起镰刀。我告诉自己，或许应该把情况搞清楚，把这里打理得能够上镜，那么，游客就可以尽兴而归。镰刀很锋利，准备开启系统性的除草工作。如果使用得当，它可以像剪刀一样有效。事实上，在每年一度的镰刀锦标赛上，有些用镰刀的选手甚至可以战胜用剪刀的选手。但如果使用不当，屁股就会缓缓感到钝痛。想要愉快、有效、熟练地使用镰刀，就要让它保持锋利。很多事情都是这样，欲速则不达。

我刚刚动身，一只吃得饱饱的青蛙就跃过了刀刃，好险。我弯下腰想看看清楚，突然想到，刚搬进来的时候，这里有好多的青蛙，我们现在却把自己当作主人了。在此之前，它多少已经被人类遗弃了5年。这一切让我想起了切尔诺贝利，还有，比起与工业社会的人类共存，核灾难的余波中的野生动植物生长得更好。

我放下镰刀，转而去探索。在我遗忘的地方，有勿忘我。匍枝毛茛——农学家的对头，已经占领了一小块地盘，我在里面瞧见了蜜蜂——农学家的朋友，尽管它们可能忘了这个事实，享受着一年前它们无法获得的食物。我穿行于一片草地之间，发现了一张从未注意过的昆虫网。它们似乎在适应古老的生存艺术。在离树篱几米远的地方，有齐膝高的树苗破土而出，长在我没顾上修剪的地方。实际上，到处都是这样的树苗；光是边缘处就有30、40或者50

棵。我本计划今年 11 月再组织一次植树活动，但现在没有必要了。这片土地，比我更清楚自己适合什么。更妙的是，它将完成这项义务劳动，我一点都不用操心。德国护林员、《树的秘密生命》（*The Hidden Life of Trees*）一书的作者彼得·渥雷本（Peter Wohlleben）认为，这种更原生态的方式，能让树木长长久久地生长。

再往前走走，我看到了酸模，总是觉得它们不入眼。现代农民讨厌它们，但它们能给土壤充氧，对这些沉重、压缩的黏土地毫无危害。也许酸模知道一些我们不知道的事吧？我看着灯芯草。是啊，当人们习惯了修剪整齐的花园，那么在他们看来，灯芯草就是丑陋的。但我知道，它们给予我烛芯，还曾为我提供茅草屋顶。毫无疑问，它们还贡献了其他生态功能，我只是不明白具体是什么。

这片我据为己有的土地显然想再次变成一片林地。也许我该好好听听它的声音。

4 年前我种的苹果树（*Malus domestica*）又生出了叶子，现在生机盎然。它们如果得到更多的关心，就不会抱怨了——什么家养的事物会抱怨呢？所以，我把镰刀收起来，拿起叉子，推着手推车，向堆肥场走去。就像所有被人类驯化的东西一样，嫁接的苹果树依赖着我们。这意味着，随着旧的生长方式的消亡，这棵苹果树已无法脱离工业制度了，而那恰恰是气候不再那么宜人的祸首。

～

　　想摆脱新闻是很难的。帕奇告诉我,在欧洲的另一座城市,又发生了一起恐怖袭击(之前的袭击事件我也不知道)。他想不起来是哪座城市了。有人开卡车撞向人群,造成多人死亡。他说,世界疯了。我点点头。这个世界肯定疯了。

　　我一边觉得应该及时了解这样的重要全球时事,一边觉得我最好还是打个电话问问凯瑟琳需不需要人手。

～

　　上方正在展开一场真正的战斗:画眉和喜鹊在空中缠斗。最初的侵略者喜鹊尽全力逃跑,而捍卫自己生活的画眉坚决地要将自己的意思传达清楚:滚开,离我的巢穴远点。真有戏剧性。没有警察,没有法庭,没有受害者援助。就只是生活,即时而直接的生活。

　　战局扭转。喜鹊发出一种异样的叫声,它的配偶随即飞向巢穴,也就是战发之地。有一首古老的儿歌,是关于喜鹊的,开头唱道"一只悲伤,两只快乐",但画眉不吃这一套。寡不敌众,又被从侧翼包抄,但它还是朝同一个方向飞去。尽管身体不占优势,但不知怎的,它还是成功地把第二只喜鹊赶走了。鸟巢安全了。至少现在是这样。

　　在它们下方,又来了一只画眉,一次跳三下,在土壤里找蠕虫、飞虫和其他不管闲事的虫子。

天地之间，有人类，追逐成功，在新的沥青路面上寻找意义；开车去超市买牛奶、谷物、培根和柴油，追求便利和物有所值，这些超越了画眉和喜鹊等野生动物的天然暴力。

～

我把这周要寄的信交给邮局局长，他告诉我，邮票的价格刚刚上涨了近 30%。我快速计算了一下：我现在每个月大概要寄 20 封信，费用相当于我以前的手机话费，约为网费的一半，只不过网费降价了。一直有传言说，邮政业务遭遇了财政困难，也没有人知道它将何去何从。

我出门的时候，看到了布告栏上的几张海报：一张是为当地的残奥会乒乓球运动员筹集资金，另一张是为沿路一家酒吧的传统活动筹集资金。一定要去一趟。我无意中听到几个男人在谈论英国脱欧事件，尽管他们都是生活在爱尔兰大西洋沿岸的农民，在英国以西的数百公里外，但也在讨论脱欧可能对生计造成的影响。他们各执己见。一个人说，应该留在欧盟，同时觉得种族主义正在加剧；另一个人说，如果这意味着多几英镑或少几英镑，他"根本不在乎"，如果有机会，他也会退出。他厌倦了默克尔之流的官僚统治，那些人对爱尔兰农村小农场的生活一无所知。在这一点上，他们的确达成了一致，笑了起来，随后安排了租借一辆拖车的事情。

～

尤金递给我一杯威士忌。暮色半明，光影渐渐黯淡，我本应该骑 20 公里的自行车回家，但我知道，没必要抵抗。尤金是个农民，他住在我钓鱼的一个湖边。一天晚上，我遇见他骑着单车。那是一辆普通的脚踏车，装有一台 49cc①的免税发动机。他赶牛的时候，我们聊了一会儿。我说，明晚我打算钓些鱼，顺便给他一条。

再次见到我，他很惊讶。鱼挺不错的，他说。我告诉他，我篮子里的更好。他给我和一个朋友倒了两三杯酒，他接着说，许出"承诺"（这里指的是许诺自己会做的事情）已经成了濒危的品质，他没有料到我真的会过来。

我们开始闲聊。他摇摇头，说道，他也乐意晚上去钓鱼，却把上帝给的每一分钟都用来工作了。他的大部分收入要用来偿还他用于投资农业机械的贷款。他说，没有机器，他就无法与人竞争，这就是今天农业的本质。他的祖父也是一位农民，同时也是一位热心的渔夫，他最喜欢的就是去德格湖。

饮罢，我们相互道别，他沿着他的车道送我们。我们经过他的新挖掘机时，我想起了我在汽车旧货拍卖会上花

① cc 即 "cubic capacity"，是指发动机功率输出大小，也可指发动机腔体的体积。发动机体积越大，功率越大。

5欧元买的那把铲子。它有一个木柄，有 20 年以上的历史，边缘很锋利。

～

那是 1999 年，我在一家制药厂的流水线上工作了 7 个月。这是一份不断重复的工作，我有了很多思考的时间，但依然没有弄清楚，我想要过怎样的生活。我的老朋友们都计划夏天去纽约，去工作，去踢足球，由于没有更好的主意，我决定也这样做。

你注意到纽约的第一件事，就是一切都在待出售。正是在这里，劳动分工经济学理论得出了它的逻辑性结论。作为一名打理夜间酒吧的服务生，我一般每周工作 6 天——通常是 7 天——有时我发现自己一轮班要干 24 小时。我是非法移民，又身无分文，因此别无选择。并不是说，身为美国公民，就一定可以在纽约轻松生活。许多市民每年只有 2 周的假期。这是一座金钱充裕、时间匮乏的城市，结果就是，大多数人工作一周之后，要用工资支付其他的一切。我是说一切。

在那里，我没有开灶。我总是觉得很累。打电话订比萨的时候，我可以让送货员在路上帮我取一卷卫生纸或者一管牙膏。只要小费够多，这就从来都不是问题。如果我让自己跑跑腿，在最近的杂货店就能买到药品、纪念品，提供清洁服务、美甲和大约 10 种不同的快餐。商店离我们的公寓只有 50 米远。

我在纽约的生活很快走上了下坡路。我的第一份工作是我做过的最糟糕的工作：和一群意大利人共事，他们讨厌爱尔兰人，因为爱尔兰人一直会为了同样糟糕的工作与他们竞争。我们目前还是这样。有时他们会朝我和其他"爱尔兰佬"扔东西——椅子、工具、木板，他们几乎不让我们休息，还经常威胁我们，要让我们吃枪子儿。感觉就像在拍一部拙劣的黑手党电影。我们觉得很不适，但我个人并不认为他们的这种态度是种族主义的。这只是出于经济原因。

真是雪上加霜，我第一周的工作刚结束，正要从拥挤的火车上下来，忽然发现我的包被偷了，应该是在我打瞌睡的时候，别人从我双腿旁拿走的。我真傻。所有的东西都在里面——我全部的衣服、第一周的工资、护照、相机，还有前一晚认识的女孩的电话号码。我仅有的，只剩背上的工作服了。同行的朋友借给了我几件衣服和现金，我们去了布朗克斯（Bronx）①的一家爱尔兰酒吧，在那里，口音就像身份证一样清清楚楚。

我讨厌纽约，我开始憎恶城市。我根本不知道自己在做什么。我渴望意义。是什么意义呢？意义又是什么？

在纽约过了一个夏天，我同刚来的时候一样，一贫如洗。我决定回家，完成学业，埋头苦干，从那里起步。我

①美国纽约五个行政区之一。

129

所知道的是，纽约那种有钱没时间的生活方式不适合我，我只对这样的一刻心存感激。

~

　　我想念连姆·克兰西（Liam Clancy）。想念琼妮·米切尔（Joni Mitchell）、卢克·凯利（Luke Kelly）和珍珠果酱（Pearl Jam）[1]。也想念伊万·麦考尔（Ewan MacColl）唱的《生活的乐趣》（*The Joy of Living*）。

　　失去那些你从未见过、不知道你的存在也不关心你的人，是一种奇怪而不平衡的感觉。我通过音频和视频"认识"了他们，但对于他们现在或从前的为人方式一无所知。许多音乐家都已经逝世了，他们的音乐我从小就在听，他们被电的魔法保存了下来，人们继续欣赏他们，就像他们未曾故去。对我来说，在我拒绝了电视、广播和网络构成的永恒世界的那一刻，他们的声音和音乐突然跟着他们走向了坟墓。像是他们都在同一天死去。想起这些，我感到忧伤。

　　周六晚上，小山酒吧挤满了人。有10位当地的音乐家在演奏，他们都来自凯尔布拉克村附近，人群中还有那些在整晚都喜欢向安静、专注的观众献唱的人们，这是这里的传统。演奏者和观众的演唱都很棒，虽然比不上那些顶级音乐家。不过，有时我也在想，持续地接触所谓的世界

———————————
[1] 组建于1990年的美国另类摇滚乐队。

顶级音乐家，是否会侵害我们与普通音乐家（比如地方音乐家）之间的关系，就好像是，人们成天看着色情明星虚假的 34 DD 的乳房和 10 英寸的阴茎，或许会损害我们与普通人的性关系，那些我们称之为爱人、丈夫与妻子、女朋友和男朋友的人。

住在街那头的迈克尔在拉手风琴。上周，柯斯蒂和我花了一个上午的时间抓住了 2 匹马，它们从一片没有草的田地里跑出来，然后就一直在找它们的主人。结果发现是他的马。他想请我们喝几杯酒表示感谢，但我们表示不用客气，说如果搬到这里之后，每做一件好事都要买酒喝，诺克莫尔的大部分人都会醉倒。

酒吧老板和几个当地人问柯斯蒂是否愿意在接下来的几首歌中表演呼啦圈，她说自己很乐意。夜晚落幕之前，大多数人都在跳舞。有个伙计试了试呼啦圈，大家都向他欢呼。

～

人们说，如果你觉得自己每天抽不出一刻钟来冥想，那你需要做的是一个小时的冥想。我相信这对我没什么坏处，但我从来就不是那种能够盘腿而坐、凝神呼气的人。我还是更喜欢削木头。

削东西是很实用的冥想方式，早在佛教和印度教文明出现之前就有了。如此简单。要做汤匙，你需要一根树枝——我偏爱绿桦，但冬青、山毛榉、枫树和樱桃树都可以，避开软木——把它锯成一定的长度，劈成两半，勾勒出你心中的勺子的形状，然后用一把小刻刀开始削。

你的刀，连同你的意识，都需要保持锐利。如果你开始神游于自己的思考、担忧或白日梦中，你会削错地方，可能要多花 20 分钟来补救，这还是运气好的情况；在最后阶段，你可能根本无法弥补。如果运气差，你可能削掉手指上的一小块肉，要一两个星期才能修复。没有什么比血更能让人心神集中的了，或者想想自己如何向心爱的女人展示一把丑丑的、不实用的勺子。

我坐在烤火小屋的火箭炉旁，照看着炖菜，最后修饰一下我做的勺子。它并不完美，但这些痕迹讲述着我下午的故事，所以，对我来说，它就是完美的，是仅属于我的完美。从今天开始，当我喝汤的时候，汤底上的那个小凹痕就是我的佛，我很满足。这样就很好。

～

想想看，在 20 世纪中期，大布拉斯基特岛已经形成了一种文学亚流派——尽管现在基本上湮没无闻了——我们对该岛的历史了解甚少，这很让人惊讶。甚至它的名字都有点神秘。布拉斯基特游客中心的接待员认为，人们早该对这座岛该进行一次考古挖掘了，这样才能更了解它的古代历史。我不相信那些仍以该岛为家的野生动物会同意这种文明的观点。就个人而言，我更愿意了解现在生活在那里的生灵，而不是几千年前的生命。在探索过去或未来的同时，我们太容易毁掉现在了。我离开了这个岛，希望那种耗费巨大的挖掘工程，是政府或者其私人合作伙伴永远都不会去做的。在一个野性不断消失的世界里，最好保留一些神秘。

我对这里的一个直接印象是，尽管它距凯里西南海岸5公里远，两边有着社会文化的联系，而且在19世纪初至1953年，这座岛曾与主岛顿琴教区相接壤，直到最后剩下的岛民也被疏散。后来我得知，地质学家已经证实了他们的这个猜想。这种"想了解"别人不感兴趣的地方的冲动让我想起了爱德华·威尔逊（E. O. Wilson）的话：

> 如果人类的发展轨迹之中潜藏危险，那么，不仅在于我们自己物种的生存，还在于对有机进化的终极讽刺①：在通过人类思想实现自我理解的那一刻，生命已注定是最美丽的创造。

不知第一批居民是谁，他们留下了名为"蜂箱小屋"（*clocháns*）的蜂窝状石头小屋，后来供僧侣使用。可能是这些修道士，或者是随后的维京人，他们在岛上的一个叫作昂顿（*An Dún*）的山峰上建造了海角堡垒。

---

① 自然让人类具有需求，而人类需要毁坏自然才能满足这些需求，即自然通过创造人类而毁灭自身。

从那以后，我一直在想，早期居民，与工业革命开始后搬到那里的人相比，谁的生活更容易呢？的确，早期居住者没有1800年左右改变捕鱼方式的围网船；但是，古老的边境居民也不需要与英国、法国和西班牙的拖网渔船竞争，这些拖网渔船可以迅速而有效地将布拉斯基特海峡（Blasket Sound）的鲭鱼和其他鱼类全部捕完，来养活遥远且不断增长的本土人口。在全球化的世界里，后人总是更为灵巧，只有当你拥有最好的技术时，技术才会提供优势。

僧侣们与维京人还有一个优势，他们不用花时间为租金奔波，因为到了18世纪，地主大多从征服者那里继承土地。1800年左右，爱尔兰各地的土地租金都在上涨，正是如此，岛民才从爱尔兰大陆逃到这个偏远的岛屿上避难。

事实证明，没有哪个地方可以躲避高额的租金。19世纪初，第一批岛民租一头牛的价钱是5英镑，到他们的孙辈，只需支付五分之一，却依旧难以负担得起。不管数目多少，每一代人似乎下定了决心，拒绝向科克伯爵（Earl of Cork）支付租金。他们的努力家喻户晓。

有一次，一艘装载枪支的法警船停泊在海湾里，企图登陆该岛，掠夺他们所能拿走的一切——鱼、牛、岛民所有的财产。托马斯·欧·克洛汉在《岛民》一书中记载道，许多岛民担心"到晚上，岛上的房屋就都要被摧毁了"。岛上的妇女们在登陆点上方的悬崖上收集自己的弹药——岩石，等待第一个法警踏上他们的海岸。"就算死了，也比被扔出自己的小屋、躺在沟里强吧？"一位女士问道。当身穿深色制服、头戴高帽的法警们试图上岸时，妇女们——每个人都拿着枪——向他们投掷石块。一名女性被激怒了，确信他们必定完蛋，在石头用完的时候，她简直要忍住别用自己的孩子砸他们。法警们被吓呆了，先撤退到船上，又两次试图登陆。但女人们——用男人们捡来的石头重新武装起来——坚守着自己的队伍，纹丝不动。欧·克洛汉后来说，"他们精神振奋，毫不畏惧"，所以"那天，一船的人悻悻离去了，一个铜板都没有带走"。

还有一次，岛民在镇上卖羊毛、羊和猪，丁格尔的警察没收了他们的渔船。他们代表的是科克伯爵，在答应归还渔民赖以为生的船只之前，他们要求岛民交付整座岛屿的租金。来自顿琴和周边地区的朋友们决定资助岛民们，但岛民们感谢后婉拒了。相反，岛民们决定把船留给收租人，继续用他们的藤条船来钓鱼。后来，法警们试图卖掉这些船，却没有人愿意买，最后，船腐烂了。"这件事就是这样，"欧·克洛汉说，"你不难算出我们从那天起付过的租金。"

正是从这些坚韧不拔、毫不妥协的岛民身上，布拉斯基特文学应运而生。称它为一种不太可能的流派，未免轻描淡写了。佩格·塞耶斯的自传《佩格》直到最近才被收录至爱尔兰学校的课程中，要求学生阅读。她没有读写能力，口述给她的儿子——诗人米豪·欧·吉辛（Micheál Ó Guithín）。毕竟，她的文化是口述文化，她位列最有天赋的故事讲述者中。

在爱尔兰起义反抗英国殖民统治的时候，罗宾·弗劳尔和乔治·汤姆森这两位英国人经常访问爱尔兰，如果没有他们，两部爱尔兰文学的巨著——托马斯·欧·克洛汉的《岛民》和穆里斯·欧·苏列维的《成长的二十年》——可能就不会问世。由这些书开始，岛民及其后代创作了大量回忆录，正如爱尔兰词典编纂者（欧·克洛汉的孙子）帕瑞格·兀阿·梅洛恩（Pádraig Ua Maoileoin）所言："这些书饮尽最后一滴对过去的忧郁渴望。"正是从这些文丛中，我们得以窥见一个民族的日常实践和文化，而我们这一代人现在几乎无法想象他们曾经的生活方式。

~

我是一个正在恢复中的曼联球迷，幸好这里没多少人知道这一点。我是玩着盖尔式足球（Gaelic football）①长大的，我们称之为足球。和许多年轻的男孩一样，我梦想成为一名职业足球运动员，但同样和许多年轻的男孩一样，我离梦想还差得很远。

由于我父亲的忠诚拥戴，我从 1983 年开始支持曼联，当时我 4 岁，还要再过几年，诺曼·怀特塞德（Norman Whiteside）才会为我们赢得英格兰足总杯（FA Cup），亚历克斯·弗格森爵士（Sir Alex Ferguson）统率的时代也尚未开启。当时，俱乐部以引进年轻球员为豪，一般都是曼彻

—————————
① 流行于爱尔兰的一种球类运动。

斯特本地的小伙子，他们身上有队魂。

后来，俱乐部被美国的亿万富翁们收购，变成一支由身价数百万英镑的球星们组成的球队，我仍然支持了他们很久，依然沉迷于足球。这种成瘾程度让我难以抉择，因为，如果考虑离开复杂的技术生活，我就不能再看《今日比赛》（*Match of the Day*）[①]了，我也不住在曼彻斯特附近，无法见到我的球队。对于从未支持过足球队的人来说，这肯定是第一世界的问题，也确实如此。但对于那些从小就热衷于俱乐部的人来说，这如同失去了一位挚友。现在，我怀疑支持一个公司足球队是饮鸩止渴，它剥夺了我们最基本的心愿，就是找到一个奔赴共同目标的归属。但是，如果你在这个赛季还为之喝彩的球员，在下个赛季以 9000 万欧元的身价转投到对手的阵营，这个笑话就没那么好笑了。

现在是 5 月，即使 5 个月没看球了，我也知道这是关键时间。兴奋，紧张，激情，咆哮，吼叫，咒骂。有一天，我从湖边骑车回家，发现酒吧窗户外的大屏幕电视上正在直播一场比赛。我停下来，盯着看了一会儿，很惊讶自己什么感觉都没有。

～

走在树林里，腐烂的木头落入很深的沟渠，我绕过这个路障，避开了半悬空的断枝和横切的树桩，汗流浃背，

[①] 1964 年开播的 BBC 老牌节目，主要播放英超联赛集锦。

柯斯蒂在小木屋里做晚餐：一份野菜沙拉，还有我前一天晚上捕捉到的梭子鱼和赤睛鱼。我们是在扮演传统角色吗，男人种树，女人烹煮？看起来是，但不是有意这样的。我们俩都可以自由地做自己想做的事，但大多数时候我更喜欢种树，而她更喜欢做饭。

~

我脑子里有一千零一件事要做，杂七杂八的。给菜园除草，饮马，清理堆肥厕所，把土豆堆起来，修理旅馆的排水沟，多种些生菜，给芥菜浇水，把工具棚打扫干净，给梨树和李树施肥，写一篇关于清理堆肥厕所和土培马铃薯的文章，做一个热水浴池。

我走到林间小道上，去给马儿快速喂水，看到汤米从对面缓步走来。他站住和我说话，看着他的牛场。我察觉到，我这个城市人的旧思维模式又出现了。它说我没有时间聊天，我是个大忙人。我感知着它，顺其自然，尽最大努力让身心投入当下。他告诉我，一头公牛在田里给母牛配犊时，会喜欢上一头母牛，一两天都在她身边卧着。他说，两头牛简直深深地凝望彼此的眼睛。但是，当这头牛"完事"并配种后，他就了无兴趣了，视线转向了另一头未受孕的母牛，接着，他就卧在她旁边。我跟他说，这让我想起了一个人。

他给了我一些关于马匹的忠告。我继续上路，遇到了我的邻居JP，他的精气神一如既往。JP其实已经60多岁了，相信很多人看不出来。他有那种朝气蓬勃的热情，这在年轻人中都愈发稀缺了。就像我73岁的父亲一样，他的体格也对年龄越大身体越差的观念做出反驳，而且他生来长得神采奕奕，又有些顽皮，几乎不会有人要和他闹翻。他吃什么，我也要尝尝什么。有一天，他告诉我，那是万艾可（Viagra）。他沿着小路向下走，笑得前仰后合，我真不知道该不该相信他。

一时间，我想起了没打扫的堆肥厕所。JP告诉我，他刚去了一趟阿伦群岛，重访他40年前在那里建造的一所房子，看看住在那里的夫妇还在不在。他们还在。他不知道他们是否还记得他。此去经年，他们还是一眼就认出了他。他们度过了一整个下午。JP要去忙了，我们说待会儿见。我在小道上继续走，去看我的马。

终于，我喂好了马，在我回去的路上，遇到了弗兰西——马儿们就在他的田里。他问我是否可以把马牵到他的另一块地里，因为他要在它们正在吃草的那块地里耕作。没问题，我说。我跟他讲，如果他的菜园需要帮忙，就叫我一声。他说，他脚的情况更糟了，"但我还活着，真是太好了"。他84岁了。说到这里，他走向自己的房子，他要在那里给自己的马喂水喝。

回到小屋，我把"牵马"和"囤肥料"——是明年要在花园和果园里用的——添加到待办事项里，把"写文章"擦掉了。

~

　　6 个月前，我刚刚开始摒除现代生活的一切纷扰，我很好奇自己过度活跃的思维是否会略感厌倦，时间是不是变换了，如果这样，那么我是否还有所倾心，有所坚守。

　　我的体验很不一般。白天的时候，我觉得更自在、松弛、舒展，年光随四季穿梭，一如往常。我想，我们都在东奔西忙，却忘了想一想面前最紧要的问题：这宝贵的光阴里，最该做些什么？

　　有时我想，等到谜题解开，我或许已是个老人了。我现在 38 岁，年老的感觉日渐真实，不再觉得这只是发生在别人身上的事情了。我看看自己的父母，想到，你有多老，与你绕了太阳多少圈没有太大关系，重要的是你在轨道上所做的事情。

　　除了偶尔寒冷的日子，用小屋的炉灶做饭和烧水的时候都太暖和了。像今天这样忙碌的日子里，我们有时会怀念便捷的煤气灶，转动转盘，按下按钮，随手就能泡杯茶。在我人生的头 28 年里，这一切如此自然，因为从我们这一代人开始，岛上的生活都是这样了。有时我得提醒自己，我可不怀念那些为了用得起煤气灶、表盘、按钮和开关，而不得不做我不喜欢的工作的烦忧时日。记忆是一件难事。

　　我们的火箭炉只有一个架子，所以户外饮食只能做简单一些。这没什么，因为我们都喜欢简单的食物。最近 10 天的晚餐，我们吃的都是生沙拉和煮熟的土豆，土豆放在锅的底部煮，蔬菜放在上面蒸。今晚也是一样，只是加上了今天早晨抓到的一条梭子鱼。

附近的人们每天吃晚饭的时间都不一样——帕奇在2：00，汤米在3：00，而我们这一代的人大部分都在6：30以后。我们尽量在晚上早点吃，因为这样可以改善睡眠，但有些时候也没有太大帮助。

火箭炉里通红的余烬渐渐冷却，夜晚寂静的空气被远处电锯的隆隆声所惊扰。我们坐在几根圆木上，吃着豌豆、瑞士甜菜、芥末生菜、红花菜豆、甜菜根、茴香、芝麻菜，还有土豆和梭子鱼。我喜欢分开品尝，每一样都有独特的味道。终于，电锯停了，一切恢复宁静，我们在外面坐着，直到月亮高悬。

〜

一个奇数日，我发现自己心烦意乱，似乎有些恼火，或者又烦又恼，不明缘由。我是说，我知道原因，只是不知道为什么这种事只发生在奇数日。这些日子里，我会在路边看到一只獾——很大一只，是野生的，已死——或者听一位客人说，有一个土著部落在世界上已所剩无几的野生自然环境里生存，对抗石油公司、证券市场的压力与野心——这种机械化、同质化、工业化、杀戮的文化，一想到我身处其中，就会感到一阵恶心。

我意识到，到了明天，这种感觉就会消散，我将继续在这片错置的西欧土地上感到满足。对于这些，我不知做何感想。

接着，我拿起了温德尔·贝瑞的诗，这是一种慰藉。在《疯狂农民解放阵线宣言》(*Manifesto: The Mad Farmer Liberation Front*) 中，他写道：

> 期待世界末日的到来。大笑吧，
> 笑声无穷。快乐起来，
> 尽管你顾虑重重。

笑声改变不了什么，但能改变日子的质量。听起来不错。

～

"博伊尔先生，请给大家解释一下……"公司的资产负债表是如何计算出某样东西的。哦，去他的。这是我2年休假后的第一天，乔治·克兰西——2年前让我挂科的会计学讲师，不但还记得我的名字，而且不到一分钟，就从200人中挑出我发言。他的目光落在我身上之前，一定扫过一大堆想当企业家的人和一群不想但也要当官的人。我知道他不大喜欢我，但不知道到何种程度。我很难怪他。

"好的，乔治。"我说，然后给了他一个我已经不记得的回答。他点了点头。我想要超越自己，所以在返校几周前，我开始阅读有关会计、经济学和市场营销的推荐书目。

乔治·克兰西在纽约工作了一个夏天之后，温和多了，连会计学都相对而言有些意思了。相对而言。

我在街角的一家商店里做兼职，每小时挣4英镑。那是1999年，爱尔兰还没有执行最低工资标准，也没有使用欧元，那时候我一周的时间要么工作，要么学习——通常都要做——所以7天结束后，我能挣到100英镑。

我发现大多数科目——零售营销、统计、互联网技术、管理会计——都相当枯燥，但现在，我已经投入其中，找到了门道。这么久了，我第一次想把一件事做好。经济学这门课意义非凡，我和讲师关系很融洽。不知不觉中，她已经开始了我的政治化的过程，让我意识到一些概念，例如公平贸易——这在21世纪的头几年还是很激进的，而且，考虑到公平贸易商品极小的市场份额，时至今日仍然如此——她还教我对资本主义、社会主义和共产主义等概念进行评判。最重要的是，她鼓励我们独立思考，质疑一切。多年以后，她还邀请我回来做一个客座演讲，谈谈我不用钱生活的经历。

我对读书生涯的看法随着自己的经历而改变。不到2个月，我就被选为本年度的学生代表。圣诞节那天早上，乔治·克兰西开车送我去上课。在我的毕业典礼上，是他一边摇着头微笑着递给我一等荣誉学位证书（First Class Honours degree）。但那时候，我根本不在乎这张纸及其意义。

在学习了4年商科之后，有件事情一直萦绕在脑海：这么长的时间里，"生态"这个词一次也没有被提到过。即使在那时，我也觉得很奇怪。如果我对一切经济体最终依附的自然世界是一无所知的，怎么能声称自己理解经济学呢？

我的任务已经完成了，但我知道我需要改变生命中一些重要的事情，不仅仅是周围的环境；因为无论我去哪里，我都是随遇而安的。有一段时间，我一直想戒酒，成为一个素食主义者，但和我戈尔韦的朋友们在一起，这两件事都有些难办。他们只有睡着的时候不吃肉。细想一下，他们大多数人也是睡着的时候才不是烂醉的。我收拾好行李，向大家告别，就像我的许多祖先一样，动身前往异国他乡。我不知道我是否还会回到爱尔兰生活。

几天后，我在爱丁堡找到了一套公寓。几周后，我开始在一家超市的收银台工作。工作很好上手，能维持生计——刚好应付——但我很快就厌烦了，因为我们要阅读事无巨细的工作手册，上面规定了我们该如何接待顾客、如何着装，还得为每个买了三明治或软饮料的顾客提供塑料袋。在我曾经打工的那家街角小店里，我知道大多数顾客的名字，记得他们抽什么烟，每天喜欢看什么报纸。我连他们的彩票号码都快知道了。现在，我被告知，我必须说"您需要我的帮助吗？"和"谢谢您在我们这里购物"，而不能说出我想聊的话。

我每周都从竞争对手的超市购买食品，那里的食物比较便宜。那时候，我还以为廉价是一件好事，没有想过，在我得益的时候，其他人（农民、工厂工人）或其他事物（土地、昆虫、鱼、河流、森林、海洋）可能在遭受损失。

有一周，我拿起一袋南美豆腐，上面标着"有机"。我不知道那是什么意思，就读了包装背面的故事。作为一个精通市场营销的人，我觉得大部分内容不过如此——是在讲故事——但它却让我思考。当我还是个孩子的时候，我就很喜欢自然世界，但直到这一刻，站在一家跨国超市里，对着过道那么长的冰柜时，我才意识到我想要开始和自然世界打交道。

两周后，我辞去了超市的工作，在一家有机食品公司做物流经理——就是仓库管理员。正是在这里，我明白了自己对真正的经济学还知之甚少。

～

这条梭子鱼在屠夫的砧板上死去，它凶猛、美丽、古老、强壮，我记得我杀死它的那一刻。之前它在草地上扑腾，疲惫却仍在努力挣扎，它的眼睛——我能看到的那只——充满活力，没有你以为它会有的恐惧。在爱尔兰所有的野生动物中，我最不在意梭子鱼这些动物的死活。然而，杀死另一种生灵——尤其是像它这样有野性又自由的生灵——只有饥饿的人不得已而为之，才说得过去。

这条梭子鱼，在扑向隐形鱼线上被它错认成另一条鱼的诱饵时，可没有表现出这种文明的多愁善感。致命的误判。它非但没有觅得食物，反而成了食物。我一直这样想着，把它放在冰冷的石头上，一次、两次、三次猛击它的头，直到它的眼睛圆睁，露出一种恍然大悟的神情，了解到了那些尚且存活的生命不曾明白或永不可能明白的事情。

我轻轻地挤压着这条梭子鱼的肚子，把它吃过的残羹从肛门口挤出来，沿着这里切到了腮。它的内脏很容易取出来了。我摸到肠子里有块坚硬的东西，出于好奇，我把肠子切开，发现了一小块砾石。这些内脏将成为附近野生动物的献祭。

我在鱼鳃两侧分别切了一刀，一划鱼鳍，鱼的头部就掉了。所有这些内脏，连同骨头和我刮下的鱼鳞，都进了锅里，等下就可以在火箭炉上煮熟，然后放在干草箱里炖，慢慢做成杂烩。大脑、骨头、鳍、皮肤、心脏——硬菜。我把鱼身切成鱼排，把肝脏放在锅里——足够我们小屋的六个人吃了。

梭子鱼汤味道浓郁。我不是科学家，也没有这个兴趣，但鱼汤入口，我的身体就告诉我，这富含营养和益处。必然是这样。在过去，这种骨头内脏汤会在邻里间传递，大家重新将汤煮沸，喝一些老汤。那些日子，来得容易，去得也容易。现在，我的一些热爱家乡美食的朋友也不吃它了。太腥啦，他们说。

〜

对于大布拉斯基特岛的居民来说，依靠周围的陆地和开阔的海洋生活不是他们选择的生活方式。当然，有些人可能会说，这是我选择的生活方式；不过，我不再认为这是一种选择。这不确切。不算是，对岛民来说，这是艰难的经济现实，是根植在他们文化血脉中的东西。

奥尔多·利奥波德曾写道，没有在农场生活过，你可能会面临一种"精神危险"，就是以为"早餐是便利店造出来的"。他说，为了避免此种危险，"人们应该种一个菜园，最好不要和商店搅和在一起"。岛民的生活里没有这种危险。他们最近的商店在丁格尔，需划船 5 公里，再步行 20 公里。而且还是可以跨洋的情况，但通常做不到这一点。因此，对他们来说，关键是要充分利用周围的种植资源，不稳定的丁格尔市场和他们可怜的收入都靠不住。

他们的饮食自然、均衡，据说是当时爱尔兰健康水平最高的一群人。他们必须这样，因为岛上没有医生和护士。人们都种土豆当主食。饥荒对他们的庄稼的打击不比大陆上的轻，但多亏他们的饮食结构更多样化——而且有保证这种饮食的能力——他们比爱尔兰城镇的人过得好得多。

除此之外，他们还种燕麦和黑麦，有时用卖鲭鱼赚来的钱在丁格尔买大袋面粉。其他的蔬菜在他们的饮食中没有那么重要，可能是因为那里的天气不利于植物的生长。不过，他们会吃海藻——海带、马鱼、红藻和海莴苣。他们会把红藻放在屋顶上晾干，用来嚼着吃。海草非常丰富，当然，采集海草，拖上陡峭的山坡，再运到他们的村庄，也非常辛苦。除了烟囱里的烟灰和附近贝吉尼斯岛（Beiginis）的青口贝，他们还用海藻来给土豆垄施肥，这样，它们也与土豆相辅相成了。

他们主要吃各类海鲜，在岸边采集帽贝和长春花。夏天，他们会美餐一顿新鲜的鲭鱼，放在架子上烧烤。除了鲭鱼和鲷鱼，他们更喜欢在晚餐的时候煮鱼。帕瑞格·兀阿·梅洛恩说，大家不喜欢吃三文鱼，每当抓到一条，要么把它扔回去，要么把它切碎做龙虾诱饵。如今，一条三文鱼可以卖到100多欧元。

冬天，他们经常吃熏肉，肉是早些时候挂在壁炉台上熏干的。早餐不想吃鱼的人，可能会从他们的母鸡那里获得一两颗鸡蛋。众所周知，母鸡们会把房子的芦苇屋顶弄得一团糟，它们经常会在里面筑巢。有一天，托马斯·欧·克洛汉的父亲正在吃晚饭，一只小鸡从屋顶砸到了他的牛奶杯里。

有些人早餐会吃自己的燕麦。那些养奶牛的人——大多数人都养——可以喝上一杯浓稠的、酸涩的、未经巴氏消毒的牛奶。在黄油搅拌日，这些奶牛还为他们产出黄油和脱脂乳。为了保证小牛的供应稳定，也就是牛奶的供应，他们不得不用帆布船载上一头奶牛到主岛上，找一头公牛让母牛受孕。这是一项艰苦、危险的工作，经常要花上一整天的时间。有一次，一头奶牛的牛角划破了帆布，差点淹死船上所有的男人。终于，他们从凯里郡议会那儿获得了一头免费的公牛，他们把它带到岛上，这样这只公牛就可以逐个给母牛们配种。第一年，在它应对了所有的母牛之后，几个岛民把它带到附近的贝吉尼斯小岛上，让它自得其乐。第二天早上，他们发现它又回到了岛上；这个好色的家伙肯定趁夜色游回了它的母牛群。

肉在他们的饮食中自然没有鱼那么重要。捕猎海豹很危险，但海豹数量很多，价值又高，他们去丁格尔的市场时，很容易用同等重量的海豹肉来交换猪肉。海豹皮在欧·克洛汉年轻时可以卖到80英镑。后来他老了，那时的人们没那么热衷海豹肉的口味了。大多数家庭一年杀2次羊，一部分肉趁新鲜时吃，其余的用来腌制。你每拥有一头牛，就可以在岛上放牧25只羊，大多数家庭的最低限度是"卖一只羊，剪一只羊，吃一只羊"。

岛上满是兔子。在贝吉尼斯岛上，穆里斯·欧·苏列维和他的伙伴们不是偷海鸥蛋，就是用雪貂或陷阱来捕猎兔子。帕瑞格·欧·凯伦（Pádraig Ó Catháin）后来成了欧·克洛汉所说的"国王都心满意足"的地方国王。有一次，岛上的新学校因为老师去世放假一天，他抓住了十几只兔子。只要有机会，他们的父母就会去抓海鸟——塘鹅幼崽、海鹦幼崽、海燕幼崽、剃须鲸幼崽，然后让它们变成炉子上的美味。

正是这种饮食保证了他们的健康。当时还没有工业医疗体系——没有透析机，没有支架，没有髋关节置换装置，如果他们生病了，也没有救护车来救他们，大多只能依靠家庭治疗。在迈克尔·卡尼（Michael Carney）的回忆中，当他摔断了腿，父亲带着他乘船越过海湾的岩石水域，找到住在顿琴的一个接骨师——当地的农民，没用麻醉剂，及时地将他的腿复位了。他的父亲也算是一位牙医，他拔牙的方法，就是用钳子和绑在门上的绳子。

妇女们通常会从井里取水。井在上村，但离下村距离很近。男人们不理解，她们怎么那么能聊。如果岛民在地里干活，他们通常会把井水和少许牛奶混合，补补营养。他们对茶一无所知，直到有一天，一个茶叶箱被冲上岸。起初，他们在圣诞节时省着喝，"剩下的保存到下一个圣诞节"。但不久之后，他们每天都喝，茶叶的引入似乎改变了岛民的整个饮食习惯。他们不再每天吃两顿饭——一顿扎实的早餐和晚餐——而是开始吃四小顿餐，其中两顿只喝茶、吃面包，欧·克洛汉感叹道："只有可怜的一两口。"

他们的饮食包括蔬菜、鸡蛋、牛奶、肉和鱼，没有冰箱或冰柜，也没有电。他们做饭没有燃气和油可用。这样生活不容易，但他们就是这么长大的，习以为常。我记得M. 斯科特·派克（M. Scott Peck）在《少有人走的路》（*A Road Less Travelled*）的开头写道，一旦你停止对轻松生活的期待，生活就会突然变轻松很多。岛民的生活是这个道理。想想当代社会抗抑郁药的使用规模，工业世界的生活似乎也并不容易。

站在我们这一代人的角度来看，岛民的生活方式也许很极端，尽管这就是他们的日常。我们永远不会知道，如果他们向前方看，会对我们的世界有什么想法。

~

酒吧里人头攒动。柯斯蒂被约翰·奥哈洛伦的曲子吸引住了，簧风琴和沙哑又悦耳的笑声混杂在一起。我们走进门，这一幕让我想起了卡瓦纳的《因尼斯基恩的道路：七月夜》（*Inniskeen Road: July Evening*）：

> 今晚比利·布伦南的农场有舞会
> 半遮面的秘密是这里的惯例
> 快乐时就眨眨眼、推推肘

这群人年纪都比较大，但有一对年轻人，估摸 20 多岁，坐在我们左边的一张桌子旁。他正在滑手机，在昏暗的酒吧中，屏幕的光映入我的眼帘。她想握着他的手，但他似乎未曾留意她温情的举动。哲学家阿兰·德波顿（Alain de Botton）曾说过："真爱就是在对方身边时想不起来看手机。"

现在，柯斯蒂步入舞池，伴着她的朋友奥哈洛伦演奏的舞曲，跳着传统舞（*sean-nós* dancing）——一种比流行的大河之舞（Riverdance）现代风更古老、更流畅、不那么僵硬的爱尔兰舞蹈形式。看她起舞很是美妙，倒不是为了有多惊艳——舞动的本身就妙不可言——因为她跳舞的时候，最朝气、最靓丽。

奥哈洛伦演奏了 3 首曲子，我的余光注意到，那个年轻姑娘还在试着拉住伴侣的手。他正在查看足球比分。刹那间，我有点想问他谁赢了，但我又控制住了自己。她走向厕所，柯斯蒂再次步入舞池。

～

我关掉了所有电灯，永远不用了。到了冬至，一天24小时中有16个小时的天光都是晦暗或者漆黑的。那些日子，太阳挣扎着从南方的针叶树上升起，我们一天随便就能用完两三支蜂蜡烛。这样过了大概6个月，就一支都用不到了。

由于爱尔兰的能源政策，电力用户要支付高额的固定费用，此外每使用一度电还要支付小额电费。我知道，这背后有一堆合理的财政逻辑，但在世界科学界恳求各国政府减排的时候，可以看出，这样的政策没有为人们节能提供经济激励，因为实际上，一旦开启开关，随后累加的费用是很微不足道的。如果把固定费用降低到几乎为零，然后把累加的每度额外电费大幅提高，那么，大家就不敢粗心大意了，忘记关的灯、电脑屏幕和设备都将在一夜之间休眠，真的。现在的情况是，即使你在6月不用一度电，还是要缴费。这让我想起了一句古老的爱尔兰谚语：*taréis a tuigtear gach beart*（岁月已晚方觉知）。

读了巴里·洛佩兹（Barry Lopez）的《北极梦》（*Arctic Dreams*）后，我开始明白，我们的时间观念、我们如何定义一天，都具有在地性，就像生活于此的物质生活。"太阳东升西落"根本不适用于生活在北极的因纽特人。我也逐渐明白，认为"一天"就是早晨、上午、下午和晚上的看法，也是一种约定俗成，嵌入我们的脑海，我们如此习以为常。如果我于夏至日站在北极点，将看到太阳"在地平线上以23.5°的高度角旋转360°"。洛佩兹补充道：

> 在温带地区，每日都有黄昏和黎明。在遥远的北极，它们（同时）是一种季节性现象，会一日日整天持续，阳光在秋日暗淡，在春天光亮。在温带，冬天白天短，夏天白天长，但是，每一天都有拂晓，绵长的"第一道曙光"，是新的开始。在遥远的北极，日子并不是每天都会重新开始。

我的生活必须未雨绸缪。就像不能到了11月才准备过冬的木头，我已经开始考虑6月的燃料了。这样想着，我到土豆地里去割灯芯草。用它的茎髓，可以做出很实用的蜡烛，照亮我的冬天，我也不用在6月为它缴一笔固定费用。

~

我们刚来的时候，用铁锹挖了个池塘。整整2天，我们都浸泡在齐屁股的泥里，雨靴全部浸在泥里，白穿了。我们还不如穿着拖鞋进去呢。这样做是想为一系列的物种创造一个栖息地，对我们的菜园、土豆田，以及周围的风景都有益处。

现在看着岸边的蛙卵，我想，让一个地方恢复生机是多么简单啊。看起来真正需要做的，就是提供一个不受人类机器影响的栖息地，并且放弃我们的控制欲，给它一点时间，大自然总会神秘地完成剩下的事情。

池塘今日的平静与安宁让我震撼。清水从西部源源不断地流入，向东而去。完美！如果没有新的水源流入，用不了多久这片池塘就会变成一池死水。而水量过多过快又会破坏它的稳定性，最终会被上游冲刷出的淤泥填满。

作为池塘管理员，我需要做的工作就是维系平衡。

夏

　　我们本质上就生活在一个悲剧时代，故而我们不愿以悲剧的方式看待世界。大灾难已经发生，我们在废墟中开始建立新的小栖息地，怀抱新的微小希望。这项工作困难重重：现在没有通往未来的坦途，我们迂回前行、越过障碍。即使天翻地覆，我们也还得活下去。

　　——D. H. 劳伦斯《查泰莱夫人的情人》，1928

夏至。今天的白天最长。我住在城里时，从每天早晨7点工作到晚上6点，日复一日的漫长。电灯、闹钟和打烊时间让我对季节抱有一种程式化的感受。现代社会的核心不仅是资本、化石燃料和雄心壮志，还是格林尼治标准时间——在《哔，哔》一书中，杰伊·格里菲斯表示，格林尼治标准时间是世界上最刻薄的时间。①

我醒了，不知窗外几时。这就是我的日子。柔和的、泛红的晨光照进我上方开着的窗户，我发现自己其实也不在乎现在是什么时候。这看起来是一种特权地位，我也总是为此感谢上帝。不过，我们这对夫妇的生活水平，刚刚过了爱尔兰单身人士的贫困线，没有电，也没有自来水。所以不是人们想象中的特权。

不清楚时间，肯定还早。我慢慢清醒，神清气爽，在阳光中醒来的感觉很好，很自然，对生活充满信心。昨晚天一黑，我就上床睡觉了。每年这个时候，大约有6个小时的黑夜，我能睡得很好。事实上，我的睡眠比用遮光窗帘时还要长，休息的质量更高了。

要是6个月以前，能有这样的好觉简直是一个小小奇迹。现在我开始习惯这样的睡眠了。可我不想觉得一切都是理

---

① Greenwich Mean Time，即"格林尼治标准时间"。此句中，作者巧妙地使用了"mean"这个单词的两层意思，一是"标准的"，二是"刻薄的"；于是才有了"标准时间是最刻薄的时间"这个说法。

所当然的。

~

我们的堆肥舱里有 7 堆堆肥，6 堆是满的。满，其实说的是半满的，因为每年的这个时候，它们已经从满托盘的高度降低到了标记的中间位置。挺好的，说明里面的元素和喜温细菌正在产生反应。这也带来了我今天早上的第一项工作，把两堆合成一堆。其中有很多原因：一是创造空间；二是为了重新引入空气，促进分解。大多数的园丁和小农都懒得去做，因为不是必要步骤，但我觉得值得。

因为我们在这里使用的是"人类"系统，它将人类的小便和粪便混合在一起，所以在我面前的堆肥里，有一部分属于这里的住户和游客。大多数人从来没有这样做过，他们一想到需要翻动这些堆肥就觉得很恶心，但那只是一种看待方式。我会从中看到故事、记忆和历史，以及地方与人之间的重要联系。我所做的一切都是在制造土壤，对我来说，这是一天的好开端。在这一过程中，我不断提醒自己，我们与滋养我们的土地之间的界限远没有想象中那么清晰。

~

一位在印度次大陆旅行了半年的朋友告诉我，有一次他走到了巴基斯坦最偏远的一座小村庄里，村庄在一条河边，那里住着的都是女性，有老有少。她们在一起洗衣服。由于语言不通，她们说的话他一个字也听不懂，但她们看起来很开心，有说有笑的，互相打趣，但她们干的活，他连碰都不愿意碰一下。

我自己洗衣服的经历全然不是这一副情形。在一个个性化、原子化的爱尔兰，我每件事的经历都不同于那样的场景。我过去的许多日子里，洗衣服不过是往大桶里装东西，转动表盘，按按钮，然后离开，做些其他事情。但在7个月前我放弃了一切自动的东西后，情况就改变了。如果我以前从未见过洗衣机，或者在巴基斯坦的一个偏远地区长大，生活就是手洗衣物，这完全不值一提。但我见过洗衣机，清楚它们有多快、多高效，而且我是被这样的一代人带大的，他们相当渴望一键免除动手的艰辛。所以我承认，我可能永远不会享受手洗衣服的过程，尤其因为，它依旧是一个远离社交仪式的过程，很孤独，很隔绝。

这样一考虑，我最近穿衣服更为俭省了。每年的这个时候，我基本上都穿短裤。我发现，夏天穿太多衣服，严冬的几个月就更不耐冻了。这样，往往一个月洗衣篮才装满。

天亮了，今早洗衣裳。我收集了一些干树枝，点燃了箭炉。我在上面放了一个熏黑的旧罐子，装满了泉水和切碎的肥皂草（Saponaria officinalis），这是我们小农场里种的多年生植物。肥皂草含有皂苷，能清洁衣物，还能清洗身体和头发。这种使用传统历史悠久，在古罗马浴场周围，你仍然可以看到它们自然生长着。

我给锅加热，水温升到很高，但不能烧开，因为那会杀死植物中的活性成分。制作的时间或许远超你可以在超市买荧光绿色东西①的工夫，但在我生命中的每一刻，最优的经济价值从来就不是我的首要考虑。

接下来，我把衣服浸在一盆冷水里，同时把一罐皂根液倒进一个小型的手摇洗衣筒里。我拧干冷水，把衣服放进筒里，大约用手摇动10分钟。摇的时候，我在思考，对于一个6口之家来说，这可真不轻巧，同时我也理解了为什么如今的上班族父母都喜欢洗衣机。与此同时，我可以明白为什么这一现代视角能够透视背后更大的经济、文化和生态问题。

摇动过后，我把衣服放回盆里，先搓揉一遍，然后反复漂洗，直到水变清澈，过一遍绞扭机。一年中的这个时节，可以把衣服挂在花园里的晾绳上（在冬天，它们会被挂在炉灶上方的晾衣架上，那是柯斯蒂用榛木棒做的）。几乎一上午才完成整个过程，洗好的时候我真高兴，这个月的洗衣任务完成了。

我把绞扭机收起来，思绪回到巴基斯坦，我思考着，我和我的进步文化在"进步"中失落了什么。我想起自己的一次经历。在印尼群岛的爪哇岛上一个我不大记得清了的地方，我同两位朋友，加文和奈杰尔——他们两位都很

---

① 荧光剂多在衣物漂白中使用。

健硕——一整个夏天都在游历这个国家。我们爬上了一座陡峭的山，在酷热中爬了几百米的陡坡后，我们停下来歇一歇。我们原地驻足，欣赏风景，准备继续攀登下一段山脉，这时，一个看起来七八岁的小女孩走到我们身后，两只胳膊上各提着一桶水。她对我们微笑，说你好。我们局促不安地面面相觑，跟着她走了上去。我们考虑，要不要帮她拿，但这些对于她似乎不成问题，而且坦白说，她看起来比我们都要能干。

再走过几百米，我们看到一些小屋，那里有几位男男女女在洗衣服。回想起来很有意思，记得当时我在想，他们的生活方式多么原始啊。现在我的希望是回到过去，向他们学习学习。

~

除了我的亲身经历，我对钓梭子鱼的了解，大部分来自莫林，她的渔具店离我最近，在 20 公里外的波塔姆纳。记得我第一次去那里，想找一件之后想来不是很有必要的装备，在她的劝说下，决定不买了。如果 3 个月后你发现自己真的喜欢钓鱼，她说，那就回来吧，到时候我会为你挑选好的。她说得没错。尽管不是因为缺乏兴趣，我后来果然不想要或不需要它了。

我就过来打个招呼。她跟我讲，自己正在努力糊口，她原本也没有松懈的样子。她说，网上商店仓库的选址通常是在物价较低国家的工业园区，像她这样的商店正在受到挤压。这并不奇怪。我未见过哪一个网站会劝走来买东西的顾客的，而且网站陈列的可不会是不必要买的东西。

~

我得早起。我常常有事情忙，不过这次得去一个重要的地方，一个文明的地方。我没有闹钟，所以需要仰赖自己，但长久以来我的信仰都皈依于当代的宗教——技术，所以，这不是件自然而然的易事。但我还是这样做了。

我醒了。天还很早。我来得正是时候，遇到的人对我说，这是我的生物钟，但我不是一架由齿轮和弹簧构成的机器。我是一只动物，由情感与失落、希望与缺憾、本能与直觉所构成。不知牧师们——科学家们——会对这一新宗教做何解释，但我不是由笛卡儿式的齿轮声所唤醒的[1]。对，我更愿意将之视为超越了认知的认知。

~

多年以前，我们走入丛林，上丛林生活技能课的第一个清晨，我们的老师——我的朋友马尔科姆·汉多尔——问我们能不能脱去靴子或雨靴，赤足继续前行。我们睁大

---

[1] 笛卡儿将人体视为机械，认为人的内脏如钟表齿轮一样运转。

了眼睛，试探着看着他，面面相觑——真的吗？我们的一个小组成员问马尔科姆为什么。毕竟，那时已是 11 月中旬。

马尔科姆的回应从此印刻在我心里。他让我们"设想一下双手一直戴着拳击手套的生活。这就是穿雨靴时，我们双足的感受"。当我们解开鞋带，勉勉强强脱下长筒雨靴，他请我们想一下，如果双手在又厚又硬的手套的保护下，永远不能亲手触摸任何东西，那会是什么感觉呢？我告诉他，我从未想到这个层面。"好的，"他说，"把靴子留在那儿，跟我来。"

那是深秋的一个寒冷清晨，我最先担心的是，我的脚会冻住，那我就无法好好上课了。一开始脚确实很冷，然而我惊讶地发现，一旦动起来，脚也开始暖和了。我能感觉到血液的流动，脚上有神经刺痛的触感，像是它们也渴望探索。这种感觉仿佛是将足底按摩和反射疗法合二为一，在我的记忆中，双脚第一次有这种鲜活的感觉，与脚下那广袤的、鲜活的、呼吸着的野兽息息相通。

我也有些担心双脚会受伤，但我多虑了。我感到自己在谨慎地留意每一步，踏过棱角分明的石头和带刺的植物，观察到了一些可能会错过的东西。我的行走变得更敏感，更有意识，而不只是依仗靴子提供的常见技术就随意踩踏。一时间，我发现自己对足底的每一声声响、走过的每一道裂缝和每一种纹理都很敏锐，不是特意为之，而是我必须这样做。这不是为了精神的考量而与土地相连，这是与土地身体力行的联结。或者，谁知道呢，也许两个原因都有。

课程结束后，我穿回靴子，直到现在也是。塞缪尔·贝克特是对的。"习惯是了不起的麻醉药。"

昨夜的空气清朗，天空无云，像是连缀两个晴朗夏日的夜晚。东方地平线上，太阳升起，恍若昨晚篝火的余烬。我今天的第一件事情是给植物浇水。在出门的路上，我停住了脚，脱掉靴子和袜子，光脚走出了屋子，自上次见到马尔科姆，我还未曾这样做。

一瞬间，我感觉到柔软的露水唤醒着我的脚趾。一开始当然很冷；不久之前，双脚还在毯子里面。但身体就像是在夏夜跳入湖水时一样，很快就会适应新的条件。当我走向盆栽棚，发现车前草从草地里冒了新叶，蛛网上坠着几滴露珠（我曾经无意中破坏过多少蛛网？）。当我的思绪习惯性地徜徉于未来，我的脚趾被一块凸起的尖锐石头绊了一下。很疼，而这种疼痛教会我正念的重要性。

走上林间小道，当我从泉水中取水时，我发现自己的眼睛盯着小路，而不是周围的野生动物。每一块沙砾和碎石都能被我感知到，每踏出一两步，我柔软的双脚就会退缩一下。我的脚得更坚强些。它们没那么喜欢这样，但这种感觉很好。我的双脚似乎知道该走到路中间的那条草地上去，周围的世界再次变得温柔起来，生机萌动，气息吹拂。

我转过弯，走向泉水，我在祈盼凯瑟琳这时还没有起床，因为如果她看到我大清晨光脚走来，她会觉得我终于疯了。

～

柯斯蒂一直在努力。她对自然世界有着自然的爱——或者至少对我们为"进步"所做的事情心怀愤恨，但那只是一小部分，她怀有的是理智的爱，不是渗透骨髓的爱。这些事情，对于脱节了的我们这代人来说，需要时间，很多的时间。她理解从根本上改变我们与其他所有生命的关系的生态必要性——以及相伴随的社会必要性——也许比我所见过的其他人都要深刻。她也有这样的感觉，有时感触很深。但她真正喜欢的是跳舞，尤其是随着现场音乐跳舞。

她很擅长交际——从某种程度上说，大多数人不都是这样吗？——所以我明白，她在这里时而会有隔绝的感觉。这个社群人际关系密切，但年轻人追随着那些先于他们奔向城市的人，所以这里缺乏一种任何地方都需要的朝气。我们想把它带回到这里，但道路漫长，时有孤独。没有汽车和公共交通的爱尔兰乡村就是这样，我们很难去往文化丰富而自然贫乏的地方。

我发现她今天很难过、很孤独。这让我心碎，一部分原因是，我爱她胜过世界上其他任何一切，尽管我并不总是意识到这一点，并表露出来；也因为，我自己也了解这种感受。这似乎是一种艰难的生活，直到对所有生命的爱——不只是对人类社会——从头脑流淌至血液与骨骼。这是自然的，我们无从割舍对人类伴侣的爱，也从未舍弃对归属感的渴望。我用 10 多年的时间才体会到如温德尔·贝瑞所书写的"野生的宁静",即便如此,很多时候我依然会怀念曾经熟悉的东西。她还得经历这样的磨砺。作为自然的游牧者——也许我们都是,现代生活就是飞往世界各地,探索这个,逃避那个,这种不良的方式取代了真正的旅行——我在思索,也许这种在某地扎根的生活永远不适合她,我们需要找到一种方式,将冒险的游牧生活融入其中。

不知还能做些什么,我拥抱着她。我让她穿上最喜欢的裙子,拿起呼啦圈和踢踏舞鞋(她正在成为一位多才多艺的传统舞舞者),我们去找一些音乐。一年多来,她一直在不急不缓地劝我重新学习锡哨,这样我们就可以在晚上一起演奏和练习,但我总是以各种借口推托,现在感到有些惭愧。

我们走进酒吧,大家都过来问她要不要跳舞。呼啦圈在这一带仍然很新奇。这里的人们都喜爱她,正如人们喜爱那些做自己喜欢的事情的人。当她随着"科里舞曲"(Cooley's Reel)和"昏昏欲睡的玛吉"(Drowsy Maggie)起舞时,她重得新生,重现活力。

我知道我得为这件事,也为她多花些时间。我告诉自己我一直忙,但其实是我没有分清本末。我现在明白了,希望没有耽误得太久。

~

　　我有一个朋友在附近经营有机农场，他带来 22 公斤黑加仑，装了好几箱。他告诉我们，几年前他种植了大量的黑加仑，但由于人们不再制作果酱和其他蜜饯，他的产品就失去了市场。

　　我们很乐意留下这些黑加仑。我粗略地计算了一下，可以用它们制造出 75 升酒和 20 罐果酱，剩下的足够用来准备下个星期的早饭。需要干上一天半的活，但是大家就可以在即将到来的冬天畅享果酒和果酱了，而且到时候我们还会吃到黑莓和覆盆子。

　　我提出向他购买黑加仑——我非常清楚这里面包含了多少劳动——但他不肯，于是我们就用他喜欢的酒交换，要多少都行。

~

　　我的一个邻居问我，是否能帮忙把话费充入他的手机中。他说自己忘了拿老花镜，但我知道他不识字，一天晚上，推杯换盏间，他是这么告诉我的。有趣的是，在这个时代，我们会因为缺乏知识技能而感到窘迫，但我们似乎完全接受自己会缺乏最基本的生活技能（比如饲养动物和建造房屋）。这位邻居很懂马，知道我不了解的知识。

　　没时间空想了，我从他手中接过手机。9 个月以来，我第一次把数字输入手机，我将他用其他号码购买的凭据上的一些数字输入电脑。电脑生成的"声音"告诉我已经充好值了。现在，他几乎立刻就可以与世界另一端的人通话，能做许多我再也无法做的事情。

~

醋栗长好了，基本上可以采摘了——但还得稍作等待。时机就是一切。太早了，又苦又小；太晚了，鸟儿们会在你反应过来前就一扫而空。不用钱生活后的一天早晨，我从篷车里出来，见着13只灰松鼠在坚果堆里捡核桃。在那之前，我只偶尔见过一只。它们时机在握，正巧比我先到。在大自然中，最有生命力的就是最能融入周边环境的，是那些熟识生命的节律与脉搏的。与其说最适合者生存，不如说是最适应者生存。

黎明时分，我摘采醋栗，大部分会做成早餐。鸟儿们已经享用了第一批。我只拿我现在所需的，剩下的令其自然成熟，留给自己和鸟儿。鸟儿的行迹与歌声为灵魂给予养料。当我坐在花园里写下这些话时，一只画眉鸟正在我身后的果子中觅食。

~

我手握铅笔。记得在1月，我拿着它，心想："鬼才做得到。"我花了 3 周时间,试图离开复制、粘贴、删除、拼写检查、网络,以及所有调研和编辑工具来写作,离开曾经那些扁平的矩形塑料。以前,写作相对来说还算容易;我对着屏幕迸发思想,再用微软 Word 软件记下来。然而,离开电脑和互联网后,我明白了,在整个成年生活里,我一直是一位赛博①作家,那些页面上的文字是半人半机械的作品。无论好坏,如果我没有使用电脑写书,那些书一定大为不同。事实上,我可能根本就不会写这些书。

寒冬腊月,我注意到自己又一张连着一张纸地揉成团,每一张都免不了错误成堆,语法、版式、构思都会有问题,或是一张木质纸浆已容不下需要修改的地方了。我扔纸团的准头越来越好了,安慰自己说,至少一天的工作可以帮助第二天来生火。我的本子很便宜——相当便宜。如果我要制作纸张,就像我的朋友弗格斯·德伦南倡导的"搜集图书计划"(The Foraged Book Project),我不可能如此浪费。我早有自制蘑菇纸的计划,但我知道,我需要先重拾写作,否则造纸就成我的全职工作了。

4 月来临,有了些许的进步与希望。写作仍然极具挑战性。但真的不可能吗?我不再能一口咬定了。

现在是 7 月,这本书写了一半。人生之中,我第一次真正享受写作。漫长的一天过后,我不再头疼了。我发现自己在动笔之前,会凝视果园很久。但当我下笔时,我可

①赛博为英语单词 "Cyber" 的音译,主要指人工智能、电脑仿生之意。

以不停顿地连写1500字。我的思维放慢了下来。就像木匠总是建议测量2次，然后一次性切割好，我也在三思后才落笔。

最终的结果或许与以往没什么差别，同样愚蠢、低劣、不完美，但至少是我按照自己的思路写出来的。我们的生活与思考方式，都被我们使用的技术所塑形，不依靠电脑的帮助来写作，对我来说很重要。正如悉尼·J.哈里斯（Sydney J. Harris）所说："真正的危险不在于电脑会像人类一样思考，而是人类将要像电脑一样思考。"

～

当诺克莫尔还在梦乡中安睡时，闲不下来的JP和我却在外逍遥。我为菜园收集马粪，他在比这里稍远的两块地里干活。我朝他挥挥手，我还没反应过来，他就来到了我旁边的田地。他告诉我，半小时前他就该上路了，但他似乎一点也不在意。JP是农民，又是木匠和普通建筑工，和这儿的人一样，他也运用自己的技能种地，自力更生。

动身帮女儿装修新房前，他给我讲了讲最新消息。他说，银行已经发放了2万份抵押贷款，但市面上只有1万套住房。他说，在某个时候，这一切真是"疯到家了"。岁月已晚方觉知。

他一口气说道，美国政府决定削减企业税，因为美国大型科技公司大多只设在税率"有竞争力"的国家，我们的政客们正在用力将脸书、谷歌和苹果等公司挽留在爱尔兰，不让它们撤走。我们以无数血泪赢得政治独立，但似乎却放弃了经济独立——一个民族的自力更生——几乎连一声抱怨都没有。他说，我们一向受美国左右，这种影响只会愈发显著。

他准备走的时候跟我讲，他年轻的时候，听说美国人会将年迈的父母安置在养老院，而他们自己去追求成功、出人头地的机会，或者只是确保自己温饱无忧。他说，记得自己当时在想，"这样对待老年人的国家，是不是有些可怕？"看看现在的我们吧，他说。

回头见，马克，健康有益的一个早晨，真是不错。说完，他就走了，我回去继续捡田里新鲜的马粪。

~

父亲是个科技通。小时候，他总是把运行良好的物件拆开，主要是出于好奇，没什么缘由。然后他会告诉身边的人各个部分是如何运转的，非常有趣。我妈妈除外。这让她很抓狂。通常情况下，每当父亲把他修补的收音机或电话装回去时，就会意识到，有些零件找不到了，有时还是不好更换的重要部件。他暂且说，那个部件本来就不必要，直到最后，东西被束之高阁，再也用不了了。

~

西宾酒吧的圆木桌上零星摆放着几乎空了的玻璃杯，处处是美妙夜晚的剪影——吉他、曼陀林、班卓琴、小提琴、锡哨和宝思兰鼓（bodhráns）散放在吧台和椅子上，火光里余烬依旧燃烧，空气中弥漫着自制的陈酒的气味。

我把杯底剩的酒倒进桶里，前往菜园，再把酒装在小碗里，现在每个小碗都成了捕虫器。就像那些在旅馆里醒来的人一样，蛞蝓也喜欢喝啤酒；不过，虽然过量饮酒的确毁掉了许多好人和他们的家庭，但一碗酒足够结束蛞蝓的生命。

第二天早上，我去检查这些碗。真是大屠杀。一只碗里有6条，另一只碗里有4条，再一只碗里有2条，其他碗里也有不少。这个方法非常有效。太高效了，我不喜欢。我的文明思维开始运作，我质疑起这背后的伦理。一方面，我需要食物，而蛞蝓能很熟练地捕获我喜欢的蔬菜。另一方面，我很清楚地溺死——尽管是在啤酒碗里——其他有知觉的生物，它们的罪名就是享用了我种下并视为己有的蔬菜。我也说不清道理，但我觉得不太对劲儿。

我从啤酒碗里挑出所有的蛞蝓，把它们晾在抬高苗床的木架上。我有想过吃掉它们，但当我回到放置它们的地方时，它们已消失不见了。它们要么是在可怕的宿醉中醒来，遁入黑暗之中；要么是成双成对想在灌木篱墙中寻欢作乐。

那不是男生们梦想中的工作——男生会有梦寐以求的工作吗？——而当我在2002年前后开始为爱丁堡一家独立的小型有机食品公司工作时，我找到了一种莫名的使命感。这与我之前在超市的工作不同，那里的人们热衷于销售对人们有益的真正的食物、公平交易的酒，像当时我的习惯，这家商店售卖的完全是素食。尽管5年后，我的看法有了大转弯，但在当时，我觉得自己超出了自我，有更为重大的归属。

那些店员的热情很快就感染了我。我几乎和在纽约工作时一样努力，但也学到了很多；放下自己，更关心身边的政治环境。我的一部分工作是联系当地的有机食品和饮料生产商。我发现自己从他们那里学到非常多的经济学知识，胜过4年在商科学院所学的知识。每天我都会更加了解他们谋生的方式和理由，也听说了他们的一些故事，听说了他们在一个背道而驰的世界里所遇到的困难。我在钦佩他们的信念，他们的耐心，他们风雨无阻的毅力。

养蜂人为我讲解传粉者的关键作用，告诉我蜂蜡的使用方式，以及新烟碱对蜂群的影响。莴苣种植者让我了解到农药和化肥会如何污染土壤、侵蚀生物多样性，从而导致河流和溪流无法被人类饮用，也无法培育水生物种。本地小规模经营的养鸡户给我讲解工厂化饲养母鸡——甚至是所谓的放养——所需的条件。了解这些之前，我在读诺姆·乔姆斯基（Noam Chomsky）、娜奥米·克莱因（Naomi Klein）、贾雷德·戴蒙德（Jared Diamond）和凡达娜·席瓦

（Vandana Shiva）的书。劳作不再只是劳作，而像是一种政治行为。

在戈尔韦街角的那家小商店里，我利用上帝分派的所有时间，拼尽全力工作，设法还清了所欠下的学生贷款。但在爱丁堡住了 2 年之后，我依然没有家的感觉。这座城市当然很富裕——整洁、有序、卫生，但处处有无家可归的人。我越来越倾向于行动主义——做些什么，什么都行，但这里没有什么能够促成改变的行动。只要工资高，就没有什么改变的欲望。

我和我的初恋，一个叫玛丽的芬兰女孩，决定搬到布里斯托尔，我了解到那里在发生些什么。我们给自己买了一套 2 层楼的公寓，正对着一条繁忙的高架高速公路，我们会看到，那条路下面会有妓女在周日早晨给醉酒的男人口交。噪声难以忍受，如果玛丽晚上独自外出，我会很担心。

抵达布里斯托尔 2 个星期后，我到另一家有机食品公司做兼职，这家公司有超市、咖啡馆、箱式计划①和围墙花园。我初来时，这个地方与它的经营方式都没有给我留下太深的印象，我直白地告诉了面试官。离开之时，我想自己既不会被录取，也不会接受这份工作。5 分钟后，我接到了店主的电话，问我是否愿意打理这家公司。这一挑战让我兴奋不已，我答应了。

---

① 通过订购，每周将当地应季的有机蔬果送至顾客或果蔬收购点。

经过一年的惨淡经营，我们成功地扭转了局面。我是一个强硬的老板，因为我知道这些好人——种植者、养蜂人等等——都在卖命，我不想再看到他们如此劳苦。我的职责是确保当地人购买这些生产商生产的食品，而不是在世界另一端一些不知根底的公司粗制滥造的食物。然而有一日，我走出办公室，经过过道，忽然怔住了。目之所及全是一墙又一墙的塑料：塑料包装里的可可豆，塑料罐里的维生素片，塑料瓶中的水。来自多米尼加共和国的香蕉，来自以色列的甘薯，来自远处其他地方的杧果。3年来我都在疾呼可持续发展，但直到那一刻，我才意识到，即使是有机产业，也离可持续发展相距甚远。即使能做到这一点，我为什么要维持一种塑料文化呢？这不是我的可持续理念。我在这个支持非洲农民公平贸易、反对东南亚"血汗工厂"的公司里，每周工作超过60小时（而且对我们自己的员工要求严苛）。由于拓展业务的压力以及工作对我个人时间的侵占，玛丽和我最终分手了。

在对所谓的"绿色轻盈的"有机世界感到失望后，我辞掉了工作，在布里斯托港买了一艘船屋，抽空出游。获得学位后，这是我第一次有机会去理清思路，去反思，无人在侧时哭泣。我意识到，我一直让自己很忙，这样就不必细想我的文化和我自己正在做的一切，会怎样影响到我们的视野与考虑范围外的远方，以及那里的居民与其他的生灵。我觉得自己是这一切的同谋，而我无力对此做出任何有意义的事情。

在困顿、沮丧与满怀的西方罪恶感之下，我决定做一些全然不同的事、可笑的事、将以未曾预料的方式改变我人生轨迹的事。

～

我到城里，去码头见一位老友，却停留在一家连锁酒吧里。前门上的标志写着，厕所仅供顾客使用，但考虑到整个市中心没有一棵那样的树，可以让我躲在下面解手、不被逮捕，我决定尊重祖先的精神，完全无视它。

在便池上方，离我的视线不到一英尺的地方，有一则广告。有一套逻辑认为，每一处空白都是错失的机会，这种创新看似很精明。这则特别的广告介绍的是肠胃气胀过滤内裤。我又读了一遍，确保它不是讽刺艺术或广告恶搞。

不，不是，真有这样的产品。

～

帕奇告诉我，今天是爱尔兰有历史记录以来最热的一天。明天将打破今天的记录，有33℃。过去的一周，诺克莫尔比里斯本和洛杉矶还热。

黎明时分，我自然醒来，到德格湖去钓鱼。气温升高后，梭子鱼会潜入温度较低的水中，所以如果想在这种天气里吃到它，那你就得早起。爱尔兰依旧沉睡，骑行了20公里，我也没有遇到一辆车。这没什么。向前骑行，天空浮现粉色，透出橙红，转为蓝色。在这样的片刻中，我领悟着生命的意义。

几小时过后，尤金到了码头之上，将湖水抽到拖车的水箱中去。我问他觉得天气怎样。太折磨了，他说。6个星期以来几乎没下一滴雨。没有雨就不长草，没有草就没有奶牛的饲料，没有饲料就没有钱给尤金。这正是小农户与超市价格苦苦竞争的时候。大麦种植者的麻烦更大。在都柏林，洗车或浇草坪的人都会被罚款。爱尔兰大干旱。真是奇怪的时代。我听说，我的泉水目前还没有干涸。我希望这不是今年会打破的另一个纪录。

我抓住了一条赤睛鱼。很小的身躯，比平时猎杀的要小，但我很饿，就带着敬意生吃了它。我在湖里洗了个澡，游了一会儿，在水边独自晒干身子。

~

我在锯木架上看到一段被横锯切成60厘米长的原木。这款工具完全符合温德尔·贝瑞对适合手头这份工作的技术的定义："这会打扰临产女性的睡眠吗？"看到它，我想起了奥尔多·利奥波德的散文《好橡树》(*Good Oak*)。他讲述了威斯康星州的生态史，他在那里经营一座小农场。他用自己的横锯锯断一棵遭遇闪电而倒下的橡树，锯子"嵌入木头，一下一下，十年又十年地，锯入一生的年月，书写在一圈圈同心的年轮里"。

他的橡树已有 80 圈年轮，尚且处于发育阶段。他从"一次闪电终结了这棵橡树生长的过程"开始讲，那是第二次世界大战末期，当他锯到树心的时候，故事回到了美国内战时期。在一棵树长到直径 75 厘米的时间里，威斯康星州乃至整个美国生态系统都发生了很大的变化。

我面前的云杉只有 25 个年轮，这意味着它是 1992 年由一位森林居民种植的（几乎可以肯定，利奥波德的橡树是由一只松鼠种下的），当时我才 13 岁，那是我最后一段没有手机的生活。在这棵树迅速生长出 25 个年轮的年月里，世界被万维网统治着，无数物种的生态位与古老的角色被人类弃绝。而最后一锯落下时，我想知道，我种下并看着长大的树的年轮，在我离开很久以后，会为他人讲述什么故事。

～

我步行至凯尔布拉克钓鳟鱼。一位邻居告诉我，凯尔布拉克是它的爱尔兰原名 *Choill Bhreac* 的英语化，意为"鳟鱼森林"。

凯尔布拉克再也没有真正的森林了，能看出来，这条河里也没有鳟鱼了。收起鱼竿走回家时，我试着想象，若在先民命名时走入此地，会有什么所见所感呢？

~

梭罗曾写道，树木2次给予他温暖：一次是劈柴的时候，另一次是坐在火炉旁的时候。好吧，或许是梭罗在概说，或许是他比我轻松多了。我发现木头会让我温暖6次：肩扛着它走300米远、锯、砍、堆砌、在它燃烧时坐在一旁，最后，享用它烹饪的食物。

我们很容易忘记首要的一点，我们是自内向外发热的。布拉斯基特岛民懂得这一点。他们不仅吃得很好——高于当今的标准——考虑到那里时而出现的糟糕天气，食物能够不止一次地温暖他们的骨骼，对他们来说没有坏处。有时狂风大作，屋门晃动，如果不得已要出门找柴火，他们会拉着绳子一起走，以防被吹下悬崖。

不同于我和梭罗的是，岛民没有可供取暖的木材。19世纪，岛上一棵树都没有，至今如此。像我一样，他们也有泥炭权，可以在岛上取泥炭（我不行使这一权利，因为如今爱尔兰的沼泽日渐稀少，而泥炭的直接排放量与煤炭相当），他们总是使用相同的双面泥炭铲（*sleán*），布拉斯基特中心设有这种铲子的展览。通常，妇女们骑着驴走大约5公里的来回，用被称为提篓的枝编篮子把泥炭运回。他们在里面加入金雀花和石楠花，这两种植物都很繁盛，还能再长出来，另加上他们找到的浮木，家里用不到它们。

为了免受恶劣天气的影响，他们通常把房子建在山坡上。这些房子比多数现代客厅要小一些，材料就是岛上的石头和黏土灰泥。门上有插销，但不上锁。屋内有一台立柜、一个碗柜，放在现代室内设计师会称为的开放式设计当中，将屋子分成2个部分，一边用来睡觉。土豆会储存在木床下方。他们的床垫是用鹅绒做的，床单是用过的面粉袋子铺成的，毯子是羊毛的。2张床之间会放一个夜壶，供家人夜里使用。

厨房的那一侧通常在屋里空间更大的一边——它需要够大，能够跳舞，或者在有人去世时作为守灵的位置。每家都有一张牢固的桌子，像是揉面槽那样，桌子四边凸起，防止土豆滚下或被馋嘴的狗叼走。周围摆放的是草绳做的绳编椅（sugawn chairs）——我自己也用一把，靠墙放着一张长木椅，夜间捕鱼的渔民们可以在那儿午睡。这种长凳式的椅子下面通常是家庭鸡舍。

厨房是女人的领地，有时会三代人都聚在同一个房子里。你可以在里面找到煎锅、铁锅、木制杯子、盘子、碗和一个坩埚炉，用于草炭上烧烤食物。托马斯·欧·克洛汉年轻的时候，家家户户会在晚上让牛、驴和狗挤在厨房里，让它们在尚未熄灭的余烬旁取暖。铁锅被用来浸泡衣服，而岛民自己却在大西洋冰冷的盐水中洗浴。我想，如果你没有将全身浸泡在热水浴缸里放松的习惯，你是不会想念它的。

面对自然，岛民们给予自己最大的保护就是生来的坚毅。在佩格·塞耶斯那个时代，多数男人和女人在婚礼当天才穿上他们人生的第一双靴子。男孩们穿短裤，女孩们穿自己做的衣服。尽管他们很坚强，但面对冬季与海上严酷的气候，他们需要保护。渔民们穿着油布衣防止身体被打湿。他们的毛衣（geansai）和袜子是由女人们编织的，她们用纺车将羊毛纺成毛线。男人们乐意戴一顶扁帽，女人们将围巾环绕在头和脖子上。无论是在顿琴做弥撒时，还是躺在棺材里，牧师总是穿着最好的衣服。

我停笔起身，出去摘荨麻——柯斯蒂等会儿会把种子晾干。每天用一到两勺荨麻，会对头发、皮肤和肾上腺产生神效——我看到下雨了。穿上马来西亚制造的防水衣，我提醒自己，我还远远没能做到梦想中的自立。

~

柯斯蒂刚从城里表演回来。她搭了便车，最近一直这样通勤。她能不被别人糟糕的建议所动摇，我佩服她的勇气，每每看到她安然地走进屋子，我都很开心。

她告诉我，她刚搭上一位建筑师的车，一上车，他就说："你是自由的灵魂。"他们聊了起来。他告诉她，他过去也是，但现在他需要每周赚 4500 欧元来养活手下的人，他认为自己负有重要的责任。他说压力不饶人，再也没有睡好觉了。柯斯蒂建议他停下来，因为人生苦短。没那么轻巧了，他说，银行也卷了进来，不依不饶。他被收买了，难以轻易脱身了。

他问她是做什么的。街头表演，她说。这个能谋生吗？他问。她说，这取决于你需要多少来谋生。

~

我漫步于石砖围砌的马赛克般的田野之中，想找到河流交汇处的水池——却没找到，这时我遇到了迈克尔。他是个农民，我漫步过的一块地就是他的。我们初次见面是几天前的晚上，当时他在霍洛汉的每月传统音乐会上玩手鼓。他告诉我，酒吧可能快关门了——年轻人都离开了爱尔兰乡村，超市里的罐装和瓶装葡萄酒便宜得很，警方盯上了小村庄，带着他们的呼吸测醉器——所以，这可能是我们最后一次参加音乐会了。

我还是听到些好消息的。一周内我已听说了两家酒吧可能会关门。很快，附近的酒吧可能只剩我们自己的西宾了，可我们并不想搞垄断。似乎我们的免费酒吧是唯一一家不担心倒闭的了——奇特的情况，也许是因为它从未开张过。

应该做些什么。而当我站在田野里和迈克尔谈论曲棍球、音乐和农业的未来时，我不知道该做什么。

~

思绪抛向湖面，回想起我过去的生活，那些信念在握的时候，那些心绪明确的时候。就在 10 年前，我会将自己看作一个素食主义者和动物权利活动家。现在我在这里，主动去结束一个令人惊叹的生物的最后一口气，幸运的话，我将不得猛敲它的头颅，然后把它的肉、大脑、心脏和眼睛都化为己有。

我又投了进去，还是没有鱼咬钩。旁边的渔夫把蛆虫和其他诱饵扔到他的浮标附近，为了吸引赤睛鱼、鲳鳊鱼和鲈鱼到有倒刺的钩上。与我不同的是，他会随意把它们拿出来，数一数，然后再扔回去。他有一大套钓具，可能那个值数千英镑，塑料桶装有10公斤的钓饵。他告诉我，他喜欢看到自己能捕到这么多鱼，他希望能够捕到一条破纪录的鱼。但他表示他不喜欢它们的味道。当他钓上来一只目标大鱼时，他看起来对自己十分满意。

我又投了进去，放下了杂念，专注于钓竿的顶部，隔几分钟拽一下。我的诱饵——在带钩的旧银勺上，带一道红条纹——看起来像一条受伤的鱼。

钓竿顶部剧烈地弯曲。我立刻分辨出，那是一条梭子鱼。几乎可以肯定，它是一条雄性小梭子鱼（它们一般体型较小，比雌性更有可能喜欢吃我的诱饵），但体型可观。它挣扎得很凶。它不想死——我也不想杀它——我尊重它的精神。我并不愿意看到它挣扎，但也不觉伤感，因为我提醒自己，为什么它会让自己身陷困境。它冲出水面，试图用仪式性的死亡摇摆来甩掉鱼钩，然后拼尽全力潜入水中。最终，它精疲力竭了，它所熟悉的世界即将终结。我无法假装知道它此刻正在经历什么。恐惧？如果说人类学教会了我一件事，那就是，对死亡的恐惧并不是普遍的，人类如此，更不用说其他物种了。

我把它拽上来，在夺走它生命的时候，看着它的眼睛。

我发自内心地祝愿它旅途顺利。总有一日，我也要面对那个时刻。它的身体搏动了一会儿。我想知道它野性的灵魂归于何处，以后吃它的肉时，是否也会把那魂灵带进体内。我旁边的渔民停下来看着，他对我说，这是一条好鱼，可只能杀它。如我所想。

我骑车回到诺克莫尔，停在一座古老的拱桥上，桥下是一条浅溪，布满砾石，汇成一潭。我看到几只野鸭从水面上游过，气定神闲。它们会因周围的壮美而欢跃吗？母鸭悄无声息地潜入水下，不久又冒了出来，嘴中衔有垂死的东西。不用鱼竿，不使用火箭炉烹饪，不考虑伦理。它们缓缓游向岸边，上了岸，沐于夜幕落下前的微光中。

回家的路上，雷声大作，大雨滂沱。我湿透了。我很累了。我还活着。

~

正是晨光熹微之时。这个季节天亮得早，连画眉都没有起来。

我已走入树林。我需要用手推车把大约450公斤的木材从林地运送至披屋，因为大部分路程途经公路，早些出门比较安全。每一车约重125公斤，要费大力气运送一公里，然后再原路返回，运下一车。在此之前，还得将每根原木拖大约100米，才能放到手推车上运走。这的确有助于早餐前的血液循环。

每到这样的时候，我就宁愿年少时，父母让我在雨中推着沉重的独轮车跋涉。那样，恐怕我面对如今那些不足道的蠢事之时，就不会如此怨天尤人了。

～

我抬起一个花床上的罩子，里面是干燥的、光秃秃的土壤，从现在的小木屋底下挖出来之后，还未见过天日。我种下彩虹甜菜、冬马齿苋、菊苣和火箭菜，以及像球芽甘蓝和羽衣甘蓝这样结实的作物，够我们在冬季吃几个月的沙拉。

花床没长野草，少了些生气，直到我发现，一个角落里正乱哄哄的。蚂蚁窝的屋顶被掀翻，它们的世界支离破碎，它们的卵暴露在捕食者面前，它们的未来风雨飘摇。

我跪在它们上方，看得聚精会神。起先，它们似乎很惊慌，没头没尾地四处乱窜，但仔细一看，混乱中显现了秩序，一半的蚂蚁在寻找自己的卵，另一半则通过花床木栏旁的一条隧道钻进土中。它们一个接一个地把白色的卵运送进洞，这些卵的大小几乎同它们一样。没有一只蚂蚁在怨天尤人，也没有一只将混乱的场面拍下来发布给媒体或 YouTube。它们一心重建它们的世界，不依靠塑料的世界。

我内心有点想把塑料罩重新盖回去，但似乎我干预和扰乱自然秩序的次数越多，我造成的破坏就越多。所以我又回去种沙拉菜。我知道，很快有一天，蚂蚁会回来榨取蚜虫和黑蝇的蜜汁，让我这样的人质疑起"农作"与"野生"这两个词究竟有何区别。

～

一天深夜，一位访客看我在烛光下写作，提醒我注意眼睛。他告诉我，他在哪里听说过，古时的手稿抄写师，在昏暗的修道院中眯着眼睛誊录，许多人最后会失明。他说得很有道理。他也戴着眼镜，是那种粗黑边框的无趣眼镜。他还年轻，我问他视力为什么出状况。他说自己不知道，他就是视力不好。

今天是他待在这里的第六天，也是最后一天。他想暂离城市，放空头脑，搞清楚自己在生活中想做什么，看看自己是如何以这种方式生活的。他告诉我，留在这里的一周很愉快，他羡慕这里的很多方面；而同时，他又期待回到他的物质享受中去——他的游戏机、中央空调、电视和音乐。尤其是他的音乐。

挺奇怪的，是不是？他说。

～

这一年我的自行车使用强度很高，它需要护理了。我把它翻过来，开始维修。第一项工作有点棘手：刹车。我盯着它们看了一会儿。奇怪、迷惑的小东西，我想。一方面，它们会阻止我撞到迎面而来的车辆，将我拦在死亡的边缘；另一方面，我痛苦地意识到，它们是一种政治意识形态的成果，一头扎进自然世界，却忘记了自然世界的决定性力量，以及与之相伴的死亡。

刹车修好了，我取下一个轮子，昨晚发现它在慢慢漏气。胶水的成分是用外语写的，但上面有 3 个通用的警告标志："高度易燃""刺激性"和"对环境有害"。我想知道在我打开它之前，危害是否已经停止了。有一小块 PVC 砂纸和一系列的补丁，每个补丁的一面用箔纸保护，另一面贴着透明的轻型塑料。它们都被紧凑地装在一个绿色坚硬塑料盒子里，这似乎是修自行车时看到的唯一一绿色。

我知道这些都不是原始的、中世纪的，甚至前工业时代的，我的思绪不安地徘徊着。这样的哲学困惑显然是第一世界的问题，而我对修理工具等全球性产品的依赖，也使它成了第三世界的问题。在爱尔兰，一个骑自行车的人拉一下刹车，西方消费者未曾听说过的大片的海洋与土地就会被污染。我告诉自己，自行车与老式货运篷车大不相同，可也只是在程度上的不同，尽管它不会把污染物和废气排放到世界之肺里去，但它背后依然是同样一套有缺陷的意识形态。

情况从来都是这样复杂。在前工业时代、前圈地运动时代，人类大规模迁居城市之前，大家基本上都住在同一个教区或村庄里。周围小溪与河流里满是鱼。而往日世界已如旅鸽一样消失了，假装下去也没什么意义。我没有在前工业社会生活过，当地的小河已经断流，朋友们天各一方。然而，我内心深处仍然觉得未来——或者至少我的未来——正在走近。

我把轮子装回去，往轮胎打气，给链条上油，清除变速器上的油污。它被保护得不错。人们很有理由不使用自行车，但没有理由不好好护理它。

这辆自行车跟我很久了，记忆中它伴我走过了很多旅程。有一次，我骑车穿过英格兰东南部一个叫作弗瑞斯特（Forest Row）的林区，记得在路边遇到了一只纯白的白化鹿——神话中的一种重要生灵，也是我唯一遇到的一次。我被迷住了，深受吸引，倍感震撼。我因而心神振奋，在路上加速行驶，一个新的念头闪过脑海：如果正快速骑行时，一头鹿跑到我前面，我该怎么办？我在车里见过几次这种情况。过了一会儿，一只巨大的牡鹿从树林里出来，停在了我正冲向的方向上。我猛按刹车，彼此盯着对方看了很久，然后，它慢慢地走向了树林的另一边。

这听起来很疯狂，但我感觉这只牡鹿挡住了我的去路，是想告诉我些什么。自那之后，我就一直很留心。

～

我笨手笨脚地把一大杯水洒到了桌上，再差几英寸，早上的手稿就要弄湿了，它们不过是几张薄纸上的一串铅笔字。

我听从了这一信号，把作品装在文件夹里，里面有我过去7个月写作的唯一副本。它没有被保存在"云"上的某处，没有影印，没有保存在内存卡里，也没有电邮给我自己来确保安全。这本160页的书，轻易就会被盗走、烧毁、浸水或丢失。

我计划用手抄一份，好好保存一份手稿。如果我每天晚上写2000字，也就是7页纸，就要花4个星期的时间。那4个星期我就都得熬夜，其他什么事也做不了。如果我不这样做，我可能会因一个愚蠢或不幸的瞬间，白忙活7个月。我先把文件夹放好。顺其自然①，相信宇宙。或许这是真主的旨意。或许这是上帝的旨意。可恶，或者随便别人怎么说。我写完了手头这些内容，把它和其他部分放在一起，走了出去。我知道其实这些都不重要，真正需要拯救的，只有那些活着的、有呼吸的风景、生物和景观，贪婪的强力想要将它们降格成数字。

~

走上去，走下去的故事。

在我抛弃科技的几年前，我发现自己站在一大群人后面，他们聚集在由伦敦地铁系统中心延伸至遥远宇宙的自动扶梯脚下。我记得当时我想，一定是有人晕过去了，人

---

① 原文为 Que será, será。

们都在紧张地等待医护人员。但很快就发现，这不是严重的紧急情况，只不过是扶梯出了故障，愈发拥挤的人群面前，移动的金属台阶变成了一段常规的楼梯。要不是人群中有人大喊"走上去"，很可能会发生拥挤事件。

今天早上，我同一个人就这本书会面。她办公大楼的接待员告诉我，我需要到7楼。开始上楼时，他大喊，是7楼，不是2楼，电梯就在我下方楼梯的旁边。我告诉他我要动动腿，他瞪大眼睛看着我，像是我告诉他，我要独自去北极探险一样。我上楼之后，要见的人不在那儿，因为她没办法联系到我，取消了约会。没什么好抱怨的。

午餐时间，我从火车站的楼梯走下去，见一个朋友。旁边滚动着一个很空的自动扶梯，上面只有一个女人和她的3个孩子，他们一动不动，却和我一样以同样的速度下降。底部站着一个男人——我猜是孩子的父亲——面对着楼梯上方，手机朝着他的家人。他在做什么？我想知道。当然，他正在拍摄家人乘自动扶梯下来。不然还能做什么呢？

~

现在我的味蕾与身体都更喜欢我吃的简单的食物，但有时我会想，朋友和访客来吃饭的时候，我是不是不够上心？10年前我也会这么想。

事实上，这是要花工夫的。比如说今天的晚餐。简简单单的烤土豆（加迷迭香）需要数月的除草、浇水和堆土，一碗蔬菜和混合沙拉也是如此。我骑行 40 公里，花 3 个小时去抓梭鱼。而看起来像是我 10 分钟就备好了一顿饭。

~

2006 年的那天晚上，我决定出售我在布里斯托港的船屋。我爬出船舱，在前帆上贴了一块手写的"出售"标牌。带着一股冲动，但直觉认为是正确的，我知道需要立即采取行动，否则我就会轻易地说服自己，用各种有力的、合逻辑的理由来告诉自己为什么不该这么做。这个决定几乎让我心碎，但我已不再真正相信这艘船曾为我带来的美妙生活了。我那时是一名动物权利活动家和环保主义者，但在那里，我的生活由沥青、塑料、压力、开采、石油、购物中心、高峰时段、无法饮用的水、污染气体、工厂生产的服装和合成材料组成。最主要的是，我看到，我所有的物质需求的中介都是金钱，它恍若诸多生态、社会和个人危机的主角。

我的生活进入这样一个阶段：我希望与周围的人和风景建立相互依靠的经济关系，而不是对世界另一端的陌生人产生经济依赖。我想负责我的物质需求，并直面个人行为的后果。钱阻碍了我。它使我从素未谋面的意大利生产商那里购买西红柿，购买在南美前热带雨林中生产的大豆制品，从中东购买石油，从世界各地购买我不需要的东西，同时让我的视觉、听觉和味觉这些感官都不必接触制造它们的过程：石油钻塔、采石场、露天煤矿、工厂系统、军队和其他一切，这些是我这样一个自认为的环保主义者所反对的东西。钱让我能够在城市里徜徉，我享受着工业世界的一切果实，却不用面对我所不喜欢的真实生活——鲜血、死亡、粪便、污秽——这些事物本身。在这一点上，我承认，金钱赢了。

我清楚地知道我的生活需要彻底地改变。我想探索不用钱的生活——和我的消费品直接关联的生活——会是什么样子。但我丝毫不知如何去做，甚至不知是否可行。所以我决定做2件事。

我首先建立了一个网站，让世界上的任何人——包括我——都能在附近分享技能与工具。我用最终出售船屋的钱来资助这个项目，项目完全免费，没有广告，取得了意想不到的成功。不到一年，它就成为世界上最大的技能分享平台，有来自超过180个国家的会员，取得了远超我这间小小卧室操作室所能达成的更佳成效。凭借这个渠道，人们开始无偿奉献出时间和劳动——没有交易、没有现金、没有信用卡、没有积分、没有评级——在真实生活的社区里帮助他人做需要做的事情，通常还以身示范、授之以渔。当时，我满怀希望地认为，通过应用尖端技术，我们能从工业资本主义的虎口中重新找回真正的社群意识。

7年后，我能得出的结论是，这个礼品经济网站实际上可能会让工业文明变得更有弹性，让它变得更为愉悦，成为一个稍微好一些的去处。难不成，我要鼓动大规模的城市化进程，将那些拥有自然的礼品经济、不需要花哨网站的当地居民吸引来吗？随后，我决定与道富银行（Streetbank）平台合并。道富银行的团队仍然认为，复杂技术会是永恒的力量。我花了近10年的时间，将身心与积蓄全都投入这个项目中，真是难咽的苦果。

而在网站日益红火的时候，我也决定要从英国西南部的布里斯托尔步行到印度，分文不花。现在想想，"真是个了不起的嬉皮士"。不用说，最后是一场惨痛的失败，主要是因为我太天真，缺乏经验。我顺利地在英格兰西南部和南部海岸跑了一圈，几乎减重10公斤，但其实我并不需要减肥。到达法国时，我每天步行80公里——有时甚至通宵行走——食量大约是我通常在办公室吃的一半。一路上有人为我提供现金，但我严格地遵循自己的规定，没有接受。到法国之后，处境开始变难，6周后我灰头土脸地回到了英国。媒体报道了这件事，大做一番文章，在意料之中。不久之后，《观察家报》（Observer）甚至刊登了一篇文章，强调了我引人注目的、现象级的失败。

公众的品头论足不是很困扰我，但我后来发现，它伤到了我母亲的心，她一直在关注这些批评，这是唯一让我感到难过的方面。同时，我觉得我没能对得住古老的生存模式。但我依旧决定探索不用钱、不购买物品的生活会是什么样子。我想测试一下，我可以与周围的环境有多亲密。

做一件事就好了：试试别的法子。

~

有好消息，也有坏消息。对我来说，坏消息是，前几天，我失去了一群蜜蜂。我也不大清楚为何会这样。真不幸，这种事情已经不罕见了——事实上时时会发生——尽管各有原因。去年夏天，朋友养的9个蜂群中的8个都被瓦螨毁掉了，而据说，持续破坏它们导航能力的新烟碱与手机信号使它们的数量骤降，只剩下一小部分。试图获得短期更高蜂蜜产量的人为干预也无济于事。

好消息是，它们留下了一个装满蜂房的蜂巢，可以取到蜂蜜。我们用一些做果酒（蜂蜜酒）和啤酒（后来听到过酒瓶在板条箱里爆炸的声音），还用蜂蜡做蜡烛。我没那么喜欢甜食，又需要蜡烛，所以我对蜂蜡的兴趣超过了蜂蜜。

去年春天，我们在小屋前后的土地上种了红三叶草。深红色的花朵现在绽放开来，上百朵红色花朵布满了我们半野生的花园，周围有黄色的狗舌草和匍枝毛茛、粉紫色的洋地黄、白色的滨菊、红色的罂粟花以及其他深深浅浅的绿色植物。我坐在木凳上，置身其中，一边写作，一边注意到牧场熊蜂和红尾熊蜂、欧洲熊蜂正忙着在红色的三叶草间穿梭，抓住阳光灿烂的好时机。它们在一些洞穴里建立了自己的家，看起来很不错。花园里还有蜘蛛、蚂蚁、瓢虫、豆娘、码头甲虫、黄蜂、池鼋和蝴蝶。万物如常。

我想再养一群蜜蜂，但我决定，至少现在，我最好把时间花在野花草地上。从我这里，它们最想得到的，是一片有庇护的栖居地。我还打算，再养蜜蜂的时候，我要放弃商业生产的蜂箱，因为它会轻易干扰到蜜蜂，我要制作传统的由荆棘藤捆绑起来的篮状稻草茎蜂箱——主持人亚历山大·朗兰兹（Alexander Longlands）在他的《手艺》（*Craft*）一书中记录的那种。朗兰兹养蜂经验丰富，他告诉我们，在他所有的蜂箱中，"毋庸置疑，稻草蜂箱里的蜜蜂状态最好，"他说，"养蜂的手艺不在于干涉蜜蜂的事务，而在于为它们筹备家屋。"

然而，在这个过程中，我一定要有耐心。慢工出细活。我要花一年时间才能种出合适的稻草品种。

～

在我 20 多岁的时候，我住过或参观过许多理念社区——有些人可能会称之为共同社区——我渐渐看到一种图景，明白为什么一些地方运作良好，另一些地方则不行。我珍视自由，也听够了关于错误崇拜的故事。我一直审慎地尝试从头创建全新的社区，居民没有部落或土著具备的家庭纽带或文化共性，只能随着时间浮现。

和我住在一起的一些人相当不正常，一群杂乱无章的人，有回归土地者、新时代①人、迷失的灵魂和工业难民，他们似乎没有什么共同的价值观。即使有，他们对这些价值观也各有各的承诺。热情的肉食者会与动物权利活动家、素食主义者坐在同一张桌子上，无政府主义者与那些明显主张等级制和强力领导者的人共事，不愿工作的人与工作狂在一起生活。人们来自英国、西班牙、尼日利亚、日本、澳大利亚、美国、中国和阿根廷，都在探索如何共同生活，尽管他们相聚在一起，都带着对世界的独特叙述。我尊重他们对多元化的遵从，最初的热情常会帮助他们度过初创期。但是，在每周会面的时候，分歧难免会显现，因为他们人与人之间、人与土地之间未建立长期的联结，要么他们一个个地分道扬镳，要么整个社群就会内爆。

也有行得通的社群，而且颇有成效。可以看出，这些地方的居住者有共同的目标。一群人，秉持纯素食主义和各种人道主义事业；另一群人，如甘地修行处或阿米什社区，坚持宗教和精神信仰。就我个人而言，我难以想象比我脚下的土地更高尚的东西。所以，在我气定神闲的时日里，我把周围的世界视为上帝，把树林、河流与高山当作我的圣殿，我是身处其中的祈祷者。在我心神不安的日子里，我感觉自己只是在繁杂中劳碌，或是努力克服在38年工业文明生活里养成的这样或那样的嗜好、习惯或期望。

回顾历史，人们容易忘记，在19世纪早期，人们离开

---

① 新时代也指"宝瓶座时代"。西方神秘学认为新世纪之初是一个转型期，新时代运动强调灵性提升和神秘学复兴。

大陆前往大布拉斯基特岛，是因为无法再承受大陆的租金。正因如此，这个岛实际上成为一个新的理念社群，拥有一个明确的共同目标：生存。这不是自相残杀的生存主义，而是基于体面、手艺、荣誉和正直的价值的生存主义。在这样一座小岛上，居民以最实际的方式在经济和社会方面相互依存。他们同生共死。没有救护车，没有社会福利，没有为他们保释的钱财。他们需要在汹涌的海洋上共同划着藤条船，一起抵抗法警。

加强经济联系的是他们共同的宗教——天主教——渗透到生活的各个方面。他们对上帝的信仰，尤其是对圣母玛利亚的信仰，让他们挺过了许多风浪，既有风暴也有动荡。佩格·塞耶斯经常说"上帝的帮助触手可及"，尽管她个人经历了不少苦难，她会转而"想起玛利亚和主，想起他们所经受的苦难"。岛上没有教堂，也没有牧师，所以一有时间，他们就划船到顿琴去做星期天的弥撒。若是大西洋风浪阻隔，佩格就在家里诵祷，大家都来参加。他们一起庆祝出生和婚礼，一起哀悼逝去的亲人和朋友。

除了搬上岛的第一代，多数人都没有在其他地方生活过，就像我父亲，他们也没有生活在别处的渴望。他们在海滩上打盖尔式球赛，用装满草的袜子当足球。板棍球的材料是荆豆加上一个麻线与羊毛缝制成的球。他们为自己的文化遗产而自豪，人们都讲爱尔兰母语，带有西凯里郡的特质。来自大陆、英国和欧洲的学者会去那里研究爱尔兰语，这对语言的复兴意义重大，甚至可以说，对于爱尔兰的政治独立功不可没。这里有深厚的民间传说传统，许多岛民都是很会讲故事的人（*seanchaí*），其中，佩格·塞耶斯是最有名的。许许多多漆黑的冬夜，他们给彼此讲故事，或者跳着吉格舞（jigs）、里尔舞（reels）和角笛舞（hornpipes），主要由锡哨、笛和小提琴来伴奏——一些岛民会用冲上海滩的浮木制作这些乐器。他们在聚会的屋子里一起唱《仙灵的哀歌》（*The Faeries' Lament*），一起谈论对方的八卦。

若让他们自行其是，我想，他们的孙辈和曾孙如今可能依旧在那里。但在我们这个全球化的、消耗一切的工业世界里，对城市生活的新期待与浪漫愿景如野火蔓延，任何地方都难以自行其是。

所以，现在唯一能延续大布拉斯基特的人是游客，就像我这样的人，呆呆地注视着一个被同质化、消费一切的工业文明所吞噬的族群的废墟。想想看，我们还把那些导致这种消亡的人称为"革新者"。

～

7 月初的夜晚，我用啤酒淹死了蛞蝓，我没有再这样做了。这种感觉不对，从来就不对。第二天晚上，一只鹿造访我们的菜园——鉴于菜园离我们的小木屋很近，这举动相当勇敢——它啃咬了我们的花茎甘蓝、甜玉米、球芽甘蓝、卷心菜和紫芽花椰菜的顶部，仓促一咬就送走了上千只蛞蝓。这就好像大自然在说："如果你想用高压手段，我们可以用高压手段。"我决定倾听。

第二天，我用稻草、几段木头、旧衬衫、牛仔裤、一个弃用的自行车头盔和一个福克斯面具扎了一个稻草人，看着很逼真，我自己走进花园时都被吓了一跳。此后，鹿再也没来造访菜园。

上个月我使用了自制的荨麻液态肥料，绿色植物看起来更强壮健康了，基本上没有蛞蝓搅扰。在花园和池塘之间长草和野花的地方，我看到 3 只青蛙接连从我面前跳开，大概都逃到了只有荒野才能为野生动物提供的安全地带。自我来到这里，这片土地已经 5 年无人居住了，我从未一次见到这么多只青蛙。我发现有 2 只返回了花园，最后会去那里吃它们的晚餐。这样一来，我也可以去吃我的晚餐了。

～

在湖边，有一艘 60 英尺长的驳船在最佳垂钓处轻晃，一边是我通常钓鱼的地方，另一边是每年这个时候太阳与地平线的交汇处。我刚刚骑行了 20 公里，想要赶上晚餐，看到这艘驳船我很是沮丧。在拒绝了之前所有的进口蛋白质来源后，我现在唯一的优质蛋白质来源就是鱼、鹿肉和鸡蛋。对于大多数垂钓者来说，这艘驳船只是造成些不便，而对我来说其影响更严重。我需要吃饭。

在船里，我似乎看到一位母亲与 5 个孩子，孩子们的年龄从 12 岁到 20 岁不等。他们都抱着手机和平板电脑——玩、发帖、刷新、浏览、听、阅读。那位母亲走出来与我交谈。她告诉我，她很想在这儿多待几天——此处风景如画，宁静祥和——但这里没有通电，他们便只好离开。孩子们所用的设备电量耗尽，他们开始变得焦躁。真没想到，我会庆幸年轻人沉浸在他们的屏幕里。

此时，天空已经变成了一片火红的橙色，在太阳去唤醒地球另一边的某个部落之前，向我们昭示着自己有节制的威力。可以从不同的方向看到一只水獭、一只鸬鹚和一只苍鹭，我想它们都和我殊途同归。船上出现了一个年轻的女人。她问我是否想要一杯茶或一些吃的。我对她说谢谢，告诉她都可以的——这总比我对自己的情况做出一大串解释更容易。不久之后，她端来一杯茶、一杯牛奶、半块糖、一个火腿奶酪三明治、一包烟熏培根味薯片和一个苹果。这是你能想象到的最甜蜜的景象——善良、周到，都是人类的美好品质。无从拒绝这样的慷慨，所以我一边喝着茶，一边聊天，把它们都吃完了。

我没有钓到鱼，要到午夜才能到家。我已经 10 多年没有摄入咖啡因了——离开火腿的时间更长——为此，我一整夜都没能合眼。

～

在我管理位于布里斯托尔的那家有机食品公司期间，

我时常注意到，整个 8 月和 9 月，我们的顾客在商店购买黑莓（一个小果篮 2.5 英镑）的路上，会途经一片果实累累的黑莓灌木丛。即使在当时，我也觉得这很奇怪。有时，当我们的顾客在装满蔬菜和水果的冷藏柜周围徘徊时，我会将外面的灌木丛指给他们看，有的人就会把他们的小篮放回去。或许，我应该挂个牌子，上面写着"停车场旁的路边有免费黑莓可供采摘"，但 4 年的商学院教育让我在那个年代很难做到这一点。

时间还早，还是人类启动无数机器之前的时刻：汽车、电锯、拖拉机、钳子、收音机、推土机、运输卡车。我发现自己越起越早，就是为了找寻这样的时刻。我去过 2 趟树林，捡回木头，每次 2 根，一边肩上扛一根。有效的清晨散步。现在我在摘黑莓做早餐。今年是水果的丰年，很快，我就采摘了大约价值 10 欧元的浆果。我的大脑大多数日子都在把生活转换成数字，就忍不住做了这个计算。之后我们会一起去采摘，打算为我们在西宾举办的夏至日派对准备至少 20 升的葡萄酒。

看到大丰收的景象，帕奇——带着艳美的眼神——问柯斯蒂天黑后是否愿意和他一起去林间小道采摘黑莓。他回家的时候，她笑着轻轻在他耳边拍了一下。

～

自从附近的云杉农场在 3 月份被清理之后，一只小雄鹿就在光天化日之下来我们这里吃草。它属于难民，所以我不知道是给它提供庇护，还是做人类和这类物种若能和平共处时会做的事：将它杀掉、剥皮、切块、烟熏，用尽它身上的每一根筋骨。现在，我看着它缓慢而优雅地穿过我们的森林，它那引人注目的鹿角静静地在长长的草丛中移动，路过柳树、甜栗子和榛子，一边走一边吃草。

我衡量了一下。我内心深处的动物权利保护者说不，我的生活方式已经折磨了它很久，我要为它与它的部族提供一个避难所；而我内心的自然资源保护主义者感到困惑，现在这里的鹿比它们的栖息地还多。这并不是因为鹿太多，而是因为栖息地不够；我内心的原始的狩猎采集者认为，我应该杀了它，还认为这种行为符合我意义系统里的唯一文化。

我看着它，一边沉思。我记得奥尔多·利奥波德在他威斯康星州的小农场写的这句话，出自他的短篇《像山一样思考》。当利奥波德年轻躁动的时候，"从不会放过杀死狼的机会"。当时他认为"狼少意味着鹿多"，因此"没有狼就意味着猎人的天堂"。但是一天下午，当他和他的朋友们射杀了一群和母亲玩耍的成年狼崽后，他第一次目睹了"凶猛的绿色火焰在她的眼睛里熄灭"，并开始"怀疑就像鹿群生活在对狼的极度恐惧中一样，一座山也生活在对鹿的极度恐惧中"。他解释道，一座没有狼的山看起来"就像有人给了上帝一把新的修枝剪，禁止他做其他的任何事情"。

我知道，这片年轻的森林生活在对这只雄鹿和它的同类的极度恐惧中，害怕它们闯入它的边界。而后我想知道，我是否真的明白这些，或者说，关于这座山和它的生物，还有什么是我不知道的。由于无法确定，我决定暂时保持现状，等待答案的到来。

~

在维多利亚风格的铝制浴缸里（通常挂在室外的木架上），我用温水（有时是冷水）洗了9个月的澡，产生了做室外热水浴缸的动力。9月是开工的好时节，因为我有更多的空闲，而且通常天气干燥。

我朋友马特回收了一园子的铸铁热水浴缸，他热心地承诺，下次他会带一个过来。这项工作最重要的部分是完美的选址，有很多因素要考虑。理想情况下，它可以用下午和傍晚的阳光取暖，这样就可以在生火之前将冷水变温，从而节省木材。隐私性很重要，对我的邻居来说比我们自己更重要，因为我想帕奇、凯瑟琳和汤米不会愿意看到我一丝不挂地从热水浴池里爬出来。我想让浴缸被树木环绕——这样可以为它的表层遮蔽风雨，减少天气带来的紧迫感，让它处于平静之中——同时，我想在夜间沐浴的时候，观赏一览无余的银河。它还需要自由排水，不堆积淤泥。

思考过一周之后，我决定在一块三角区的中心附近选址，我们的小屋、快乐猪旅馆和农舍组成三角区的三个角。

我把烤火小屋旁边的地面理平，做了石头地基，最后会把浴缸安在上面。我挖了一个小的暗沟，从这里的排水口开始，一直通到一个已有的更大的排水口。基础工作准备完毕，马特和我把浴缸抬到合适的地方。它可以使用很长时间，非常重，但我们将它安置完美，很是平整，只有在塞孔的一端，有几乎察觉不到的落差，每次使用后，浴缸的水都可以完全排干。

沿着浴缸的一端，我做了一条长凳，可以在上面放几杯黑醋栗酒和干净衣服。在浴缸周围，我用汤米的石头建了一座小假山，用混合黏土垒上去。混合黏土——一种黏土、稻草、沙子和水的混合物，是一种很坚实、便捷的材料，但在建造旅舍的 2 个夏天里，我用脚混合了 30 多吨（用类似传统的葡萄酿酒法把材料压进混合黏土里），现在看到它仍然感到恶心。不过，我们有很多优质的黏土，所以我暂时把使用它的疑虑放在一边，用来做装饰和隔层。

我在土墙顶部嵌上了一些彩色瓷砖，它们是我第一次搬到这里时发现的，这样土墙就有了保护层，能挡住溅起的水。浴缸下面的壁炉和烟囱也是用混合黏土做的，花了大半天的时间。天光渐暗，摇蚊将天堂变成地狱，我用手指抚平土墙的边缘，让它看起来自然又有质感。站在后面，欣赏一整天的工作，很是快乐。有人会在土墙上创作艺术作品，比如太阳、花朵、海豚等雕像，但我没有艺术天赋，就没有装饰。我给了当地的废品回收厂 15 欧元，买了几根隔热烟道。

试用之前的几天，空气都比较干燥。万一我忘记了什么重要步骤——这是我第一次用浴缸泡热水澡，所以很有可能——我可能不得不把它全部拆掉，重新开始。现在我从头到脚都是汗和黏土，我把铝浴缸丢在一边，将冷水浇在我很热的身体上，新的热水浴缸则在后景中取笑着我。

~

今天的午餐：一碗沙拉——芥末生菜、芝麻菜、彩虹甜菜、马尾草、甘蓝叶、茴香、菠菜、豌豆、欧芹和磨碎的小胡瓜——还有煮鸡蛋和一条新鲜的鲭鱼，这条鱼虽然已经去了内脏，但依然是生的，也很完整。

我就着一小碗鲭鱼血把它吞下去。对于那些不习惯喝血的人来说，味道可能会很刺激，而从它进入身体的那一刻起，就很难在这个星球上想象比它更强劲的饮品了。

~

我忽然醒了。不知道现在是什么时间，小木屋笼罩于浓厚的黑暗中，那么现在就是深夜。我意识到柯斯蒂不在我身边。她说了今晚会早点回家，于是各种场景开始在我脑海中闪过。我没办法联系她，她也没办法联系任何人。我们总是告诉对方，如果我们其中一人回来得很晚，不用担心彼此。但当涉及爱人时，真是说起来容易，做起来难。

我尝试睡着，想到在不远的过去，人们不知道彼此每时每分的动向，其实是正常的事情。我告诉自己，这里是诺克莫尔，不是纽约，万一她出了事，大家都认得她，肯定会立即告诉我消息的。

起床时，黑暗正在褪去。夜很深了。或者刚刚黎明。我睡不着。我正要出门捡柴火，门闩动了，柯斯蒂走了进来，看上去心情愉悦。她和几个女性朋友心血来潮，一起跳舞，度过了一个美妙的夜晚。我紧紧抱着她，告诉她我很担心。她微笑着告诉我，要么像世界上其他地方的人一样买部手机——现在手机比这个星球上的人还多——要么就接受无法随时知悉对方动向的现实。

～

我和住在农舍里的乔尼（邻居们都叫他约翰船长）一起摘黑莓。他告诉我，在他的祖国荷兰，这样做是偷猎行为（他认为自己是荷兰的工业难民），会被处以巨额罚款。

我们继续漫步在林间小道的一边。我在想，在荷兰的历史上，从何时起，人们开始被强迫接受这些无理要求；我在想，如果爱尔兰通过这样的立法，我将会做些什么——而非仅仅忽略它。

第二天早晨，在临近的一段路上，一位身着飞行夹克和裤子的男人很是醒目，他骑着四轮摩托车从我身后疾驰而来。我通过他的双向收音机听到："有个男人，我估计他只是想摘黑莓。"他问我是不是要去做果酱，并让我当心后面来的 3 辆拖拉机。我很难不会注意到它们，都是巨大的车，每一辆都附有树篱剪，可以做树篱修剪工人难以忍受的粗活。

我问他，能不能送我到采摘的地方？他同意了，我十分感谢他。拖拉机从我身边经过，车里的司机们都挥手致意，然后继续上路。在接下来的 20 公里，没有一寸树篱得以幸免。在这条路上，黑莓季刚刚开始就结束了。

我步行回家，吃了饱饱的一顿早餐。

~

我被一阵电话铃声惊醒。那是 2008 年"不买日"的前一天早上，是我要不再使用金钱的那一天，媒体听到了我的计划。我的手机和即将搬离的房间里的座机同时响起，响了整整一天；到傍晚时，我肯定接受了近 40 次来自世界各地的媒体和电台的采访，人们提出的问题或多或少是相似的。不巧正是那一年，世界金融经济陷入崩溃，这一代人第一次严肃地思考，他们如何能靠很少的钱生活——在某些情况下，钱可能会更少。人们对银行和大企业产生了前所未有的愤怒，深深质疑全球金融体系，这在我有生之年从未发生过。当时，我 28 岁，充满热情，我决定抓住这个意外的机会，说出我开始做出这种努力的原因。从后来看，这一努力相当及时。

在我还没有开始不用钱的生活时，谈论这些比较奇怪。我真正想做的是探索不用钱的生活样貌，看看这在现代是否真的可能实现；如果可能，实际情况又是怎样的。毕竟，如果这样的生活最终变成人间地狱，那么，谈论金钱对社会、风景、文化、经济、生态、身体、情感与心理健康，还有精神所造成的预期中和预料外的结果，就没有什么意义了。我想先闭上嘴，让我的手先行动，所以，当我打出手中的牌时，对于一种全新的生活方式，这并不是一个理想的开头。

我还惦念着更重要、更迫切的事情。我已经决定在第二天免费为150人准备一顿三道菜的饭，用的都是我觅得的或者被浪费的食材，这也是不用钱准备的第一餐。等我渐渐静下来，我才察觉到，我拥有的食材只有所需的一小部分，我即将要开始做一件事——打算做一年——不知道自己能否完成。更让我倍感压力的是，全世界媒体的目光都再次聚焦在我的身上。

一天天倏忽而过。没等我反应过来，这已经是我这一年的最后一天了，我和60名志愿者准备了一场庆功宴；只不过这次有1000多人参加，有一整天的免费活动，包括音乐、电影、演讲、工作坊和免费商店。这2场宴请之间的日子，让我一生受用，我的第一本书《一年不花钱》记录的就是这段经历。我已经完成了设定的目标，但并没有终结感。对我来说，不用钱的生活和以前用钱的生活一样，已经成了我的第二天性；或者说，我也许终于挖掘出了我最原始的本性。

到那个阶段，我已经决定继续这样的生活，只要感觉正确。用金钱来调解人际关系的想法开始变得荒谬、虚假和错误。我不再错失，我开始爱上我所拥有的事物。为什么要放弃这样的日子呢？

3年后，我决定重新用钱，至少在一段时间内是这样。原因有几个。首先，这件事开始消磨我了。媒体对它的迷恋是一方面——至少从理论上讲，我本可以放弃这一切，简单地过自己的生活，而不是做它的代言人——但我遇到的任何人都要与我谈论这一切。陌生人甚至会在街上把我拉到路边，告诉我他们的意见。

我也想建立一个基于土地的社群，让其他人可以在一段时间里——一天、一个周末、半年、一辈子——与一个地方建立直接的、密切的关系。与此同时，我意识到我唯一真正想念的是家人，他们始终固守一地。那时，我已经在英国生活了10多年，一年可以见到他们一两次就很幸运了。和我一样，他们也不再年轻，我想趁还来得及与他们在一起生活。所以我决定搬回爱尔兰，用《一年不花钱》的收益在那里建立一个小社群，这本书已被译为20种语言。我想用这些意想不到的资金来创造一个其他人也可以居住的地方，无租金，无抵押贷款，与风景直接联结。现在我知道了，真正的挑战才刚刚开始。

我和朋友们到布里斯托尔的一家酒吧，给了酒保一张纸币，买来啤酒。这一切都很不真实。不再身无分文的感觉甚至更为奇怪。我知道我想重新回到家乡生活，我知道我想以一种更原始的方式生活，不受任何干扰，即使不用钱。为了做到这一点，我知道，有一天，我要放弃所有介入我与土地之间的东西，放弃阻止我与环境建立亲密关系的东西。这是一个艰难而又令人兴奋的想法。

我们喝完了几杯，又喝了几杯，随后离开了。那晚同我一起喝酒的人中有几位，后来我再也没见过。

~

人们经常指责我是勒德分子，这个词被错误地与"技术恐惧症"或"反进步"等词用在一起。我的回答是，我不值得如此高的赞扬，但还是谢谢了。

坐在小木屋里写作时，我回想在 1811 年至 1814 年间，真正的勒德分子反抗富有的工业家和有权势的政治朋友的方式。在圈地时代，他们消灭了乡村经济，切断了普通人拥有的家族性的、有意义的且愉快的生活。那时的蒸汽机——卡莱尔称之为"带着冒烟的喉咙和永不停歇的大锤的冥河熔炉"——能让一个人完成在 10 年前需要两三百人才能完成的工作。这让曾经自豪又独立的熟练工匠阶层急速衰落，他们曾经在自己的乡村小屋工作，往好了说，变成了城市贫民窟的工资奴隶；往坏了说，变成了城市贫民窟的失业者。经过 3 年的对抗，工业家们最终赢了，剩余的，如他们所说，就是历史了。

当我坐在小木屋里写勒德分子的时候，我幻想着反叛。

但是起点在何处呢？环看四周，在 21 世纪，机器无处不在，甚至驻扎在我自己的脑海里。也许就以此为起点也没什么不好。

～

在互联网覆盖生活诸多方面的 20 年里，买书这件事简单又迅捷——上网，搜索你想要的书（总能找到），点击几个按钮，几天之内就会出在你的信箱里。如果你不够自律，你甚至可能收到的不止一本书。这些书被摆放在书架上，当作智慧的壁纸，让你确信自己很快就会抽时间来阅读。

真容易。怕是太容易了。

现在不再那么容易了。我正在找一本书——《古爱尔兰社会史》，出版于 100 多年前，现已绝版。几年前，我看到了一个免费的在线版本，但当时缺乏阅读动力。这本书中，作者描述了我的祖先工业化前的生活，包括如何种植食物，以及他们的法律体系——布莱恩法（Brehon Law）的细节。

太阳初升，我沿路边漫步，来到位于戈尔韦市的查理·拜恩（Charlie Byrne）书店，书店刚开门。这是一家独立书店，出售的大多是二手书和古籍，高高的书架上，角落和缝隙里都塞满了书。文尼在店里工作，我认识他几年了。在书店成千上万本的书中，他似乎知道每一本的确切位置。

我向他要我正在找的那本书。他找不到，这很罕见。

相当罕见。他需要一个星期或更长的时间才能找到副本。他告诉我随后一周发生在一位作家身上的事情，这位作家就是让我决定不再受时钟支配的人。出门时，书架上的一本书吸引了我的目光，召唤着我。这是我所见过的最美的书，简直是一件工艺品。书名是《自然：海与地的诗》(*Nature: or, The Poetry of Earth and Sea*)，作者是米凯莱夫人（Madame Michelet）。书的精装封面和书页边缘都印有手工制作的镀金图样，手感很是厚重。封底和内封上，没有来自媒体或知名人士的赞美之词，只有在该书出版同年手写的"来自祖父与祖母，1880 年"。它包含了艺术家贾科梅利的 200 幅插图（他还为米凯莱夫人的丈夫朱尔斯的《鸟》画了插图），这一功劳就耗时 2 年。

仅仅看着这本书——将它当作手工艺品、艺术、工艺，我能学到的东西，就比从大多数书中能学到的要多。要花一大笔钱才能买下它——这是值得的——但我安慰自己说，我宁愿小屋里只放 10 本这样的书，也不愿放一整图书馆的廉价平装书，这样的书讲述的是自然与工艺，其制作就显露出实质。

我跟文尼说再见，告诉他下周活动结束后我会去看他，接着就回家了。我赶上了午餐。

～

霍洛汉的酒吧几天前关门了。10 年前，艾比村庄有 2

家酒馆。现在都没有了。

在隔壁的商店，我遇到一个本地人。真可惜，他说，我们现在到哪里喝一杯？没有去处，我说。

～

我以前从未徒手抓过鳟鱼。在马尔维纳斯群岛[①]，手抓仍然是捕鱼的常用方法，但在其他地方基本上都已被禁止。原因是什么？我不确定。我想，这似乎是最不残忍的捕鱼方法，它当然是最原始的，不需要任何装备或诱饵；只需要缓慢、觉察和敏锐的触摸，以及对鳟鱼的本性和习性的正确理解。有人说这样没有体育精神，但我对绅士的规矩不感兴趣。我不是为了运动而钓鱼，我是为了吃而钓鱼，虽然这听起来很陈旧。可是，即使是运动精神的观点也经不住考究，因为徒手抓鳟鱼对技能和知识的要求更高，而不是将一个 4.99 欧元的旋式诱饵（将用酸处理的锋利鱼钩装在单丝线轴上）扔进湖里这么简单。

由于手抓鳟鱼是不合法的，我的朋友教我的仅仅是马尔维纳斯群岛居民或偷猎者现如今捕鱼的方式。我们没想着抓一条鳟鱼杀掉，当成晚餐吃。在齐腰深的水中，我们缓缓移动，不担心发出声音，也不怕把鱼吓跑。我们希望它们受到惊吓，从开放水域游到明显更为安全的河岸。朋

---

① 英国称"福克兰群岛"。

友告诉我，多年积累的对河流的深入了解是手抓鳟鱼能够成功的核心。他领着我走向一棵伸出的树，通常是警觉的鳟鱼的藏身之处；如果我自己在被围猎，我也会尽全力给捕食者制造困难。现代世界的问题是，我们很难知道谁是真正的掠食者。

我们沿着河岸紧张地用手摸——据说这条河里也有小龙虾，寻找那些棕色鳟鱼喜欢躲藏的老鼠洞。一位偷猎者现在会试着去感受这些洞里鳟鱼光滑、肥美、一起一伏的肚子。面对目标，他不再退却，而是徐缓地、轻轻地用手沿着鱼的下腹部挠，再伸另一只手进去，将它捉出来。一旦鳟鱼放松警惕，熟悉了手的轻挠，偷猎者就会以闪电般的动作抓住鱼，控制住它，把鱼抱向胸前，再扔到岸上，然后，以尽可能快速而不痛苦的方式敲击鱼头。

我们不是偷猎者，于是空手而归，发誓有一天会带着装备回来真正捕几条鱼。薄暮冥冥，我们一边擦干身子，一边往回走。

~

眼前是永恒的月色，壮观又独特。我与一个朋友在布伦国家公园（Burren National Park）的山顶上，它是位于克莱尔郡的世界遗产地和国家公园，占地1030平方公里。从我们的小农场骑自行车到公园的边缘需要4个小时。

这里因野花闻名世界，就像橡树一样，野花似乎更喜欢崎岖的地形，而非激烈的竞争。我被黄色、紫色、橙色、蓝色和红色的斑点包围着，它们从石灰岩的裂缝中探出来，如彩虹从月亮上一跃而出。有传言说，J. R. R. 托尔金（J. R. R. Tolkien）在这里待了很长一段时间，他的中土世界地图是基于布伦绘制的，比较两张地图，似乎确有一些证据。而考虑到中土世界的原型地能带来的经济效应，许多地区的旅游局都在打托尔金的招牌。金钱和真理很难结伴而行。

西北偏西方向，遥远的那一边，是金瓦拉（Kinvarra）渔村，太阳从地平线下缓缓落下，将世界涂上一层粉红。没过多久，一轮金色的满月从我们东南偏东的方向升起，将潮水引向下方的渔村。在我们和大西洋之间，有一片由巨大的布伦石墙连接的田地。我的后背有一丝微风吹过，如同一天工作结束后，发出一声满足的叹息，很是宜人。除了我们自己的脚步声，几乎听不到任何声音。随着脚步声的加重，我们一起在这片喀斯特地貌的缓坡上坐了下来。

我想要伏地敬拜眼前的一切。坐了一会儿之后，我的朋友又站了起来，用她的智能手机拍下了这一片辉煌，转而发布到她的社交媒体账号。

她很惊讶地告诉我，她刚发现，现在可以为自己发布的内容购买"赞"。我想，这就是它的内部逻辑。在现实世界中，金钱也总能买到一种虚假的受欢迎的感觉。这一原则进入虚拟世界，只是时间问题。

天光冷峻，我们在光线消失之前下了山。

~

在小农场附近被称为"净伐地"的地方，那些被撕裂的泥土、被啃碎的云杉和突出的灌木丛之间，一大片紫色的毛地黄冒了出来，生机勃勃、无拘无束，很是壮观。这些毛地黄肯定有几千串，还可能是数 10 万串。

此情此景，美妙而奇异，足以给人希望。

秋

我们的所求，皆是安全、繁荣、舒适、长寿和平淡……在这方面有一定的成就，是很好的，这或许是客观思考的必要条件，但从长远来看，过多的安全似乎只会带来危险。也许这就是梭罗那句名言蕴含的道理：荒野中蕴含着这个世界的救赎。

——奥尔多·利奥波德《沙乡年鉴》，1949

9 月的秋分，又一个季节。我们今晚有一场篝火聚会，或者按照传统的说法，是场大型聚会，我需要尽快安排一些户外的座位。我们有些不花钱的现成木制栈板，栈板是万能的，所以储木架后面的木材堆会得到重用。

制作折叠椅是轻而易举的事情。我将一个托盘微斜着锯开，一半（靠背）斜搭在另一半（座位）上。我安装了几块云杉板作为支臂，然后把整个双人座位放在另一个栈板上。三下五除二，就做好了一个。伦敦人会觉得这种椅子简陋又粗糙，但那些有钱没闲的人却要花冤枉钱购买。

干完活了，我决定下午休息一下，在阳光下看看书。恰是这样的时刻，我必须与一生都摆脱不了的职业道德角力，它总是告诉我，这样的下午等同虚度。当太阳西沉，落在白灰树和栗子树后面，人们纷至沓来，我在反思一个事实：我一生的大部分时间都在制造废话。

～

生火，第二部分。

我用的是一张旧报纸，是我在邻居的回收箱里找到的。我推断，它的头条内容已经在社交媒体上循环传播到位了。当我挑选引火的纸张时，我翻到一期科技类增刊。通常情况下,我总会透过报纸上的印刷内容去看看报纸的实质——很薄的木浆片,非常适合点火——但在封面上有一张超大的照片,一个性爱机器人在盯着我看。不出所料,它引起了我的注意。

该增刊称,在未来10年内,性爱机器人产业将会壮大。如果国际媒体公司的编辑们说它会,它肯定会。这是光电感应的那类产品。一台虚拟现实机器,可以与成人影片互动,通过"套管"与阴茎连接,我只能想象,它会复刻耳机里出现的动作。你可以选择你喜欢的女孩——金发的、黑发的、丰满的、强势的、被动的、年轻的或年长的。如果你愿意的话,每晚换一个女孩。没有人会拒绝你,因为你整天都是个与自己相对的蠢货,你也不再需要处理人际关系中的任何混乱。

没有人会被排除在外,或者是幸免。女性和性少数群体也有很多选择。你还可以买一个真正的机器人,与它做爱,它会讲出所有你想听的肮脏／浪漫／关怀／诗意／下流／甜蜜／嗜虐的话,这取决于你从他／她／它的下拉菜单中选择的喜好(在未来的某刻,会有人因为称机器人为"它"而遭到起诉)。有一段关于一个女人的采访,她爱上了她的性爱机器人,并说他们计划结婚。她不是个例。

后来我同一个朋友谈了这件事。他让我不要担心,性爱机器人永远不会取代人类对切实的亲密关系的需求。他或许是对的,因为现在下结论还为时过早。不管怎样,这是否意味着,不喜欢深喉的、活生生的、会呼吸的女人,或者没有六块腹肌和振动阴茎的男人，作为性爱对象会相形见绌，显得平庸、乏味、缺乏吸引力呢？

一个星期后，对面的一位农民开着他那辆红色的旧麦赛福格森（Massey Ferguson）①上了林间小道。他停下来聊了一会儿，接着到了他的一块田地，用一个蓝色大桶为他的马儿放水。没过多久，我又看见他回来了，这次他带来了一大捆青贮饲料，敏捷地放在桶旁。我注意到，整个照料动物的过程中，他的脚一次都没有落地。真了不起，真的。

我敢肯定，如果有人告诉过去的农民，总有一天，农民的脚将不用触碰他们脚下那片活生生的、会呼吸的土地，他们可能也会说，那是永远都不可能的。

～

10 月适合做一些琐碎而重要的工作，比如磨刀。虽然大多数刀要到春天才用得到，但我喜欢那种知道它们已经准备好了、能够利落地完成工作的感觉。

我从镰刀开始。由于不间断地使用和磨砺，它已经变钝了，首先需要用喷丸夹具整修，需要冷锤刃口，让刀刃变得整齐。修整好边缘，就可以磨刀了。安全地磨尖镰刀有两个技巧：一个是用胳膊牢牢固定住刀片；另一个是专注，注意力不集中，就要等着流血了。我发现，面对类似的存

---

① 麦赛福格森，一种农业机械品牌，产品包括拖拉机、联合收割机、播种与耕地设备等。

在主义问题之时，容易渐入冥想的佳境。一把磨得锋利的镰刀，可以决定是劳苦还是愉悦地度过一个下午；决定你获得的是参差不齐的草垛，还是成排的整齐的干草；人们在使用镰刀时，最常犯的错误是急于求成，没有在工具不灵便的时候将它磨快，因而把时间花在喷喷咒骂上，错失了令人满意的体验。

接下来是双柄横切锯。用锉刀磨它的每一颗锯齿，可能都要花你半个上午的时间，但它以后会连本带利还给你。其余的工具——凿子、砍刀、剪子、修枝器、镰刀、刮刀、斧头和小刀——用安装在工作台上的手动转动的磨刀石来修理。这需要更多的专注力，因为稍不注意，就会磨坏。

～

我收到了我的文学经纪人的一封信（如果没有经纪人，大多数出版商甚至不会去读你的稿子）。她告诉我，这一年中，我在《卫报》上写的文章引起了轰动，她收到了很多电视和电台采访的请求，询问我断网的缘由和可行性。他们都想在哪天下午或晚上，或者是哪个星期内进行采访，但没有人有兴趣等一个月，这大约是我们通过邮件安排所有采访的所需时间。我曾经理解这类事情的紧迫性，但现在我不这样认为了。她说，我们失去了很多机会，本可以获得更高的知名度、签署更合适的出版协议（在写了将近一年之后，我仍然没有签订）。我相信她是对的。

我回了信。就这样吧。

~

25 年来，我第一次拿起这只锡哨。最近一位教我如何
吹锡哨的女人早已逝世，我的识谱能力也消亡了。虽然现
在回想起来，我不确定我是不是真的会识谱。人们说，如果
你能凭听觉演奏，那么就很难凭借读谱来演奏，反之亦然。

我坐在小山酒吧里。每月的第二个周六，一群当地的
乐手都会聚集在一起练习现场演奏。但实际上，音乐一直
是社交的借口。我觉得自己不配和围坐在桌子旁的人们一
起演奏——他们都是有成就的乐手——我坐在酒吧里，倾
听他们的演奏，试着听出他们演奏的吉格舞曲和里尔舞曲，
时而垂着头。曲调错综复杂，对我来说太复杂了。

其中一位乐师，奈德，问我是否带了乐器。我从身后
的口袋里掏出藏起来的那只锡哨。他说，请坐。我告诉他
们，我不想打扰他们的演奏，也不想打扰他们的日常活动，
但是笛子手迈克——一位在这一带很有名的人——让我演
奏出我会的歌曲。我还没反应过来，他们每个人就开始拿
着他们的小提琴、六角形手风琴、宝思兰鼓、长笛、锡哨、
曼陀林和班卓琴，与我一起演奏。我对音乐一窍不通，那
一刻却忘记了这回事。当每个女人与每个男人的天赋交织
在一起时，我感到自己融入了更为盛大、更为重要的事物
之中。

这是我唯一真正想要的感觉。

~

在路边，我遇到了一只鹿。在每年的这个时候，这都很常见。鹿是有节律感的动物，会在黎明和黄昏时更活跃——而这正是 11 月初通勤者最忙的时候——时钟调回，意味着它们会在白天穿过森林和牧场，在这段时间，它们待着不动会更安全。

那头母鹿的内脏被挖了出来，一只乌鸦似乎叼走了它的一只营养丰富的眼睛。而这是一个寒冷刺骨的日子，它身边还没有出现青蝇。我把手伸进它的身体里，发现还是温热的。它应该很有用。问题是，我以前从没杀过整只鹿。我等待猎鹿季节的到来已有 6 个月了，但我一直忙于其他事情，这让我措手不及。从某种程度上说，这是完美的，因为我就不必杀死一只鹿，这是我那文明的头脑从来就不易想到的。但是另一方面，我感到手忙脚乱。我本打算在狩猎活动开始前就阅读关于如何屠宰鹿的书籍，充分取材。现在我只有几个小时的时间来做决定，而我觉得自己没有做这个决定的能力。

回到小农场，我将鹿的脖子悬在暖屋里的剥皮架上。我切开它的前腿，将其折断，它是单关节的，然后我在皮肤上做了切口，包括脖子周围，以及腿上棕毛和白毛的交会处。我知道的做法就是这样。新鲜的皮相对容易剥落，留下红色、粗糙、瘦削、肌肉发达的躯干挂在绳子上。现在只剩它的头，像我曾经看到的那只鹿，它那只完整的眼睛直视着我。

光线已经开始黯淡。就像我的园艺书染上淤泥一样，我的屠宰书现在也溅到了鲜血。我意识到应该留下皮，至少留一天。错误一。除了继续下去，别无他法，因为我现在几乎不能把它装回去了。这本书越来越难读了，所以我出于本能跳读着。小错误二、三、四、五，但没那么严重，因为这都是肉和油脂，我并不是在向外界出售。把骨头上的肉都清理干净后，我锯下这只可怜的野兽的头，之后我要从它的头部挖出脑髓，用来鞣制它的皮。我把它的肉与心、肝、肺和肌肉一起放进容器里，然后将它们挂了几天，之后我会犯错误六。现在天黑了，我累了，需要吃东西了。

我对自己感到失望。我如果准备充分，就能做得更好。但我的成长路径不同于哈克贝利·费恩或汤姆·索亚，我的长辈也不会将远古与当下联系起来。指引我回家之路的地图都是零零碎碎的。当我试图将这些地图整合起来时，我必须接受那些不可避免的弯路。

在小木屋里换掉衣服后，我想到自己穿的这件黄色T恤，是十年前在布里斯托尔的一个动物权利慈善机构买的，上面写着"停止动物实验"。我至今依然强烈赞同这一观点——没有理由为不必要的残忍行径找借口——而现在它被鹿血和羊血遮蔽了（一个邻居前一天放下了一块需要刮肉的新鲜羊皮）。买下那件T恤的时候，我无法想象我现在

224

的生活。那时我觉得像我这样的人都是大傻瓜，对其他生灵缺乏同情。那是我住在城市里的时候，我的城市生活对其所依赖的暴力和残酷视而不见。

想想动物保护组织的老战友们，有些人现在无疑会和我分道扬镳。对他们来说，或许我背信弃义了。想到这，我有些难过，因为很长一段时间里，我与他们观点一致，我理解并尊重他们的看法。但我不得不提醒自己，杀死这只鹿的不是我，是一辆车。汽车不是素食主义，手机不是素食主义，塑料桶装的维生素不是素食主义。鹰嘴豆、大豆和大麻子——没有一种属于素食主义的范畴，严格来说都算不上。这都是一种政治意识形态的结果，正在招致第6次物种大灭绝，一个又一个栖息地被摧毁，河流、土壤、海洋和每一口空气都遭受污染。从我现在的立场来看，我面前这具血淋淋的畜体，比我曾经卖过的塑料袋装可可豆，或者我背上那件不知道用什么染成黄色的 T 恤，感觉更像素食主义。好吧，如果不是更接近素食主义，至少是更诚实的。

看着我手里的它，我发现它的心和我的心很是相似。今天有多少人在路边经过了它？我向它曾经的生命致以敬意，把它储存在阴凉处，其他的工作就留到第二天早上。

～

时钟拨回，不仅仅影响鹿。除了婴儿、昏睡者、我自己、岩石、鱼、树木和野生动物，几乎每个人今天早上都会在床上多睡一个小时，接下来的 6 个月里，夜晚大概会越来越暗。未来几周，人们难免要对这可怕的、突然变短的白昼说些什么，但今明两天白昼变短的速度，不会超过夏至以来的任何一天。如果不受时钟的限制，今晚的长度不会比昨天短很多。

不过，白天的时间肯定不会变长了，那么我应该储备一些蜡烛。灯芯草点缀着田野，我有取之不尽的蜡烛芯。我割下一丛绿色的圆柱形枝条，一个个剥掉外皮。外皮很容易脱落，留下柔软、干燥、吸水的髓，这就是我想要的。我点燃火箭炉，准备晚饭，做好后，把一碗蜂蜡放到一锅热水里融化，它闻起来就像从蜂巢里取出的新鲜蜂蜜。我小心地把 8 厘米长的灯芯草髓放在中间，在灯芯周围倒入融化的蜂蜡，然后倒进我曾经在一家慈善商店找到的一个小酒杯中。我把灯芯拿稳，放置于玻璃中间的基座上——看着蜂蜡逐渐凝固。

做蜡烛很容易。真正的技艺在于这个过程的第一部分：养蜂。事实上，制作蜡烛最困难的一步，是决定不使用电子照明设备。

~

我很少到戈尔韦市，我要来给一个"慢工作"小组做一场演讲，讲述我不使用科技的生活经历。前往的路上，我惊讶地发现，现在街上无家可归的人比我当学生时多了很多。

我和一个男人聊了起来，他和他的狗坐在地上。我问他过得怎么样。他说很难，而且他心里很抵触乞讨。他从没想过自己会成为一名乞丐。

我告诉他，我们都在乞讨——在社交媒体上推销我们的商品和服务，称颂自己，试图说服人们，他们真的需要我们提供的东西——而他可能是我们当中唯一一位诚实的人。

你说得对，他说着笑了起来。我们又笑着聊了聊，然后我就去了一个豪华的地点，我也要留下过夜。

～

在我放弃电子邮件、电话和所有电子交流方式的前一周，我给数千位联系人群发了一封电子邮件，他们的联系方式是我这20多年试图开启新生活方式的过程中所添加的。这条消息是要告诉大家，他们无法再通过电子邮件联系上我，我将离开网络世界，同时将我的邮政地址告知一小部分人。他们包括密友、家人、前同事、前女友、合作者、熟人以及有过联系而后又疏远了的人。

最初的情况很了不得。在接下来的几个星期里，我总会发现我的信箱里塞满了东西。我想象着邮差不知道发生了什么，因为过去我从他那里收到的都是账单，或是带透明塑料纸窗和自动地址的公函。现在地址都是手写的，通常装在色彩鲜艳或手工制作的信封里。有些是我的好朋友写的，他们想知道从现在开始我们该如何经常见面；有些是我不记得名字的人，他们祝我一切顺利，或者向我建议，我应该尽量少使用电子产品，而不是直接拒绝使用它们。除此之外，我还通过报纸编辑收到了读者的来信，分享他们对我放弃电子产品的决定的看法。

现在是 10 月的一个星期五，大约过去 10 个月了。我这周刚检查过信箱。不同于电子邮件，在邮递员送完信后或者在他根本不来的周末反复查看信箱没有什么意义。

我母亲寄来了一封信，告诉我一个老邻居去世了。现在去参加他的葬礼已经太晚了，因为在爱尔兰，人们会在 3 天内下葬。除此之外，什么都没有。没有熟人来信，没有垃圾邮件，没有陌生人，没有密友，没有账单。1 月我在邮票上的花费与之前在手机上的花费一样多，而现在我只花费了其中的一小部分。这是一种奇怪而复杂的感觉，一方面感觉被人遗忘，另一方面又感觉从不停歇的社交中解放了出来，他们都住得很远，很难加深联系。

我收到的那些信往往是真正想要联系的人寄来的，不便是很好的过滤方式。

～

今天是垃圾箱收集日，每两周一次。我们没有垃圾桶，而其他人都像往常一样，把垃圾桶放在外面。每次在垃圾处理公司来之前，我都会走到林间小道的一端，到一些人丢弃垃圾的地方，在蓝色的回收箱里寻找可以用来生火的旧报纸。

在爱尔兰，垃圾是按重量收费的，这意味着每一点垃圾的再利用都是一种节约方式。我理解这背后的逻辑——如果人们必须为浪费买单，他们的经济利己主义将促使他们减少浪费。现实是另一回事。有的人没有少制造垃圾，反而来到这样的地方，将垃圾免费倾倒在路边和森林里。如果垃圾收集服务点提供免费的服务，爱尔兰乡村就可以避免乱丢垃圾的情况。在树林里散步时，我有时会想，制定这些政策的人是否曾在这样的地方待过。

～

我花了一个星期，把山毛榉、云杉和桦树堆起、锯开、砍断、摞好，终于在我搬家后，首次提前准备了2年的柴火。我花了那么长时间才达到小农场主的标准，尽管如今大多数小农靠的是链锯、拖拉机、挖掘机和其他惊天动地的创举。就这样，在一个潮湿又昏暗的10月傍晚，站在后面看着燃料，我惊讶地发现自己想的是："明天早上早饭前，我要再干些活。""当心这种心态，马克。"我一边放下斧头，一边对自己说。

我注意到有几个男人，手上拿着棕色的云杉树苗，在我们对面的田野重新种上已被清除的树木。现在我突然意识到，机器虽然是森林减少的最大因素，但依然可以在植树的时候成为人类的亲密助手。

～

我回到了德文郡的舒马赫学院（Schumacher College）教书，我就是在那里与柯斯蒂初遇的。这次课程是我和另一位朋友——作家肖恩·钱伯林（Shaun Chamberlin）——一起开设的，为期一周。我们的计划一如既往，就是要搅乱他们的头脑，脑袋时不时就需要折腾一下。

在课程的第一天，我在学生面前的一张桌子上列出了我一周的教学经费——1000英镑，并告诉他们必须决定如何处理这笔钱。这是一个关于金钱和"礼物文化"的课程，我决定让它变得实用。我提供了4种选择，并逐一阐述。目的是达成一个共识。然而很明显，他们之间的分歧很大。

课程开始时，没有人对方案1感兴趣，即将它们都烧掉，停止生态暴力循环，这几乎是每次在工业经济中消耗资源都会造成的。一些人支持方案2，即把所有的钱都花在他们共同选择的美好事业上。大多数人支持方案3，即把它还给我。而其他人则倾向于方案4，即在群体中平均分配，让每个人匿名决定他们自己想用它做什么（可能只是带着它去购物）。

经过几个小时的缜密思考，他们决定选择方案2，并将资金分配给威尔士的一个野生动物保护组织的"寒武纪野生森林计划"（Cambrian Wildwood Project）——他们的工作具有开创性，因为它并没有破坏土地，并且还翻译和推广已故的大卫·弗莱明（David Fleming）的作品，他的思想和著作《精益逻辑》（*Lean Logic*）是本课程的基础内容。最终，这笔钱以一票的优势避免了被烧毁的命运。

接下来的讨论与适当的技术相关，我用大锤敲了一下似乎是肖恩的笔记本电脑，他显然不乐意。这其实是我自己用旧的破电脑，但肖恩的表演太有说服力了，人们都以为我疯了。房间里大家对我的敌意持续了大约 5 分钟，直到真相大白。人们深深地松了一口气，又开始对我微笑，尽管有些人仍然会很恼火，觉得自己的情绪被玩弄了。我问他们在这 5 分钟里有什么感受。许多人解释说，他们之所以感到愤怒，是因为他们相信，我没有得到肖恩的允许，就砸了他的电脑，不管我对科技及其影响有什么看法。

我问他们，如果生产他们笔记本电脑和智能手机的公司，在没有得到当地居民许可的情况下，代表他们的客户破坏了整个栖息地，他们是否会有同样的情绪反应。不，他们说，不会，不怎么会。

还有一次，我们和常驻科学家兼作家斯蒂芬·哈丁（Stephan Harding）一起出去，开启他所谓的"深度时间之旅"。这是一段环绕周围的森林和海岸线的步行旅途，长达4.6 公里，每一步都代表着地球 100 万年的历史。

迄今为止，地球上的生命如此壮阔，美丽到不可思议，起初我们思考这些时，并没有太多感触，而当我们走到德文郡海岸时，斯蒂芬已经在向我们解释生命是如何慢慢形成，并以其绚丽迷人的形式连绵涌动的。当海浪撞击我们脚下的悬崖时，许多学生显然拥有了深受触动的体验，面对广袤的存在，他们看待生命的视角变得清晰。

斯蒂芬告诉我们，这 4.6 公里路程的最后一毫米包含了工业文明，而这一毫米内，我们面临着原来所积累的东西被毁灭的危险。接下来的一毫米、一米、一公里会给地球和我们自己带来什么，我们谁也不知道。

～

我收到了一封信，来自爱尔兰一位著名的思想家及本地化倡导者。信件是打印出来的。我想字体是"泰晤士新罗马体"。他开头说，他本来要手写，但字迹太潦草，连他自己都看不懂。他说，我很久没怎么写东西了。他还是个作家。

他不是个例。我回信的大部分时间，都花在辨别书信的笔迹上了。有几封信竟然能寄到这来，邮政服务真值得褒奖，因为有时连我都看不出地址是什么，而这还是我的地址。其中一些看起来像是速记或是阿拉伯语。不过，比起"泰晤士新罗马体"，我还是更喜欢手写体。

疏于使用当然是消亡原因之一，但我发现，字迹优美的第一个障碍，是想要每分钟写出 40 个单词，或者需要以电子邮件的速度写出一封信。速度慢下来，就容易写好字；脚步慢下来，就容易做好事。

当我读到他的信时，我察觉到，他全然依赖机器，清晰书写的能力已然遭到侵蚀。这种模式并不罕见：事实上，这是我们与技术关系的历史。毕竟，我手中这支便宜的铅笔，以及我写字用的更便宜的纸，取代了我祖先从周围的风景中自行制作书写材料的能力。

当我写下这些词时，书写突然像是一种智力训练，这个行为本身脱离词语被诱导和激发出来的地方。我不确定，一种脱离实体的艺术是否有助于产生更具象的文化。但这离归家的路又近了一步，我想继续走下去。

～

我们的活动空间里有一群接受家庭教育的孩子，他们在这里跟随卡洛琳·罗斯一起上免费的美术课。但这不是孩子们平常会上的艺术课。

我第一次见到卡洛琳的时候，她穿着用自己晒黑的鹿皮做成的鹿皮鞋。她的灵感来自保罗·金斯诺斯的第一部小说《苏醒》(*The Wake*)，这是一个设定于 1066 年的后启示录①故事（在我读这本书之前，我从来没有想过历史会是漫长的启示录）。在自己读完《苏醒》之后，卡洛琳想知

---

① "后启示录"的意思是指"世界末日之后的"，该类作品主要涉及末日题材。

道，在忏悔者爱德华（Edward the Confessor）的时代，艺术会是什么样子？那时候，他们没有今天艺术家们使用的商用笔、画笔、丙烯颜料和油画颜料，那么，他们用的是什么呢？

课程刚开始，她就告诉孩子们，颜料存在了 500 年，洞穴墙壁上的赭石是 5 万年前的。她向我们展示——我也和孩子们一样热衷于了解——如何做一支鹅毛笔。作为一名左撇子，需要一些练习，才能不让纸张被墨水弄脏，除此之外，一切都很顺利。我想知道，是不是因为这些原始的笔，人群里一直少有人是左撇子？

我们用小木棍做铅笔，一端削尖，蘸上墨水。这不是普通的墨水。她的颜料有来自湖区①的绿色颜料，来自牛津郡的黄色赭石颜料，来自迪恩森林（Forest of Dean）的红色赭石颜料。为了制作彩色颜料，她先打了一个鸡蛋，搅拌蛋白，等待蛋液沉淀。她把贻贝壳和一些泥土混合在一起，这样可以制作出一种鲜亮的颜料，就像在古老的彩绘手稿中使用的那样。

她向我们展示了蘑菇纸和用墨黑蘑菇制成的墨水；有石膏，一种由粉笔、动物胶和白色颜料混合而成的颜料，文艺复兴时期的艺术家会用它来制作画布；威尔士橡树瘿和生锈的钉子制成的厚重黑色颜料；她甚至用桦树皮和鹿筋给自己缝制了铅笔盒，而其他材料的袋子是用鱼皮制作的。

---

① 湖区（Lake District），位于英格兰的西北部，是由森林、湖泊、群山等组成的乡村地区和度假胜地，因 19 世纪初华兹华斯等湖畔派诗人而闻名。

看来，卡洛琳不仅仅是在画风景画。艺术本身就是风景的一部分。

到她离开的时候，孩子们就像在 1099 年作画一般，多数父母都觉得，全新的世界的大门敞开了。在我看来，只有一个问题：尽管有了更深刻的理解，我仍然不会画画。

～

我的邻居凯瑟琳请我、柯斯蒂和布莱恩（他住在农舍里）帮忙搬木材。她有两大堆木材，这是由于当地议会通知她说，她的小树林里的一些树会给司机带来安全隐患。我们只用了一个小时就将它们安置好了。和往常一样，完工后，她想给我们钱。一场争执随之而来，最终我们从她的菜园里拿了一些蔬菜，与夫妻俩共进午餐。帕奇曾经告诉我，在他成长的过程中，每个人都会"种菜"。到现在，凯瑟琳是这一代人里最后一个拥有菜地的人。

午饭时，她告诉我们，她刚去伦敦看过姐姐。她每年去那里一次。她的丈夫杰克告诉我们，他去过一次英国，也去过几次都柏林和戈尔韦。凯瑟琳的姐姐在她很小的时候就离开了家，因为，正如杰克所说，这里没有工作，而那些年月，工作已融入爱尔兰人的精神。在那之前，"干活"和"工作"是两个完全不同的命题。

这次从都柏林回来的路上，她把护照弄丢了。她告诉我们，从那以后她一直想重办一个新的，但当她打电话给护照部门想要解决这个问题时，她无法接通任何人；它只会让她按 #3 来做这个或按 #4 来做那个，最后指示她去访问"ww 之类的东西"，但她从"愉悦的交谈中什么也没有获得"。她平复了心情，说自己在伦敦看到了自助购物的商店。她一脸不安地说："但你肯定不能和机器聊天，对吧？"实际上，现在可以了，我对自己说，但我没有说出口，因为我不相信人工智能收银员的愿景会让她感觉更好。

～

11 月不是在花园里忙碌的时间，但仍有一些工作需要做。

今天先要种一盒蒜瓣，这是我们从之前的作物中留存下来的。大蒜提供的利率，比我所知道的任何银行都要高。放一瓣，收获一整个球茎。有时是百分之六百的回报。我发现这是一项可靠的投资，而且不受伦敦或东京变幻莫测事件的影响。股息将在 7 月左右发放，其中一些可用于再投资。

苗床需要提前备好，好应对 1 月和 2 月到来的霜冻。传统种植智慧建议人们挖掘和翻耕土壤，但我们尽可能采取不挖掘的方法。整整一天，我们用一辆辆手推车把肥料和堆肥运到培育的苗床上。这样，土壤中脆弱的生命之网就不会受到干扰，蚯蚓会在现在到春分之间为我们做些苦工。

还要拆除一些旧栅栏。我总是很乐意拆除栅栏。我很清楚它们对于圈养动物的用途，我自己也会在绝对必要的地方竖起栅栏，但我没见过有什么自然景观会因栅栏而增色。

~

我不记得上一次休息一整天的日子是什么时候了。对于那样的生活，就太需要"偷懒假"了。这里没有方便的开关、按钮、自动中央加热定时器设置、随时能进去的咖啡馆，或是能让你跷着脚休息一整天的调班。总是会有事情发生。总是这样。

而另一方面，在大多数时候，我感受到自己正活着。

~

在我成年后的大部分时间里，我留寸头——1号寸头①——的时间最长。我曾经自己刮过胡子，每一两个星期用电动剃须刀刮一次，我记得每次刮完胡子后的几天里，我总是觉得自己更敏锐，更整洁，更高效。

在我放弃电子产品的几个月前，我在一家古董店里找到了一套 20 世纪 60 年代的手工理发器，就是如今给马匹

————————

① 通常留 1/8 英寸或 3 毫米长。

用的那种。这家商店提供大量老旧而物美价廉的手工工具，店主告诉我，这些工具和现代的电动工具一样好用，只是速度稍慢，而且自己动手剃后脑勺的头发更难一些。我还没有用，它们一直被放在我的抽屉里。

12个月后，我的头发和胡子都长齐了。这是一次特殊的体验，触及了我内心更深刻的、未曾预知的东西。我不喜欢照镜子——那些可怕的、自我分析的、制造虚荣的小东西——但偶尔我在反光的东西里看到自己，与这个人对视的感觉很奇怪，像是我未曾完全认出他一样。好久不见的老朋友也认不出我了。有人认为我的新发型更符合我现在的生活方式——我们心目中的野蛮、狂野、不开化的人物形象——虽然这可能是自然而然的，但我还没那么想张扬自我。

我为什么不用那些手动剪刀呢？我不确定。好几次我都想到了它。也许我的一部分想要摆脱过去那种敏锐、整洁、高效的自我意识，那种在城市里更自在的自我意识。也许我不再刮胡子的原因和我不想再用镰刀修剪每一寸土地的原因是一样的。或者，也许，我最终明白，这些事情都不重要。

～

记者和来访者经常问我这样的问题：你认为未来最重要的技术是什么？

我不知道，我告诉他们。如果未来学家雷·库兹韦尔和他在谷歌的同事是对的，那么可能是机器人工程。另一方面，如果气候学家和生态学家（或那些难得的了解生态学的经济学家）是对的，那可能是大多数人已经不记得该怎么做的那些事情。

技术乌托邦主义者把所有的鸡蛋都放在人工智能的篮子里，但无论未来如何，我明白我想要的生活方式。让我拥有自然智能，而不是人工智能。

～

在搬回爱尔兰之前，我住在一座有机农场里，农场位于英国布里斯托尔和巴斯之间起伏的群山之中。据说约翰尼·德普也住在这附近，但到处都被传言是约翰尼·德普的住处——涨房价的妙招。

表面上看，爱尔兰和英格兰的文化相似，而且正变得越来越同质化，正如全球化进程一样。但在城市和大城镇的表面之下，它们仍然有区别。我发现，当你走进小村庄和乡村教区，这种区分更为显著。

我在这两个国家都待过很久，感受过英国和爱尔兰农村之间的诸多差异。有一些相当明显的差异，最显著的是房价和地价，以及它们对两个国家的乡村性的影响（爱尔兰农村主要是小农户，英国农村主要是农业企业和通勤者）。爱尔兰在城市受过教育的 20 多岁的年轻人纷纷涌向城市中心，争先恐后地追求事业、激情与更多的财富，在爱尔兰农村扎根的成本只是英国农村的一小部分。当联合国宣称互联网是一项基本人权的时候，最基本的权利——建造一座可以庇护自己和家人的简易住所——似乎比以往任何时候都更遥不可及。几乎在哪里都一样。

但我也注意到了更为细微的差异。英国人的人力农场更少，制作的树篱更好，不会砍伐所有的树木，通常也不会坐在酒吧里。但这种差异也更深层次地体现在我们的心理构成上。在爱尔兰乡村，人们第一次见到你时，他们最先问的问题会有"你来自哪里？"在英国农村，你遇到的人更可能会问"你是做什么的？"我一直觉得这个问题又尴尬又无聊，即使在我过着世俗意义的成功生活时，也是这个感受。

几天前，在一个关于不用科技生活的演讲上，主持人介绍我为"作家"。我当时没有纠正他，因为我不想小题大做。但我还是觉得不舒服。我从未想过要成为一名作家，现在也不认为自己是作家，至少就像我把自己当作樵夫、农场主、渔夫、采食者，或是年复一年持续的成百上千种其他职业。写作充其量只是我现实生活的副产品，我写作的目的不是为了填饱肚子。但是我想，"作家"听起来更好，更可信，更有智慧，尤其是当一个人要做演讲的时候。

在一个投入最少的人（跨国书商的股东）比投入最多的人（作家）在每本书上能获得更多利润的世界里，我的确发现斧子比笔更有力。

~

在我整个工作生活中，日志已将我的每时每刻安排得明明白白。它们确保我按时完成任务、发送电子邮件或与朋友见面、安排会议、支付账单、乘坐火车、完成待办事项以及其他成千件必要的小事。

我已经 2 个月没看日志了。我的工作就在我眼前，尽管有些时候我希望并非如此。

我仍然不能确定，我是失去了与现实的联系，还是最终找到了它。

~

2006 年从新西兰休假回来后，我决定再也不坐飞机了。做出停止飞行的决定并不简单。我喜欢旅行，喜欢从另一个角度俯瞰人类文明和广阔的风景。我就不解释我停止飞行的原因了；现在我们都相当清楚，但我们比以前飞得更多了。企业高管在迪拜参加重要会议，游客在阿姆斯特丹和柏林度周末，嬉皮士在印度进行精神休养，环保人士在国际机场附近举行国际会议。这就是我们这一代人的做法。这是我们的愿景，也是愿景中的我们。

6 个月前我就知道我必须去英国东部的诺福克。有 3 个理由：一是要参加生日派对，二是要参加一个 40 周年纪念活动，三是要和柯斯蒂的家人共度时光，他们一辈子都住在那里。所有这些都和我拒绝科技的理由一样重要；但重要的事情常会互相冲突。前往诺福克的方式选择很有限，航海还不是其中一个。从这里开始，妥协是不可避免的，只有程度上的区分。

凌晨 2 点，我们登上渡轮，希望能在休息室的沙发上睡几个小时。真够幸运，有一群学生在狂欢，里面一位大男子主义者吵吵嚷嚷的。26 小时的旅程，我们已经走了 11 个小时，而飞机只需要 45 分钟。人们从爱尔兰飞到澳大利亚更快。我理解人们为什么要坐飞机。我的朋友们认为海陆旅行 26 个小时太不可思议了。当我环顾这个耗时的水生怪物，以及它的电影院、商店、餐馆、娱乐场所、酒吧和住宿层时，我不得不同意这一点。

第二天，在一家服务站的厕所里，我们搭车的司机正在休息。这个综合体看起来和我去过的其他加油站一模一样，同样的 6 家公司提供汉堡、巧克力、咖啡、香烟、住宿和报纸。没有任何迹象表明，我们现在在这个国家的哪个部分。琼尼·米歇尔（Joni Mitchell）的《黄色计程车》（*Big Yellow Taxi*）的翻唱版意外地通过电波传出，我的小便消失在了一尘不染的便池里。这里不是天堂，但确实有一个停车场。我本想去停车场旁边那棵硕大而孤独的橡树下，但那里到处都是人，那些人可能不会愿意我在那里解手。当我们回到车里，司机认为我们已经接近毕晓普斯托福德（Bishop's Stortford）了，但他也不确定。M11 号公路，他说。

我们一到柯斯蒂在诺福克乡村的老家，她的父亲大卫就给我们倒了一大杯梅子酒，这是他的一个朋友酿造的。真是壮举，他说。大卫已是我亲密的朋友，而漫长的旅程让见到他更为特别。我们喝完第二杯，就准备睡觉了。

~

生火，第三部分。

我即将烧毁的一张当地报纸的头版写着，政府刚刚发布了一份报告，称"蓝色经济"——诗人和浪漫主义者仍在感伤地称之为"海洋"——可能为爱尔兰经济带来 47 亿欧元的价值；也就是说，前提是我们能够发展能充分挖掘其潜力的工业，能源生产、旅游业和其他各式举措被视为为爱尔兰西部创造新的就业机会、促进经济增长、为毕业生提供机会的途径。蓝色经济是下一个大事件。每一平方米未被充分利用的海洋，都会造成失业、金钱损失和机会损失。谁能反驳呢？

我听过类似的争论，探讨过北极，还有地球上的其他荒原。

~

"二十年成长，二十年绽放，二十年倾颓，二十年凋零。"当穆里斯·欧·苏列维自己刚刚开始绽放时，他周围的岛屿已经开始倾颓。在经历了大饥荒、诸多个人悲剧、武装法警以及对欧洲最危险的水域之一的日常抵抗之后，大布拉斯基特的人民终于遇到了他们的对手——长期以来在其他地方日益壮大的三巨头：全球化、大规模城市化以及它们的生父——工业主义。

虽然他们的生计依靠许多小活计，但只有捕鱼能带来真正的经济回报。在那里的头130年里，他们赚的钱足够年复一年地养活自己，靠卖鱼的钱来支付盐、嫁妆、靴子、棺材和马裤的费用。

他们捕获大量的鲭鱼、鳕鱼和龙虾——小船不能过度捕捞——1921年，有400只藤条船在西克里海岸捕鱼，这些都为物质需求相当简单的渔民提供了体面的生计。时代或多或少是美好的，岛上的人口在巅峰时期约为175人（有趣的是，这个数字与人类学家罗宾·邓巴认为维系有意义的关系的人数相当）。但就在地平线之外，工业正在发展，到1921年夏天，变化随着海湾吹来的微风飘来。在《岛屿交谈》（*Island Cross-Talk*）中，欧·克洛汉看到了前方的危险：

> 当我向北望去时，我可以看到和一周中其他日子一样出现的捕鱼船，但它们不是本地的，从法国而来。它们正在造成巨大的伤害，还将积聚危害，不仅仅是一个层面的。除了把鱼抢走之外，它们也在削弱信念，因为岛上可怜的渔夫正看着它们在星期日捕到本应属于他的那一份鱼，而星

期日是他的休息日。

几年后，穆里斯·欧·苏列维以令人称奇的精确性预言了岛上人民的未来。在与一位他刚刚爱上的女孩交谈时，穆里斯认为：

> 你不明白吗？主要的生计——打鱼——走下坡路了，一旦打鱼业衰落，布拉斯基特也就没落了，因为凡是有活力的男女孩子，都要到海上去。那一天不会远的，莫莱德，我敢打赌。

在他 1933 年说了这些话的一年后，克里海岸的当地藤条船已经不到 80 只了，伴随着价格下跌——虽然这被认为是工业发展带来的诸多好处之一，但岛民们得挣扎着维持生计。

岛民的力量和信念都在减弱，工业机器出于对效率、劳动力和市场的需求，发动了对大布拉斯特的第二波进攻：大规模城市化，以及别处有更好的生活的承诺。大型船只开始载着人们远航到美国。到 1947 年，格里·切斯特·欧·凯伦（Gearóid Cheaist Ó Catháin）成为岛上最年轻的人，年纪最接近的人比他大 30 岁，他因此获得了"世界上最孤独的男孩"的名头。他在回忆录中写道，一旦年轻人开始逃离，"留下来的人别无选择，只能搬家"。大多数人前往下一个西部教区——斯普林菲尔德，马萨诸塞州，美国。

在岛民的儿女们离开的前一天晚上，他们会举行一次"美国守夜"活动，因为那些跋山涉水的人可能再也不会回来，也无法见到自己的至亲了。

出岛纪是可以理解的。岛上生活艰苦，而美国把自己标榜为可以让愿意努力的人丰衣足食的地方。与 20 世纪 60 年代的返乡者不同，他们体验过城市生活，并有意识地拒绝它，年轻的岛民此时只能看到令人兴奋的可能性，对新生活最终将带来的牺牲知之甚少。乔治·汤姆森教授在诗人米豪·欧·吉辛的著作《可惜青春不长存》（*A Pity Youth Does Not Last*）的前言中写道："美国为那些流亡者提供了逃离贫困家庭的机会，但条件是他们必须放弃自己的文化价值观。有人无怨无悔；有人一生怅惘；有人心下沉重，走上了归家的路。"

欧·吉辛是牺牲过大的一位，而当他回来时，岛民正要被疏散了。后来，他为家乡的失落而哀悼，在他的诗《岩石，伟大之名》（*A Rock, Great its Fame*）中写道：

> 每个人都为自己而出发，
> 恐慌毫无意义，
> 从那天起，真正的
> 朋友不站在朋友的一边。

看着我在诺克莫尔的家，我能明白欧·吉辛的感受。我目之所见是同样的力量运作，是相同的缓缓衰亡的进程。

当地的酒吧也明白这一点。就像欧·苏列维的祖父会说的，这是 20 年的倾颓。这里正在面临人口老龄化，农民的孩子们没有兴趣操持家庭几代人建立的农场。拖拉机虽然首先带来了方便和速度，但很快就取代了对劳动力的需求，因此，劳动力——也就是青年男女——纷纷前往城市的工厂、办公室和服务业工作，并在那里开始了新生活。

我想起了奥尔多·利奥波德的话："从长远来看，过多的舒适似乎只会带来危险。"

～

一天晚上，我和柯斯蒂出去散步，遇到了从路的另一头走来的爱丝琳，她也在外面散步。我们停下来聊天。几天前的早上，她看见我们乘着马车出去，当时我们正在附近一家很少使用的锯木场收集几袋木屑，准备做堆肥厕所。她说，这一幕让她回想起 50 年前。

她告诉我们，小的时候，每周二，她都会驾着马车走 6 公里的路程到商店去取一周所需的面粉，以及如果家里需要并买得起的其他杂货。一趟会花上他们一整天的时间，不过是因为他们叫上了路上所有的朋友和邻居。她说，相当艰苦的日子，但也是幸福的时日。

说完，她离开了，穿着醒目的围裙在林间小道上快步走过。我们朝反方向走去，给马儿喂水。

~

邮政局局长告诉我，爱尔兰剩余的1100家邮局中有400家将被关闭，而且停业的都位于利润较低的乡村地区。现在他还不知道自己这家会不会关门。无人知晓。担忧没有任何意义，他冷静地说，因为无计可施。决定会由位于都柏林的总部做出。

如果这家邮局真的关门了，我将要多骑24公里的自行车，往返最近的城镇，但与他的麻烦相比，我的简直不值一提。对于当地人来说，邮局不仅仅是一个取养老金和给远方的家人寄包裹的地方。

他还跟我讲了这周的天气预报。不太好，飓风就要来了，他说，要做好准备。隔壁商店的收银台旁，放有一大盒散装蜡烛，已卖掉一半，就放在原先一直摆放巧克力棒的地方。

~

一场场呼啸后，飓风奥菲莉亚今天袭击了爱尔兰西海岸。邻居告诉我，媒体预测它将造成价值7亿欧元的损失。我告诉他们，这实际上对经济有好处；或者至少是对某些人的经济。学校和商店今天都关门了，早上连邮递员都不送快递了。这就是这个国家的集体恐惧，甚至在暴风之前就僵住了。风速达到每小时140公里，他们说。

奥菲莉亚下午3点左右到达诺克莫尔。它现在心情很好。谁能怪它呢？我拿上外套出去散步。风吹过头发，感觉真好。我需要莫测的天气。它们让我坚守自己的位置，把我从伟大的幻想中解救出来，提醒我需要安抚水神、土神、风神和火神。几棵树已倒下，它的复仇粗鲁、肆意。路上空荡荡的。不错。鸡藏在鸡笼里，我们已把鸡笼固定在小棚里。奥菲莉亚在怒吼，我尝试着倾听它。

农舍里的人都来到小木屋吃晚饭。由于我们没有管道、中央供暖系统或锅炉，所以我们能够及时扑灭火灾，避免爆炸的危险。电力供应可能中断数小时，更有可能是好几天，因为资源将先分配给城市。

10多年来，约恩一直担任从欧洲到加勒比海的帆船船长。他向我解释道，随着海洋变化，飓风将更为频繁。他说，最好习惯它。

～

利奥波德在他的文章《手中的斧头》（*Axe-in-Hand*）中写道：

> 耶和华给予，耶和华收回，但不再只有他能做到。当我们某位先祖发明了铁锹时，他成了一个给予者：他可以种树；当斧头被发明出来后，他成了一个索取者：他可以砍倒它。

经过了给予的季节（春天）和索取的季节（夏天），我又来到了给予的季节。11月是我的植树时间，我抓住一切机会，只有允许植树的土地数量会限制我的野心。

柯斯蒂的家庭拥有一块产业化耕作的土地——种有甜菜和用作动物饲料的作物——经过几年的协商，大家同意在这块地上种植一片4英亩的小林地。这是恢复生态的表示，同时也是大胆而勇敢的举措，对农民的传统农业用地观念提出挑战。大多数农民会在土地上种植除树木以外的一切作物，即使是被证明对人类健康有害的作物，比如糖料作物。只有树除外。她的一个亲戚告诉我们，我们计划种植的树林没有经济价值。我告诉他，我希望如此。再说，他的冲浪板和音乐系统也没有经济价值。

在听取了林业委员会一位好心的先生和多位生态学家的建议后，我们决定复刻附近的现有林地及其物种组成结构，考虑到树的年龄——一些树木超过400岁——它们是最适合当地环境的品种。我们将根据每个物种的需求，集群种植，40%的土地留作专属野生动物和野花的草地。

我们排好树木。欧洲栎、银桦树、柔毛桦、野枫、榛树、冬青、山楂树和犬蔷薇（柯斯蒂引进了犬蔷薇，它不在现有的林地里，只是因为她觉得它很漂亮，我觉得这个理由足够好了），总共有1600棵树。给它们都安上了避免兔子啃咬的保护装置——由于没有天敌，这里的兔子很多——广阔的农业景观的标志。

保护装置让我犯难。它们是硬塑料做的，但又能让树木免受兔子的侵扰。超市就有鸡肉、牛肉和大豆，不方便再将兔子杀死、剥皮、切块和炖煮了。我自己的理想，是简单地放任这片土地，让它还原野性，因为它从一开始就通晓此事。树苗在先锋荆棘丛中快速生长，荆棘丛能保护树苗免遭鹿与兔子的啃咬，也能为野生动物提供食物。树木一旦开始成熟，会遮蔽大部分荆棘，最终形成原生林地。也只有这些任性的树林，才有希望恒久。

然而，让土地重获野性的想法在农业区仍然存在争议，因此我们的选择仅限于工业化种植，使用杀虫剂、农药和化肥，或者种植所谓的传统英格兰林地。

种植林地可以简单，也可以复杂，这取决于你选择的是网格种植园还是更本土的自然林地。如果你选择后者，就像我们所做的那样，主要工作就是了解土地，倾听它可能想要什么。把树种在土地里没那么难。

我对裸根树采用缝植技术。这只不过是把铁锹往土里一插，向前推开一个口子，把一棵小树放进洞里，然后再把土夯实。小孩子都能做。小孩子应该做这件事。栽培这种林地时，我每天可以种植大约 250 棵树（这比网格种植园慢得多），但一位优秀的森林管理员每天可以种植 500 棵以上。

重读利奥波德的文章，我重新思考作为工具的铁锹。除了种植树木，它还会扰乱土壤，伤害土壤中的生命。就像所有的技术一样，甚至包括笔记本电脑，使用它，可以用比我们更快的速度给予或剥夺生命。但是，在《一位恢复中的环保主义者的自白》（*Confessions of a Recovering Environmentalism*）中，保罗·金斯诺斯敏锐地捕捉到了这些技术的差异，他写道：

> 键盘和铲子都可能让你胳膊酸痛，但却存在区别。使用铁锹依然非常简单。它不需要持续的能量。如果你保护好，它可以用很长时间，就像你的身体一样。键盘和铲子都是工业经济的产物，但程度不同，用途也不同。一个可以独立存在，另一个不能。这可能是程度的问题，但程度是很重要的——意图也很重要。
>
> 不过，还有一点，也许更为重要：没有人会对铁锹上瘾。

因为我们不是笔直地成排栽种，我们3个人花了2天多的时间来种植和保护林地。这样的劳作令人满意，停下休息时，能感受到北风刺骨的严寒。在整个周末的劳作过程中，我注意到了3条蚯蚓。望向田野的另一边，我所能看到的只有直立的绿色塑料管，但我坚信，20年后，我或许可以穿过这片田野，见证生命的回归——树木、野生动物、昆虫、野花和蚯蚓——所有这些都在执行古老的使命——相互哺育，在死亡中创造生命。

在《手中的斧头》中，利奥波德试图解释为何他喜欢松树而非其他树，但他没做到。最后，他最多只能说："我得出的唯一结论是：我爱所有的树，但我深爱松树。"嗯，我爱所有的树，但我深爱橡树。

~

有些邻居听说了我们会自酿苹果酒，于是在 11 月的第一个星期，食客们带着厨具来到我家门口，络绎不绝。虽然当地没有人会自己处理苹果，但老一辈仍然不愿意看到它们被浪费掉。他们的儿子和女儿，在过去都是自己出力去挤压苹果，现在都在都柏林、多伦多、伦敦和悉尼，挣着丰厚的工资，这样他们就可以买瓶装苹果酒之类的东西了。

我仔细检查每一个苹果，把好的和坏的分开，将坏苹果中的腐烂部分去掉，放进板条箱里，交给柯斯蒂。她把这些放进韦克斯福德那台生锈的旧自动给料器里，那台给料器至少有 100 年的历史了，以前的主人曾用它来磨大头菜喂猪。把这些都切碎放在桶里，她把手动曲柄传递给乔尼，乔尼用来把苹果打成浆，这样埃莉斯就可以将果汁都挤出来。接着将果汁直接倒入桶中——不加糖，不加酵母，只有苹果。这几乎是工厂制生产过程。几乎是了。

午饭时，我们已经吃够了今天的苹果。但这是一个有趣而有益的早晨，我们的肺里充满干净、清新的空气，唱着劳动号子。桶里将有 46 升苹果酒——精明的商人估计其零售价会达 230 欧元。不过，我们的第一项工作是给当地的"先驱者"几瓶苹果汁——这些人在12岁时，就发过誓永远不喝酒。其余的——大多数人——将不得不等6个月，我们也是。

~

柯斯蒂喜欢煮半熟的鸡蛋。没有手表，就很难做到恰到好处。于是我从锅里拿出6个鸡蛋——4个给我自己，2个给她——希望我没有煮太久。我把蛋壳剥进一个臼中，用杵把它们捣碎。我读到过磨碎的蛋壳，钙含量高，可以帮助牙齿再生。考虑到我是吃着巧克力、糖果和碳酸饮料长大的，我很想尝试一下。

它们比我想象的更好吃，但这并不能说明什么。它们尝起来像，嗯，鸡蛋——这让我很惊讶——但我短期内不会看到它们出现在餐馆的菜单上。尽管如此，比起从我过去经营的健康食品店购买的一桶桶补钙剂，我还是偏爱它们。

~

今天你真的能感觉到季节的变化。我醒来时没有不舒服，但也不是精力十足的感觉。最近生活很忙碌。我发现，正是对这种生活方式的交流——写作、谈话、采访和好奇的来访者——让我感到厌倦；大概生活本身才有助于我身心的健康。

柯斯蒂用她今年早些时候采摘并晒好的草药——红三叶草、蕨麻、覆盆子叶、金盏花和甘菊——为我泡了一壶茶。这些茶不像工业药物那样直接对症下药；相反，它们的目的是帮助身体进行自我疗愈，这是身体一直期望的。煮茶的时候，我把五瓣生蒜切碎吃掉。说到这里，我决定放下铅笔，点燃炉火，拿起一本书，放松放松，休息一个下午。

如果你不为健康留出时间，你就得为疾病留出时间。

～

今天的晚餐一如往常，都是常见的食物：从菜园里采摘的土豆、瑞典甘蓝和大蒜，放在由云杉木和山毛榉加热的烤箱里烤，一旁还有一条从湖里钓上来的大梭子鱼，与几枝从药草园采摘的迷迭香和百里香。我搭配了一碗沙拉：羽衣甘蓝、小白菜、彩虹甜菜、紫芽花椰菜、芝麻菜、芥末生菜和欧芹。

如果我们保留了用来建造小木屋的塑料棚，而不是传统的做法，我敢肯定，在这个季节，我们会收获更多品种的蔬菜。除此之外，我别无所求。但我很满意的是，我们选择了爱尔兰饮食——适应于这种气候，不需要像塑料棚这样的暴力产品，以及它所要求的一切。有时我想念花生酱、香蕉、哈尔瓦①、橄榄、番茄干、腰果酱、鹰嘴豆泥

① 一种芝麻坚果酥糖。

和其他只有别的气候条件才能种植的美食，但大多数时候我都不那么想念。这种真正的安全感是因为心里清楚，无论广阔的世界上发生什么危机或灾难，你都知道如何为自己、你的邻居和你深爱的人提供食物。

然后我想起了那帮我钓到梭子鱼的该死的单纤维丝。我有很多关于原始捕鱼技术的书——最有用的是雷·米尔斯和约翰·怀斯曼的——但是存在两个问题：一是，在一个不仅允许且积极鼓励海底拖网捕捞的工业世界里，它们都是非法的；二是，它们在我们的河流鱼量丰富的时候才能奏效。而现在，我们的河流和湖泊就像贫瘠的土壤，每一场大雨都将杀虫剂和除草剂冲刷进来。

我满怀希望地告诉自己，总有一天，我们的水道会再次变得干净、充满生机，那是我想在死去之前看到的一天。但我担心，如果我们不从过去与错误中吸取教训，它可能得直到我们这代人消逝后才会来临。

～

说到这个，我刚路过离我们最近的一座城镇的小教堂。一个美好的日子，四名信徒正在照料花园。我说"照料"，意思是，他们在修剪整齐的草坪上喷洒除草剂，负责喷洒的人正沿着河岸走着。我注意到，有一些除草剂被直接喷洒到河里（下次大雨时，必然会有更多的除草剂随之流淌进入河水）。当他转身向与教堂人行道平行的草地喷洒时，另外两名男子——他们之前一直在一旁看着——突然行动起来，走到他身边，举起一块巨大的 PVC 板，防止喷雾在引领会众走进教堂的柏油路上留下难看的印记。我友好地问他们，能不能至少不要在河边喷洒。其中一位回应我，"别叨扰我们"。我假定我爱并侍奉主，主必喜爱柏油路胜过江河。

~

1953 年 11 月 23 日，最后一批岛民从大布拉斯基特撤离。30 年后，翻译家蒂姆·恩赖特（Tim Enright）会说：

> 人们不能哀悼一种生活方式的终结，冬天尤其不能，真是凄凉；人们甚至不可以哀悼一种悠远的文化的终结。

~

鹿皮的传统处理方法有三种：用脑髓、鸡蛋和香皂。现代皮革厂通常使用铬酸，这种廉价但有毒的物质会破坏人们的生活。在环保法规宽松的国家，它会破坏皮革厂周围的水道。根据马特·理查兹（Matt Richards）在他的综合实用指南《从鹿皮到鹿皮革》（*Deerskins into Buckskins*）中所述，这些皮革厂随后会将铬鞣鹿皮作为鹿皮制品出售，尽管它"与传统材料有着大不相同的特质"。

奇怪的是，动物头骨里的脑髓刚好够用来鞣制它们的皮，所以我就这么做了。我切掉了鹿眼睛和鹿角之间的皮肤，然后在头骨上锯了一个 V 形开口，暴露出大脑。我把手指伸进头骨，刮出脑髓，放进一碗热水里，然后把脑子搅散，融化成汤。

我将去肉的鹿皮浸泡在木灰溶液中，浸泡了 3 天，磨粒，漂洗，裹上膜，然后放上半个上午，拧干，熨烫，再拧干。今天早上我没有时间软化它——这一过程使鹿皮成为千年来的珍贵材料，我就把它稍稍展开，挂起来晾干。

~

我很是兴奋，因为已经很久没有在劳碌一天之后洗个热水澡了。

稍早些的时候，我往浴缸灌满了水，用我从旧猪棚上取下来的透明波纹有机玻璃做了一个盖子盖上。这样下午的阳光就能带走水中的寒意，这意味着我不需要那么多木材来加热它。生火之前，我把盖子换成了另一个木制的绝缘盖子，这样，当水升温时，热量就不会散到漆黑的夜空中。当你自己用手拉、锯、砍和堆木头时，你要尽可能谨慎而明智地使用它。在过去的 11 个月里，洗澡一直是最有挑战性的事情，而我们面前的热水浴缸却因此更具吸引力。

柯斯蒂在木制铺板上快速冲洗最脏的部分，这样洗澡水就能基本保持清洁，供后面的人使用，她则是第一个进去的——一个女人的特权。她点了 2 根蜡烛，我倒了 2 杯黑醋栗酒。我慢慢地爬了进去，我的身体正在 11 月的冷空气中重新适应着热腾腾的水。就是这样的感觉。躺下时，铸铁的热量传至全身，撩动每一根脊椎骨、肌腱和痛处，而轻柔的水珠润湿脸颊，倍感清新。我想到，应该在年初就先造这个热水浴缸，但话又说回来，当我刚迈上这条路时，我有很多事情要优先考虑。现在这些都不重要了。

~

深秋是我开始考虑给菜园施肥的时候。如果土壤营养不足，蔬菜就不能富含营养。如果蔬菜缺乏营养，我们的身体就不可能有营养。

我们从路上的马厩里收集了大约 10 辆手推车的马粪，堆成一个堆。几天后，我们认识的一位有经验的有机市场园丁注意到了它，并警告我们要小心一种寄生虫，骑马的人经常要帮助他们的马对付它，因为它会留在肥料中，像里面的矿物质和维生素一样，被蔬菜吸收。他说，最终它会进入你的身体。我们去马厩查过了，他说得对，马厩里有，而且很多。这件事提醒了我，为什么我要远离那些我们认为是"正常"的食物。柯斯蒂最近用胡萝卜和大蒜来喂养她为帕奇照料的马，这是古老的传统疗法。她马上就要去冒险了，所以想在她离开之前确保它们都健健康康的。

尽管这样劳动强度会更高，我们仍决定从现在开始，从养马的地方定期收集粪便。需要在 11 月推着手推车走上泥泞的田野，亲手把马的粪便从草地上捡起来。然而，好处是双重的；我们可以吃不含虫子的食物，马也可以吃不含它们粪便的食物，从一开始就减少了它们饱受虫子困扰的可能性。在我们开始"照顾"野马之前，我们从来不需要给它们驱虫，但野马也不会连续数月被困在 2 英亩的土地上，除了它们自己的粪便下的草，什么都吃不到。

在接下来的一个月里，如果我不需要每天早上推着手推车在田野里捡垃圾，这将是一个三赢的局面。所以就目前而言，这只是双赢。

〜

湖边。我本打算钓梭子鱼，但钓到一条鲑鱼。这是我人生中第一次钓到它。它奋力反抗，但我终于把它钩了出来，取下鱼钩，抓在我的手里。那么现在该怎么办呢？

法律规定，11 月是鲑鱼的禁钓期。把它扔回去吧。我的肚子说它不在乎现在是几月，我饿了，杀了它。我的眼睛注视着它的眼睛，我看到了它的野性，想想我的同类已经对它的同类做了什么。我的头脑说，把它扔回去。我体内的动物本能说，别这么文明，这是肉——你觉得当熊捕捉到逆流而上的鲑鱼时，熊会在意鲑鱼产卵季节吗？那就吃了它。我的理智告诉我，熊不会筑坝（并因此诅咒）河流、污染湖泊，所以把它扔回去吧。我的肚子提醒我，它还在那里，而且很饿，我的身躯终究需要它。我的手感受着它身体里跳动的、壮丽的生命，希望它继续向前、繁衍生息。考虑到对于多数渔民来说，这是一生难遇之事，人们会建议至少给它拍张照片。我不能，即使能，我也不会这样做，没必要往伤口上撒盐了。

我再次看向它的眼睛，将它扔了回去。不是因为法律，而是因为……嗯，实际上我不太确定。不知什么原因，我的胃觉得不太对劲儿。

我又投了一次鱼饵，不像这个国家的其他渔民，这次我希望钓到梭子鱼。事情最好简简单单。

～

去朋友家照看孩子的晚上，我绕了一个小弯，来到卡帕河旁一个僻静的池塘。我兴奋地穿过一片草地，步入宇宙中这个特别的所在，一个对农民来说毫无价值、无法生存的地方，生命正在缝隙中勃发。

正在？是曾经。当我从北面靠近水池时，我很快意识到，我爱的地方已然死去。曾经有壮硕的树木、灌木和植物覆盖河岸，为苍鹭、翠鸟、鸭子、梭子鱼、鳟鱼、鲑鱼和相互依存的物种整体的微型世界提供庇护，现在，它们都被挖掘机挖走了。取而代之的是一条毗邻河流的新农场轨道，整个轨道上都设有铁丝网围栏。

我所目睹的成片砍伐、露天矿山和工厂化农场多得都记不清，但很少会像这条河的变化一样，给我带来如此大的冲击。我从未见过如此蛮荒的景象；事实上，我从未见过如此文明的景象。更难过的是，这个在我心中占据一席之地的野生动物小型避难所，竟成了完全没有必要的存在。

我最近在阅读生态学家帕德莱克·福格蒂（Pádraic Fogarty）的著作《逐渐削弱》（*Whittled Away*），该书探讨的议题是，尽管爱尔兰热衷于将一切绿色事物都与可持续发展的全球品牌形象挂钩，但爱尔兰的自然正在以惊人的速度消失。我站在光秃秃的河岸上，眼前画面胜过千言万语。

我说的是这条河已然死去吗？不，河流会恢复生机。我们需要做的，就是什么都不做——这似乎是最难的事情。

~

人们普遍觉得，如我这般生活，12 月一定很难熬。这有一定道理，但前提是你不喜欢变幻的天气。在其他方面，12 月可能是一年中最容易生活的月份。艰苦的工作已经完成了。木头已被收集过、锯好、砍断、堆起来了；现在只需要把它放在旁边来燃烧。腌制水果，晒干草药，熏制鹿肉，发酵黑莓，鞣制兽皮，也种好了过冬的蔬菜；现在只需要享受。尽管还有很多事情要做——下雨、下冰雹或晴天——但漫长而黑暗的夜晚尽其所能让你适应它们的节奏，不在乎你的抗拒。

这是我度过的第一个没有电的秋天，这意味着没有屏幕，没有与亲人连接的按键，没有明亮的灯光激励我夜以继日的野心，没有任何事情让我从自己身上分心。有些夜晚，我的思绪会飘向老朋友们，他们是我曾经很熟悉的人，但当我和他们分散于这世界上瞬息变化的文化中，我们已多年没有见到了。近年来，我通过电子邮件、电话、在线视频通话和社交媒体与他们保持联系。我想念他们，有几位甚是想念。其中许多人，我可能再也见不到了，甚至再也听不到他们的声音。他们可能会结婚、离婚、生孩子、得癌症、中彩票或死去，而我可能永远不会听到有关这些事情的任何消息了。

有些时候，比如现在，我为这样的现实而悲伤。而还有一些人，就在彼处，想到有一天，如果有条件，我们可能会让彼此大吃一惊，这时我笑了起来。

∼

我收到了一封来自《卫报》编辑的信。他还告诉我，我的上一篇文章，是他们在社交媒体上发表一周内分享量最高的一篇。他告诉我这是一个好消息——如果你不想让尽可能多的人阅读它，那又何必费心写出来呢？在我生命中的其他时刻也会是这样，但是……但是，不知怎的，这种感觉已经不存在了。现在看来，成功似乎意味着能让别人盯着屏幕的时间更长一些，给你点"赞"，在神秘的硅谷亿万富翁的网站上分享你的作品，对此我不会感到舒服。

~

邮局贴出了关门的告示。诺克莫尔曾经有一间邮局，离我住的地方很近。现在，这个乡村社区的人们将不得不前往洛赫雷寄包裹或领取他们的养老金。

我问同样面临这个情况的帕奇，是否可以直接将养老金汇入养老金领取者的银行账户中。当然，他说。但他告诉我，他们中的许多人不懂任何"银行那玩意儿"。而且那些自助机器什么蠢事都干不了。

~

邻居的一辆拖拉机发动不了。这没什么奇怪的，因为它没安电池，自从我住在这里以来，它就没有安电池。这并不是这台拖拉机唯一存在的问题。在车灯的位置，挂着4件荧光夹克。所有的窗户都没有玻璃。

由春入秋的几个月里，他把车停在小山上，在路上随心行驶。这是他掌握的一项技术。在12月寒冷的早晨，就像今天这样，它的效果不太好。今天冷极了，当他敲我的门时，我已经在等他了。他手里拿着螺丝刀，随时待命。当他发动发动机的某个部分时，我没有听从关于燃料和发动机的常识，点燃了一张旧报纸，塞进了通风口。火焰让引擎热了起来，不一会儿，他就进了拖拉机的驾驶室，向我挥了挥手。

～

真是奇特，在一个如此渴望言论自由的世界里，我最渴望的是不用说话的自由。奥尔多·利奥波德的话总结了我早上的感受，他说："假如地图上一个空白点都没有，拥有 40 种自由又有何用呢？"

我拿出我的第 52 号地形测量图，希望能找到这样一个地点。这里没有类似荒野的东西，而我很高兴地发现了一些方格——每一平方公里——没有任何描绘人类居住地的黑色小方格。我看到附近有很多石环和巨石墓，我穿上靴子，开始寻找我们的过去。

～

出乎意料的是，霍洛汉昨晚重新开张了，一位二十五六岁的本地小伙子接手经营。他说想把它开好，但与我们习惯的方式不太一样。他告诉我们，他不打算赚钱，至少暂时不想，他只是想让酒吧继续营业，让人们有一个见面的地方。

他警告保罗和我说，今晚谁输了象棋，谁就得喝一杯"水泥搅拌车"——在这些豪放的地方，就得一口气喝下一杯威士忌、一杯爱尔兰奶油和半品脱黑啤——作为奖赏，老板买单。我们都不想在形势有利的情况下输掉，不过这给了我们额外的动力，因为我们早上都有很多事要做，宿醉后什么事都做不成。我们告诉他，如果输的人必须喝其中一种饮料，那么输的人也要为此买单。他不是唯一一个想让这家店继续营业的人。

看来还有其他人。除了酒吧里那些普通的老家伙，今晚也有年轻人。还有女人。是的，女人。这个地方、酒吧和这里的人们都焕然一新，就像两个恋人在一场幼稚的争吵后重归于好。

我输了。男人必须信守诺言。我们为了钱起了争执，然后我告诉老板，他不拿钱我就再不来了。他看上去很困惑。宿醉对在早上收集粪肥不会有帮助，但谁在乎呢？有强烈的生命印记，这才是重中之重，真的。

当我要离开的时候，房东收拾好东西，让我搭他的车回家。顺路的，他说。我告诉他，我需要在睡觉前步行回家，好理清思绪。

到家时，已经很晚了。没有一辆车从我身边经过。

～

出版商喜欢美好的结局。出版商喜欢美好的结局，因为读者也喜欢美好的结局。读者们都喜欢美好的结局，因为，嗯，谁不想呢？我们都渴望自己的生活幸福，同理，我们依然希望别人的生活也能够幸福。唯一的问题是，近处着眼看，现实并不总是有美好的结局。

今早我收到柯斯蒂寄来的一封信。这 4 个星期里，她一直在路上，演出，参观其他社区和风景，重新了解自己，解决自己最深奥的问题，直面最深处的恐惧。我通常每周都会收到她的来信。我很难给她回信，因为她没有固定的地址，但我喜欢听她讲她的冒险经历。

今天早上的信不一样。她在信中告诉我，她已决定不回来住了。她觉得自己有其他的道路需要探索，她想要把所有的精力都投入到这条道路上，独自一人。

我又读了一遍。一遍又一遍。这封信击中了我的心。我一般不怎么哭，眼泪却流了下来。我们在一起 3 年了，我以为我们会共度余生。我感到天旋地转，思绪难以言表。当我坐在小屋的窗台上时，我能从她做的拼接窗帘、每一根木头的纹理、每一处她留下的完美细节中看到她。

我告诉自己，如果再给我一次机会，我会转变我的方式。我当然会优先花时间和她在一起，做她喜欢的事情，而不是其他任何绝对必要的事情。但是生活没有第二次机会，我们只能感激所得到的机会。可是，今天我不喜欢这样理智的言辞。今天我非常伤心。

有一个想法在我脑海里盘旋。为什么我学不会教训，我怎么就是学不会呢？

现实照入。在这个由光纤电缆而非目光连接的世界里，结识新的人并不是易事。他们说，大海何处无鱼？而我现在坐在这儿，手握那封信，目之所及只有花园旁边的池塘。不过，在它攫住我之前，我就制止了这种想法。没有用的。

泪流干了，云也远走。给这种情绪留一点时间很重要，但不再耽溺一秒钟也很重要。没有必要沉湎于自怜，生命中可以拥有太多的东西。如果爱有意义，那一定意味着，你希望你声称所爱之人得到最好的，尽管当放手的时候自己的心好像被掏出了胸腔。失去生命里珍爱的人是很残酷的事情，而这是我们向无限的爱敞开心扉时，乐于接受的风险。

我把信收起来。我有花床需要施肥，有柴要运，有水要收集。

～

我看了看手里的铅笔，把它先放在桌子上面。这是一块机器切割的六边形木头——我不确定是什么品种，但我估计是雪松木——我猜中间是一根细石墨棒，外面涂上了黄色、白色和蓝色的油漆。当我买它的时候，它看起来和"H"盒子里的其他铅笔一模一样。条形码代表标准化的完成。

我从离我们最近的镇上的一家小艺术商店购买铅笔，主要是因为店主和妻子正在努力赚钱，等钱赚够之后就放弃经商，搬到康尼玛拉的一个小农场。如果他带我参观制作铅笔的整个过程——从修建方便工人从郊区到工厂的道路，再到材料的提炼和砍伐，等等——我连一支铅笔都不会买。但他没有，我就买了。

看着桌上的铅笔，我在想，我会不会再一次拿起它。

上帝知道我有很多理由不这样做。首先，制作的设备会对生态造成影响。是的，它的内涵能源只是笔记本电脑和万维网的一小部分，一支铅笔不能让你冲动地上网购物，也不会让你因明星新闻、色情或社交媒体等分心一上午的时间。程度确实很重要，而它们仍然只是程度的问题。

这块木头也会让我的身体疼痛，整天堆木头都不会这样，很让人不适，尤其是我的脖子。我在生理上是动物——我们都是——所以久坐的时刻，如果太久，对我来说并不容易。多数日子里，我很幸运可以让头脑和双手一起开工，相互传递信息，而写作往往能让我远离当下，远离我身处的地方，远离我周围的一切；我更喜欢待在我所在的地方，而不是我所不存在的时间或空间里。有的时日，我会问自己，为什么要烦恼？说到底，自然世界并不会因为没有书籍就覆灭。

那些时日里，我有时会闭上眼，想象自己在外做一些有内在价值的事情，比如恢复荒野，恢复布赖恩·博鲁曾经热爱的广阔的奥蒂大森林（Great Forest of Aughty）。这是有意义的。河流没有泥浆、表土和农药，大量的鲑鱼和褐鳟鱼，甚至可能还有鲟鱼，成群结队溯流而返，这是我们祖先曾习以为常的景象。

我看到了健康的瓢虫、工匠、椋鸟、马鹿、刺猬、音乐家、菌根真菌、爱尔兰山兔、苍鹰、渔民、道氏鼠耳蝠、飞蛾、蚱蜢、长脚秧鸡、蜜蜂、云雀、巫婆、木鼠、水獭、精灵、白尾鹞、吟游诗人、松貂、蚯蚓、蟾蜍、野山羊、獾、侏儒艮鹬、杓鹬、种植者、白鼬、狐狸、草蛉和金雕，这一切都以自己的特性让这个地方变得更为丰富和奇异。如果我允许自己幻想的话，还应有一群狼。心驰神往，心驰神往。一个人需要做梦，即使他买不起一英亩土地，更不用说 100 平方英里的土地了。也许我会找到办法的。

我捡起铅笔，尽管它有种种缺点，但在历史当下的时刻，书面文字——而非强大的口语文化——仍然为我们提供了一条连接过去与现在的路途，提醒那些我们已经忘记的观点和做法。在另一个无论我们喜欢与否都会到来的世界中，这些做法或许依然具有价值；这些做法可以帮助我们重拾共有的人性与满足，恢复我们的心理健康，教会我们谦卑，这是我们在生活的肌理中拥有立足之地的必要条件，甚至能向我们指引回家的路。

我拿起铅笔，即使有疼痛的脖子与未曾实现的树木梦，依然有某个东西在请求我这么做。我想，我只需要相信那种感觉，并不断地用智力、心灵和灵魂去解读。从笔记本电脑到铅笔，对我来说是一个很大的进步，一个我认为自己无法做到的进步。但铅笔让我真正开始享受写作的过程。写作本身是缓慢的，但不知怎的，我用更短的时间完成了更多的事情。铅笔改变了我的思维方式，放缓了我的速度，让我的文字重新恢复人情味。

要是重用铅笔获得的感觉更为持续，我许诺自己下一次——当我更有能力的时候——我将完全用我自己的笔（羽毛笔）、墨水（墨黑蘑菇）和纸（桦树多孔菌和树下的木耳）写作。但我得一遍又一遍地提醒自己，一步一步来。

~

星期五的午餐时间，我拿着爱德华·艾比的书泡在热水浴缸里。书总共有 336 页。水有点过热了——有点——我把腿悬在两边，迎着外面的冷空气。可以预见，今天的冷锋（间或有阵雨的晴天）紧跟着昨天的暖锋（持续降雨）。一时间，天空蔚蓝，灿烂而无垠，得见这般盛景真好；继而一切转入黑暗，不祥而压抑，得见这般盛景真好。

雨点似是浴缸中数百支清澈的水矛，射向天空。对于每周的这个时候，今天通向南方的道路听起来异常繁忙，我记起这一定是圣诞节前的最后一个购物周末。就像我头顶的云，我知道它很快就会淡去。

我躺下来，凝视着天空，思绪意外地怪诞。雨水敲打着我的头，令我神清气爽，我思索着死亡。

我所认为的与我一般的事物的死亡。迟早会有一天，我再也不能和我的父母一起在海滩上散步，再也不能和我在乎的人一起工作，一起吃喝，再也不能通过我的眼睛、耳朵、鼻子、嘴巴和皮肤来体验这个世界以及它那令人惊异的生命之网。一个艰难的想法，却又相当重要，无可避免。

这个我称之为家的地方的死亡。希望有一天，在秃鹰挖出我的眼睛之后，我们的小屋也能回归它原先的所在，不留下任何存在过的痕迹。或许今后有人会按自己的方式，在我们现在的地方建造他们自己的住所；或许会更好，一棵橡树将在这里变得古老，为1000种不同的物种提供庇护——一个令人欣慰的想法。

万物的死亡。太阳最终会燃尽，一切空荡荡，但不是我们所知的那样。我那贫乏普通的头脑很难理解这样的事实：这个热水浴池下的土地，在几十亿年左右的时间里，将不复存在。它不仅会变成海洋、沙漠或冰川，或成为我甚至无法想象的生物的居住地，而且它甚至将不复存在，消失无踪。

我看到帕奇开着他的拖拉机突突突地经过，白烟四起，引擎嘎吱作响。他总有一天也会离开。可是，有一天他会以某种方式死去的事实让我觉得，到那不可避免的时刻为止，更应该好好待他。

～

再次站在大布拉斯基特的白色沙滩上，眼看那废弃的村庄，很难不陷入沉思。曾经承载着欢笑、民间传说、泪水、祈祷、歌曲、八卦、盛宴、悲伤、饥饿、温暖、疲倦、绝望、友谊与希望——人类全部的经历——的石屋，现在却沉默、孤单而立，如同一个灭绝了的民族的化石。

然而，待我回过头去，看那荒凉、冷漠的广阔海峡，我突然意识到，现在的大布拉斯基特可能比过去三百年来的任何时期都更具生命力。

温暖的正午阳光下，一群海豹——约有几百只——在白色海岸（*An Trá Bhán*）的正午阳光下享受着后人类的生活，不用担心被棍棒打死。在我上山前往昂顿时，遇到了几位研究者，他们手脚并用，正在录制马恩辕，它们夜间在岛上筑巢，成千上万的海燕正在繁殖。看着那些鸟窝，我想，兔子们是不会因为小孩子们没有把雪貂放进洞里而难过的。这片无人居住的岩石，现在是黑海鸠、海鹦、海鸥和刀嘴海雀的家，它们都住在比小石屋还要简陋的地方。如果能看到它们，可能还有上千种其他生物。人类的小型定居点来了又去，而这些生物仍然在这里，顽强地驻扎，生活在悬崖边缘，靠海洋为生，或者从丁格尔自助行的游客那里偷芯片。

当我走回托马斯·欧·克洛汉的老房子时，脑海中有念头一闪而过，也许没有人类文明，会对这个不起眼的岩层更好，至少在我们准备好学习如何与野生动物再次对话之前。也许它现在的位置有点像爱德华·艾比的犹他沙漠中"红色的尘土、烧焦的悬崖和孤独的天空"：对于那些勇敢面对此地的人来说，这是一个孤独的避难所，来到这里，可以直面自己、岩石、撞击的海浪和生命的原始元素。

我的思绪又回到了诺克莫尔。它会走上同一条路吗？很难说。也许组成它的小农场将合并，开展更大规模的机械化经营，管理者将会变得越来越少。或者，随着小型家庭农场在城市化、工业化和贪婪的资本主义暴政下被淘汰，还会发生其他事情。也许野生动物、湿地和林地会恢复为

273

没有经济价值的绿色草地，让无数的本土生物欣欣向荣，它们被我们愚蠢地忘记了，忘记，一直被忘记。或许会有奇迹发生，时有可能，搬走的青年男女厌倦在城市打拼，转而渴望一些新的东西、一些旧的东西、一些比周五夜晚在连锁酒吧喝醉更为狂野的东西，带回青春与歌舞，重振这样的地方。

无论是什么走向，生命之轮将继续转动，不管我们是否跟上它。尽管如此，我还是忍不住觉得，如果没有帕奇，诺克莫尔就不一样了。

~

有时，当我正在倒掉一桶自己的粪便，屠宰一只鹿，在大雨中施肥，或者做着构成我生活的其他千百桩小事中的一桩——在其他情况下看起来会很轻率、不道德、荒谬的事情——"我到底是何以至此？"的感觉就向我袭来。这从来都在计划之外。和大家一样，我也梦想着成功又美好的生活，但在人生道路上的某个地方，一个我说不清楚的地方，这些语句的定义开始改变，我的生活也随之改变。

人们总在问我：余生是否都继续这样生活？和大家一样，我看不清未来。但是，在摆脱了现代生活的种种陷阱10年之后，我觉得我才刚开始接触一些皮毛。人类体验的深度我至今无法想象，埋藏于野心、适应度和舒适感之下，从我们出生的那一刻起，我们就一直被隐藏在其中，这并非我们自己造成的。如果可以，我想进一步探索这些深度，看看下面藏着什么宝藏。而回到那种以做人的一切为代价，换取舒适的生存方式，当然不是我写下这些之时所求的。

如果有可能——而我完全相信这不可能——我想摘掉工业文明的人造镜头，用我自己的眼睛，以世界本身的方式来看世界。我们的基底是动物，而我仍然不知道这到底意味着什么。很多年前，我决定不把生命花在谋生上，而是要活出自己的人生。对我来说，今天的感觉和那时一样真实。正如帕特里克·卡瓦纳所说，我不想再把我的马、我的灵魂，卖给出价最高的人。我尝过"沟渠南侧"的草，发现比农场里的更甜。

在我几周前的一次演讲中，有人问我：当我老了，我会做什么？我说过，同大家一样，我会死去。我不想成为一个一心要安全抵达死亡的人，在 88 岁高龄戴着氧气面罩，害怕放手，害怕接下来可能发生的事情。我们与死亡的关系深刻地改变了我们与生命的关系。我们很轻易就过着漫长而不健康的生活，都没有真正感受到活着。

从现在到被饥饿的野兽舔净我的骨头之间会发生什么？正如我所说，我不知道，因为我不再有幸拥有年轻时的自信。我探索的越多，我知道的似乎就越少，而我开始喜欢这种方式。如果有人能来说服我，当代社会的所有障碍——屏幕、引擎、开关——实际上都丰富了生活，肯定了生活，激活了生活，那么我就会改变策略，转而驶向彼岸，看看他们是否找到了什么。但现在，我要试着待在对我来说唯一有意义的地方：血腥、崇高、肮脏、流汗、惊险的生活世界。

现在我能够说的是，我有 50 枝柳条要插在地里，还有，如果明天我不想挨饿，就最好到河边去，看看我能否更好地理解它。

化简为繁

　　我的愿望很简单，就是尽我所能将生活过充实。我想，无论是工作还是休闲，我们都应该忙起来。在我们这个时代，这意味着，我们必须把自己从被要求购买的产品中拯救出来，防止最终被取代。

　　　　　——温德尔·贝瑞《平凡的艺术》，2002

在结束之前，我需要谈谈一个令人困惑的词：简单。

我的生活方式有时被我描述为"简单生活"。从某种角度来看，这完全是一种误导，因为我的生活——我的生计，远非简单。它实际上是相当复杂的，却又是由上千个小的、简单的事物组成的。相比之下，我以前的城市生活相当简单，却由成千上万小而复杂的事物组成。工业文明中无数的技术足够复杂，让普通人的生活变得简单。

过于简单。就我而言，我厌倦了日复一日使用复杂的技术，做同样的事情，我怀疑这些技术也让其制造者感到厌倦。这也是我拒绝使用技术的部分原因。所有的开关、按钮、网站、车辆、设备、娱乐、应用程序、电动工具、小发明、服务提供商、舒适、便利和必需品簇拥着我，我发现几乎没有留给我自己动手的空间了；除了一件，就是我要赚钱去买其他的一切。因此，正如柯克帕特里克·塞尔（Kirkpatrick Sale）在《人性尺度》（*Human Scale*）一书中写的，我的愿望变得"复杂化，而不是简单化"。

但是，虽然工业社会的技术和官僚机构很是复杂，但社会本身不是。农业科学家肯尼斯·达尔伯格（Kenneth Dahlberg）对此有确切的描述："工业社会是'复杂的'（就像时钟，有很多相互连接的部件，但只是少数几个'物种'——齿轮、弹簧、轴承等）……（它们）并不繁杂。"塞尔在《人性尺度》一书中补充道："我们的现代经济很简单：整个国家只种植一种作物，城市只发展一种工业，农场只孕育一种文化，工厂只生产一种产品，人们只从事一种工作，工作只涉及一项活动，活动只抱着一个目的。"与工业文明相比，繁盛的荒野才是相当复杂的。

换句话说，我的生活是无尽的简单。我发现，当你剥开工业社会在你周围包装的真空塑料，剩下的——你真正的需求——再简单不过了。新鲜的空气，干净的水，真正的食物，陪伴。温暖，来自你亲手用便利的工具砍下的木头，你需投入的只有关注。没有奢侈，没有杂乱，没有不必要的复杂。没什么好买的，没什么好变成的。没有虚饰，没有账单。只有生活的原始成分，需要立即和直接处理，没有中间人将问题搞得又复杂又混乱。

简单。但复杂。

这些关于复杂与简单的讨论开始让我头疼了。我看到小鸡们自己爬了进去，等着我把门关上——像所有的驯养动物一样，已经习惯了由别人照看——而我还有成百上千的事情要做，最好还是抓紧时间。

～

柯斯蒂来拜访了。只是短暂的看望，但我打算从现在开始好好享受生活赐予我的每一刻。我对她的爱丝毫没有减少，即使现在以另一种形式表达。我们的友谊毋庸置疑。她存在于此，更强调了，如果没有爱，没有事物会每天提醒你注意身边的事物与人的美好；任何一种生活方式，无论有多少回报，都是匮乏的。

　　正当我准备放下铅笔，也许已经过了很久，我看到她在小屋的另一头，用她自己的方式，把干燥的药草压碎、储存起来，为每一种药草单独做标签。她全神贯注，根本不知道我在看着她。简单的复杂性对她来说并不总是那么容易，就像我们这代人在过于舒适和便利的环境中长大一样。这一点我自己也很清楚。但随着时间的推移，复杂的东西也会变得美丽，她也以最美丽的方式，变成了一个更复杂的人，尽管我不再是那个每天都在欣赏这种美丽的人了。她是个天生的草药师；天生就是，因为她喜欢。

　　她终于注意到我在看着她了，笑了起来。此刻，除了我所拥有的，我什么都不想要。即使短暂，也无关紧要。我走到她身边，趁她没有防备的时候，在她的腋下挠痒痒，直到她躺在地板上，忍不住大笑，世界上再没有其他人会像她这样大笑。等她笑得受不了，我就扶起她，一起将夏枯草、蓍草和银叶花储存好。其他的工作可以等到明天。

后　记

　　这本书字字都是我落笔书写和润色的，书成的几个月后，我越来越清楚地意识到，如果要让它见到天日，就必须将它打印出来。出版商、我的经纪人，甚至一些朋友，都是这样说的。在整个写作过程中，我一直抱着微弱的希望，希望或许有另一种方式，让这些文字由构思的人亲手呈现。但内心深处，我一直明白，出于各种无可厚非的原因，它们必须呈现为易于阅读、易于编辑、易于出版的形式。

　　尽管如此，我依然负隅顽抗了一段时间。直到我意识到，眼前的情况，不过是由十年前我放弃金钱后的同一个问题所引发的。从我决定拒绝文明的大部分事物起，我就有了两个选择。

　　一种是"入乡随俗"，正如他们所说的那样，让工业社会见鬼去吧（在我的理解中，它迟早是要见鬼的）。针对这种方法的批评一直主要是，这是自私的逃避主义，这样做帮助不到别人，只是为了自己。虽然我不同意这种批评的逻辑和实践结果，但这从来都不是让我舒心的行动方式。

　　另一种选择是过我想过的生活，但我就会成为我所质疑的社会的一部分。对这种方法的主要批评是虚伪，因为它必然意味着参与这个社会的运作，而这个运作总是与所选择的生活的理念背道而驰。然而，这种方法中有些东西，对我来说是真实的，超越了容易引导我的强硬的意识形态。即便如此，我还是不明白为什么虚伪会有这么坏的名声。正如大卫·弗莱明在《精益逻辑》一书中所写的那样："他（伪君子）没有理由不主张更好的标准，甚至超越了他能在生活中做到的；事实上，如果他的理想不如他自己的生活，那才是令人担忧的。"

你能阅读到此书，很明显是因为我选择了伪君子的做法。一旦我同意把它打印出来，我又面临不同的路径。温德尔·贝瑞的妻子用 1956 年买来的皇家标准打字机为他打字，现在我面临的选择是让别人帮我打印，还是自己打印。因为我不知道对谁来说，这样的任务会是一种充满爱的劳动，所以我做出了一个艰难的决定，在我不用科技的生活中，允许一场一次性的、速战速决的例外。我自己来打印。

过去和现在，我都对这个决定持保留态度。我想知道是否真的没有其他的办法了，是否做出了正确的决定，或者我是否应该扔掉手稿，而选择第一个选项。不管怎样，我都不会为这个决定辩护。这是有意识的选择，经过权衡，最终敲定。我觉得，这样做胜过对正确性的坚持，也胜过强求意识形态的纯洁性。沃尔特·惠特曼（Walt Whitman）在他的《自我之歌》（*Song of Myself*）一诗中这样写道：

我自相矛盾吗？

好吧，那我就自相矛盾吧，

我心广阔，吞吐万象。

在写后记的很久以前，我已手写了前言，我说，这些日子以来，我更愿意在现代世界中，探索古老的生活与交流方式的复杂性，而不是假装事实总是非黑即白。不是这样。从来不是。

除了哲学思考，这个决定还有实际意义。我想尽快结束这一切，这样我就能回归所热爱的生活。连续 18 个月，我都没有坐在屏幕前了，现在突然每天要花 12 个小时，连续 7 天，来把我精心书写的手稿变成电子的、便于出版的、通用的版本。重新使用电脑——即使是这个相对简短、明确的任务，都几乎成了一种深刻的体验，就像当初放弃电脑一样。

一开始，我几乎不会打字了。搜索扉页的首字母时，我看不明白柯蒂键盘①了。当我在商业领域工作的时候，连续几天坐在屏幕前是很正常的。而现在，每天午餐时间我的头都很热，不得不克制自己开一瓶酒的冲动。我不太能够应对我们大多数人现在认为是普通的事情，我不知道这是精神虚弱还是强大的迹象（克里希那穆提②曾经说过，

---

① 柯蒂键盘（QWERTY）又称"全键盘"，是最为通用的键盘布局形式，由克里斯托夫·拉森·授斯（Christopher Latham Sholes）设计，"QWERTY"是字母区第一行的前 6 个字母。

② 克里希那穆提（Krishnamurti），20 世纪印度哲学家，是近代第一位用通俗的语言向西方全面深入阐述东方哲学智慧的印度哲学家。

"能否很好地适应一个严重病态的社会，不是衡量健康的标准"）。第一天结束时，我背部疼痛，右手腕多年来的肌肉劳损又暂时轻微地重现了。

但影响更为深远。我没有那么多的目的性，好像不再知道生活是什么，或者我代表什么。夜晚来临，我感觉自己与周围的风景格格不入，似是我已从中抽身，存在于陌生的虚拟世界中。当我再次走入室外，自然光刺痛了我的眼睛。

从某种意义上说，暂时重回那个物质世界，对我来说是件好事，也是件很重要的事情，这样我就可以消除那些机器让生活变得更好、更容易的浪漫记忆。这次的体验中，我已经做出了妥协，我不确定是否还会再来一次。

完成打印稿的几天后，我慢慢感觉到，盯着屏幕和久坐的生活带来的影响已经消失了。我与地方的联系重新回归，好像我又属于这里了。尽管如此，后来我手洗衣服时，又记起了那 7 天的感觉。

我不再打字了。外面呼唤着我。我能听到一只喜鹊在狂叫，另一只在树下，正在拔着一只扑腾的斑鸠的羽毛。天空中，一只红腹灰雀与它的伴侣在唱二重唱，歌唱爱，或生命，或对生命的爱。

外面，那是我注定要去的地方。

关于免费旅舍

　　正如书中提到的，在小农场，我们经营着一家名为"快乐猪"的免费旅舍兼活动空间和酒馆。人们出于各种各样的原因来到这里：有些人是为了沉浸其中，体验更基本的生活方式；一些人则希望抽出时间来阅读、散步、玩音乐或是激发创造力；很多人似乎都在试图弄清楚，他们想要用诗人玛丽·奥利弗（Mary Oliver）称之为"狂野而宝贵的生命"做些什么。这里偶尔会举办课程讲座、晚间活动和聚会，并向团体免费开放。我可以写一本书（不过我不会）来记录来来往往的人们。

　　这儿就像合住小舍，我们欢迎每一个人。一般你最多可以住3个晚上，但只要不打扰任何人，你也可以住得更久。有些人已经住了几个月。我们没有网站，所以就像以前的旅社一样。事实上，它就是旧式的。

　　我们不做路标。你必须跟着直觉和与生俱来的冒险意识寻找。敲门，问店主，走错路。别想用你的智能手机。我们没有预订系统。你可以提前给我写信——我不太可能回复，除非你想组织一场活动——或者你可以像大多数人一样，直接出现在门口。我相信你会想出办法的。虽然我们接受捐赠，但不做预期，对于有能力且愿意为小舍做贡献的人，我们会严格保护隐私。

重要注意事项。如果你来自海外，我们要求你走陆路或海路，不乘坐航班。更理想的是走路、搭车或动用手与膝盖跋涉而来。不可以毫不费力地到达。当你来到之时，我们要求你在饮食与娱乐方面自力更生，尽管我们非常欢迎你，来这里享受我们提供的一切。如果你有乐器或歌曲，带过来吧。我们永远欢迎你的热情。定居于此的人，并不总有出去玩的时间或意愿，但我们经常出游。

这些指南非常简单。祝你在这里过得愉快。留心你使用的东西是什么，还有用它的原因。怎么来的，就怎么离开。就像是生命，真的。

部分参考书目

Abbey, Edward, *Desert Solitaire: A Season in the Wilderness* (McGraw-Hill, 1968)

——*The Journey Home: Some Words in Defense of the American West* (Plume, 1991)

Ansell, Neil, *Deep Country: Five Years in the Welsh Hills* (Penguin, 2012)

Berry, Wendell, *The Peace of Wild Things* (Penguin, 2018)

——*The World-Ending Fire: The Essential Wendell Berry* (Allen Lane, 2017)

Cahalan, James M., *Edward Abbey: A Life* (University of Arizona Press, 2001)

Carney, Michael and Hayes, Gerald, *From the Great Blasket to America: The Last Memoir by an Islander* (The Collins Press, 2013)

Colvile, Robert, *The Great Acceleration: How the World is Getting Faster, Faster* (Bloomsbury, 2017)

Connell, John, *The Cow Book: The Story of Life on a Family Farm* (Granta, 2018)

Deakin, Roger, *Wildwood: A Journey Through Trees* (Penguin, 2007)

Diamond, Jared, *Guns, Germs, and Steel: The Fates of Human Societies* (Norton, 1999)

Dillard, Annie, *Pilgrim at Tinker Creek* (Harper Perennial Modern Classics, 2013)

Emerson, Ralph Waldo, *The Essential Writings of Ralph Waldo Emerson* (Modern Library, 2000)

Finkel, Michael, *The Stranger in the Woods: The Extraordinary Story of the Last True Hermit* (Simon & Schuster, 2017)

Fleming, David, *Lean Logic: A Dictionary for the Future and How to Survive It*

(Chelsea Green, 2016)

Fogarty, Pádraic, *Whittled Away: Ireland's Vanishing Nature* (The Collins Press, 2017)

Griffiths, Jay, *Pip Pip: A Sideways Look at Time* (Flamingo, 1999)

Hayes, Gerald W. and Kane, Eliza, *The Last Blasket King: Pádraig Ó Catháin, An Rí* (The Collins Press, 2015)

Jones, Tobias, *A Place of Refuge: An Experiment in Communal Living, The Story of Windsor Hill Wood* (Riverrun, 2016)

Kavanagh, Patrick, *A Poet's Country: Selected Prose* (The Lilliput Press, 2003)

——*Collected Poems* (Allen Lane, 2004)

Kelly, Kevin, *What Technology Wants* (Penguin, 2011)

Kingsnorth, Paul, *Confessions of a Recovering Environmentalist* (Faber & Faber, 2017)

Langlands, Alexander, *Cræft: How Traditional Crafts Are About More Than Just Making* (Faber & Faber, 2017)

Lawrence, D.H., *Lady Chatterley's Lover* (Penguin, 1960)

Leopold, Aldo, *A Sand County Almanac* (Oxford University Press, 1949)

Lopez, Barry, *Arctic Dreams: Imagination and Desire in a Northern Landscape* (Bantam, 1987)

Mac Coitir, Niall, *Ireland's Wild Plants: Myths, Legends and Folklore* (The Collins Press, 2015)

——*Ireland's Birds: Myths, Legends and Folklore* (The Collins Press, 2017)

Macfarlane, Robert, *Landmarks* (Penguin, 2016)

——*The Old Ways: A Journey on Foot* (Penguin, 2013)

Mears, Ray, *Essential Bushcraft* (Hodder and Stoughton, 2003)

——*Outdoor Survival Handbook* (Ebury Press, 2001)

Michelet, Madame, *Nature: or, the Poetry of Earth and Sea* (T. Nelson and Sons, 1880)

Monbiot, George, *Feral: Rewilding the Land, Sea and Human Life* (Penguin, 2014)

Muir, John, *Wilderness Essays* (Gibbs Smith, 2015)

Mumford, Lewis, *The Myth of the Machine: Technics and Human Development*

(Harcourt, Brace & World, 1967)

——*The Myth of the Machine Volume II: The Pentagon of Power* (Harcourt, Brace & Jovanovich, 1970)

Mytting, Lars, *Norwegian Wood: Chopping, Stacking and Drying Wood the Scandinavian Way* (MacLehose Press, 2015)

Nearing, Helen and Nearing, Scott, *Living The Good Life: How to Live Sanely and Simply in a Troubled World* (Schocken, 1989)

Ó Catháin, Gearóid Cheaist, *The Loneliest Boy in the World: The Last Child of the Great Blasket Island* (The Collins Press, 2015)

O'Connell, Mark, *To Be a Machine: Adventures Among Cyborgs, Utopians, Hackers, and the Futurists Solving the Modest Problem of Death* (Granta, 2017)

Ó Criomhthain, Tomás, *Island Cross-Talk: Pages from a Blasket Island Diary* (Oxford University Press, 1986)

——*The Islandman* (Oxford University Press, 1951)

Ó Guithín, Micheál, *A Pity Youth Does Not Last: Reminiscences of the Last Blasket Island Poet* (Oxford University Press, 1982)

Ó Súilleabháin, Muiris, *Twenty Years A-Growing* (Oxford University Press, 1933)

Rebanks, James, *The Shepherd's Life: A Tale of the Lake District* (Penguin, 2016)

Richards, Matt, *Deerskins into Buckskins: How to Tan with Natural Materials* (Backcountry Publishing, 1997)

Sale, Kirkpatrick, *Human Scale* (Martin Secker & Warburg, 1980)

Sayers, Peig, *Peig* (The Talbot Press, 1983)

Snyder, Gary, *The Practice of the Wild* (Counterpoint, 2010)

Thoreau, Henry David, *The Journal 1837–1861* (New York Review of Books, 2009)

——*The Portable Thoreau* (Penguin, 2012)

Tree, Isabella, *Wilding: The Return of Nature to a British Farm* (Picador, 2018)

Whitman, Walt, *The Works of Walt Whitman* (Wordsworth Editions, 1995)

Wiseman, John 'Lofty', *SAS Survival Handbook* (Collins, 2003)

Wohlleben, Peter, *The Hidden Life of Trees: What They Feel, How They Communicate – Discoveries from a Secret World* (William Collins, 2017)

致　谢

　　过着我这样的生活，为一本书写致谢，是相当复杂的事情。当生活中所遇的每个人与每件事，都以微妙又深刻的方式影响到你的生活，以及由此生发的写作时，你很难决定要包括什么、舍弃什么。

　　那我就简单地说：谢谢你，造物。

图书在版编目（CIP）数据

从鸟鸣声中醒来：逃离现代生活的 365 天 /（爱尔兰）马克·博伊尔著；张爽译. —上海：上海三联书店，2024.3

ISBN 978-7-5426-8333-5

Ⅰ.①从… Ⅱ.①马… ②张… Ⅲ.①随笔－作品集－爱尔兰－现代 Ⅳ.① I562.65

中国国家版本馆 CIP 数据核字（2023）第 244988 号

从鸟鸣声中醒来：逃离现代生活的365天

著　　者／[爱尔兰]马克·博伊尔

译　　者／张　爽

责任编辑／王　建

特约编辑／吴月婵

装帧设计／鹏飞艺术

监　　制／姚　军

出版发行／上海三联书店

　　　　　（200030）中国上海市漕溪北路331号A座6楼

邮购电话／021-22895540

印　　刷／天津丰富彩艺印刷有限公司

版　　次／2024 年 3 月第 1 版

印　　次／2024 年 3 月第 1 次印刷

开　　本／889×1194　1/32

字　　数／138千字

印　　张／9.5

ISBN 978-7-5426-8333-5／I·1850

定　价：45.80元